万物皆有爱意

刘玉琴 著

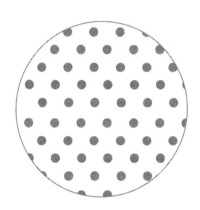

SPM 南方出版传媒 广东人民出版社

·广州·

图书在版编目（CIP）数据

万物皆有爱意 / 刘玉琴著 . — 广州：广东人民出版社，
2018.8

ISBN 978-7-218-12970-9

Ⅰ . ①万… Ⅱ . ①刘… Ⅲ . ①散文集－中国－当代
Ⅳ . ① I267

中国版本图书馆 CIP 数据核字（2018）第 130689 号

Wanwu Jieyou Aiyi

万物皆有爱意

刘玉琴　著

出 版 人：肖风华

责任编辑：马妮璐
责任技编：周　杰　易志华
装帧设计：周伟伟

出版发行：广东人民出版社
地　　址：广州市大沙头四马路 10 号（邮政编码：510102）
电　　话：（020）83798714（总编室）
传　　真：（020）83780199
网　　址：http://www.gdpph.com
印　　刷：北京市燕鑫印刷有限公司
开　　本：880mm×1230mm　1/32
印　　张：10　字　数：200 千
版　　次：2018 年 8 月第 1 版　2018 年 8 月第 1 次印刷
定　　价：42.00 元

如发现印装质量问题，影响阅读，请与出版社（020－83795749）联系调换。
售书热线：（020）83795240

目 录

第一章　历史的格调

第二章　人物世相

第三章　聆听花开的声音

第四章　睿思回望

第一章

历史的格调

叩问远去的时光

　　海明威是美国著名作家，曾被誉为美国国家精神的象征。但在他六十二年的人生旅程中，有二十多年时光是穿行在古巴的土地、河流上。他在古巴写下多部作品，《丧钟为谁而鸣》《富人与穷人》《过河入林》《流动的盛宴》《激流中的岛屿》等。不朽名著《老人与海》犹如一颗璀璨的星，也在这里升起。如今，海明威离世已半个多世纪，近日因参加中古文化传媒论坛活动来到古巴的我们，走在哈瓦那的街道和郊外，与一扇扇灯火通明的门窗相遇，才知道作家海明威至今仍被古巴人民所熟悉、记忆。他的"人可以被消灭，不能被打败"的思想不仅在古巴，也在世界回响。

从"阿妮塔"到"皮拉尔"，钓鱼、出海，涉急流、历险滩，文坛硬汉书写打不倒的精神传奇

古巴是一个岛国，位于加勒比海北部。首都哈瓦那如一颗明珠闪烁在古巴的西北部，享受着墨西哥湾碧绿海水的簇拥。站在哈瓦那，向北望去，海水的另一端，一百多公里之外，就是美国的佛罗里达半岛。

20世纪30年代初，海明威来到古巴，观看一年一度的金枪鱼洄游——他要写一篇关于墨西哥湾随季节性流动的鱼的小说。而稍后的一次古巴之行，海明威兴奋地发现了钓大马林鱼的快乐。他喜欢这种鱼，"游动起来快如闪电""身子结实得像大公牛"，每条重量从几十磅到上千磅不等。钓鱼这项活动，讲究技术，考验耐性，海明威两个月钓了十九条。几次较长时间的旅游，海明威熟悉了古巴人海一样的性格和加勒比个性化的海。喜爱钓鱼狩猎的海明威，由此把自己介绍给了古巴，而古巴也接纳了海明威。他在这里度过了一生中最快乐的时光。

沿着海明威的足迹，我们一一走过曾经的哈瓦那港、柯希玛尔码头，这是海明威当年常来登船出海的地方。由于时光的冲刷，往日的盛景难觅踪影，曾经的喧嚣早已不再，只有大西洋依旧碧水深蓝，一望无际。5月的天气，是哈瓦那最好的季节，天空澄澈，海风轻抚。但在哗哗作响的波涛声中，透过岁月的流光，我们还是仿佛依稀看见了海明威乘着"阿妮塔"和"皮拉尔"号刚刚起程远去的背影。

"阿妮塔"号，是海明威租来的三十四英尺长的汽艇，他和两个古巴最好的捕鱼人，驾驶着它开向波浪汹涌的大海，与咬了钩的马林鱼、金枪鱼角力，斗智斗勇。明晃晃的太阳把辽阔的海面变成斑驳陆离的金色世界时，他们携带着捕获的近五百磅重的一条大马林鱼归来，曾轰动了整个码头。"皮拉尔"号，则是海明威专门改造为供深海捕鱼之用的渔船。船身三十八英尺长，由古巴人担任大副和舵手、厨师。他们在海上多次遭遇罕见的暴风雨，暴风起处，海浪接天，"皮拉尔"号仿佛滚动在水面上一般，危险无比。海明威总能临危不乱，有时亲自掌舵，冲破暴风骤雨恶浪，安全抵达目的地。这两只船上的许多故事和惊险传奇，后来成为海明威笔下最鲜活的素材，那个古巴大副甚至成了海明威书中的主人公原型。这些经历无疑是构成《老人与海》一书的情节来源，换句话说，多次这样的出海经历，凝结为一本不朽名著的源头。这是海明威带着浓厚的兴趣，零距离探究生活，与古巴朋友共同生死，险境中与绝望抗争的结果。这种精神照亮了海明威的一生，也感动着无数后人。

我们至今难忘小说《老人与海》中的故事。"老渔夫桑提亚哥在海上连续八十四天没有捕到鱼。第八十五天，老渔夫一清早就把船划出很远，他出乎意料地钓到了一条比船还大的马林鱼。老头儿和这条鱼周旋了两天，终于叉中了它。但受伤的鱼在海上留下了一道腥踪，引来无数鲨鱼的争抢，老人奋力与鲨鱼搏斗，但回到海港时，马林鱼只剩下一副巨大的骨架，老人也精疲力竭地一头栽倒在地上。那天下午，桑提亚哥在茅棚中睡着了，梦中他见到了狮子。一个人并不是生来要被打败的，你尽可以消灭他，可就是打不败他。"

《老人与海》发表于1952年，书中的主人公桑提亚哥，是海明威所崇尚的完美人物的象征：坚强、宽厚、自信、善良，即使在人生的角斗场上失败了，面对不可逆转的命运，仍是精神上的强者。这种硬汉形象是海明威作品中常有的人物。他们在面对外界巨大压力和遭受厄运打击时，坚强不屈，勇往直前，尽管失败了，却保持了人的尊严和勇气。通过这一形象，海明威热情赞颂了人类面对艰难困苦时所显示的坚不可摧的精神力量。这也是海明威和《老人与海》至今令人景仰的精魂所在。海明威的坚强乐观，给了人们寻找希望的动力之源。

从"小佛罗里达"到"露台餐吧"，通往海边的路短促又漫长。丰富多样的生活构成海明威别致的生命内容

海明威住在古巴的日子里，居处始终离港口、码头很近，他的生活有风卷浪涌，也有波平浪静，但都与古巴人的生活分不开。海明威与古巴人感情深厚。

"小佛罗里达"是古巴当今最著名的酒馆。我们从哈瓦那的新城出发，沿着滨海大道一路西行，约二十公里处，找到了哈瓦那老城里至今仍处在街角处的这家酒馆。夜幕深沉，霓虹灯招牌闪烁，这里曾是海明威最喜爱的地方。他无数次在这里喝酒、就餐、聊天。酒馆离海很近，不到两百米。走进酒店的大堂，不时有海风穿堂而过，尔后又悄然散去。酒馆纵深很长，长方形的大厅与椭圆形的大厅相接。尽管光阴流转，酒馆却依旧保持着红色天鹅绒和黑色木头装饰的风格，二十多张餐桌有序摆开。虽近午夜时分，不少人仍举杯流连。海明威最喜欢喝的德贵丽和莫希托酒至今犹在，并且成了知名招牌。当铺着雪白色台布的深咖色餐桌上摆着如清泉落雪般的德贵丽、溪流横翠般的莫希托酒，只见细碎冰屑簇拥、新鲜薄荷叶点缀的透明玻璃杯内，风情万种，顿感凉爽生风。这两种酒都由朗姆酒加混合果汁调制而成。品味着海明威曾经的最爱，听着传统、欢快的恰恰恰音乐，恍若走进了海明威的多样人生。或许正是这多样人生的旅程丰盈了他的精神与灵魂。

出了酒馆，踩着洒满月光清辉的鹅卵石路，走过著名的累斯萨瓦酒店，不远处，就是阿姆博斯·蒙多斯旅馆。这是海明威到达古巴的第一个落脚点。走进旅馆时，里面灯火明亮，人声乐声交错，几面雪白的墙壁上挂满了海明威的照片。在这里，海明威住过的511房间被创建成一个小型博物馆，一张显眼的红木大书桌是海明威写下《丧钟为谁而鸣》等名作的地方。这里离海更近，站在顶楼的餐厅望出去，可以看到大海和海港入口，当年海明威的渔船就拴在街边的码头。那时来来往往的船只，一定打破过作家窗前的宁静。从旅馆到码头的路，海明威也不知来来回回走过多少番。如今，码头繁华老去，而海明威站在窗口望着穿梭的人流和船只，走上码头招呼着渔民一起出海，抬着巨大的金枪鱼、马林鱼从船上归来的场景，却在我们神往的脑海里拂之不去。它让人相信，海明威在这里的许多感慨和想象，一定被编织进了《老人与海》的情节里。文字筑起的大厦必定来源于丰厚的生活现场。

在哈瓦那的郊区，还有海明威所喜欢的一个小酒馆——露台餐吧。那儿曾是一个小渔村，据说也是《老人与海》小说的背景地。我们找到这个小酒馆时，招牌上的灯火已灭，店已打烊。隔着栅栏往里张望，屋内的灯仍亮着，绿色的台布泛着浅浅的幽光。轻叩门窗，一阵窸窣声之后，主人为远道的客人破例开门。我们再次踏着海明威的足迹走进岁月的深处。酒吧里，尽头一隅，一道绳索拦住了一套桌椅，这是酒吧为海明威保留的永久座席。座席的窗外就是码头，大海正有节奏地拍打着堤岸。海明威在这里的时光，也再一次伴着涛声穿过酒杯，与墙上的数十张海明威开怀大笑的照片一起，展示着一个伟大作家的生活履痕、心路点滴。当初海明威出海捕鱼归航时，总要在这个小酒吧休息、饮酒。

时光散去，人虽变老，窗边的座椅却始终虚位等待海明威的归来。此时已过子夜，月光皎洁，黛色的天幕上白云依稀可见，椰子树影矗立成端庄的剪影。远处传来几声清晰的犬吠，寂静的街道空无一人——今晚的月光、涛声，连同北京的客人，一起属于海明威。

"瞭望山庄"变成博物馆，海明威与古巴互相感念，精神遗产展示一代作家在人心中沉潜的深度

离哈瓦那十多公里的地方，一幢建在山顶上的幽美的西班牙风格住宅，是海明威在古巴居住时间最长的家——瞭望山庄。1939年至1960年，二十余年岁月抚摸着海明威浪漫而难宁的心。顶着午后灼热的阳光，我们走进山庄，院子里林荫蔽地，住房、泳池、塔房、网球场一览无余。山庄占地约二十亩，偏僻而寂静，几乎与世隔绝。在这里，海明威把对待孤寂当成了日常工作。《老人与海》写就于这里。

现在山庄已变成博物馆，海明威的家人把这座海明威一生中唯一完全拥有的住房捐献给了古巴人民。经过古巴政府的投资修建，如今博物馆里存放着海明威生活中的许多原物。家具、私人藏书、毕加索的画作，还有挂在墙上的海明威远征时猎获的羚羊、黑斑羚和野牛的头。房子里，海明威的拖鞋放在床边，老花镜放在床头柜上，一台手提式打字机端立一旁，似乎时时等待主人在上面辛苦劳作。走进院子里，穿过游泳池，我们最关注的是海明威心爱的伙伴之一——"皮拉尔"号。此刻，渔船静静地躺在那里。多年来，这条船一直停放在山庄老网球场上永久的陆上码头，原来的深绿色已褪变成陈旧的灰褐色。曾经的惊心动魄早已远去，"皮拉尔"号似乎仍在静静等待，只是再也等不来启航的命令。可是海明威对大海的向往透过渔船留了下来，一艘永远不会起锚的船，承载的精神不朽。

1954 年 10 月 28 日，海明威的《老人与海》获得诺贝尔文学奖的消息曾从斯德哥尔摩传到瞭望山庄。异常高兴的海明威被古巴朋友围在中间接受热烈祝贺。"古巴什么东西都好。"海明威说，"要是住在其他地方，绝对写不出《老人与海》这本书。"彼时，海明威或许想起了许多古巴朋友——他们为他划着扬帆小艇，出没在海洋急流之中，硕大无比的海鱼就在那里。海明威对他们表示深深钦佩。他跟着他们学习漂浮捕鱼技术，在不同深度处下线，观察他们怎样操作长钓鱼线，怎样把上了钩的金枪鱼从钓鱼线卷盘上取下，怎样拖着小艇在风浪中前进。他看到了古巴人的勤劳、诚实，从不自命不凡，乐意相互帮助。他和渔民之间一直相互爱戴。当年面对记者提出的有何获奖感受时，海明威这样回答："现在我非常幸福，因为我成了获得诺贝尔奖的第一个普通的古巴人。"此时，海明威把自己当成了古巴人。后来他多次说自己是一个古巴人。海明威在接到同奖状一起来的大奖章后，把奖章送给了古巴，把它献给了古巴人民。

有人说，海明威之所以住在古巴，是因为古巴离他所描写的大海最近。其实还因为他在古巴有许多朋友，在这里他被人看作是另一个古巴人。海明威的第一块纪念碑就设在离山庄不远处的一个小渔村。当地的渔民曾每人捐献一个铜的止滑栓或旧的螺旋桨，让艺术家用来铸海明威的胸像，以纪念他们的朋友——海明威。

在古巴，我们感受到古巴人对海明威的巨大热情。以海明威名字命名的街道、旅馆、酒店众多。海明威博物馆是古巴客流量最大的博物馆。在哈瓦那乃至古巴各地，纪念海明威的活动时常举行。在古巴的很多地方，海明威都成了一个文化象征。这种纯粹的热情源自作家对这个热带国家及其人民的热爱。

海明威在古巴度过的那段时光的特殊意义，随着时间的推移，会越来越散发其应有的光泽。他和古巴的关系，说明无论身处何种环境，分属何种民族，人与人之间，人与生活之间，人与理想之间，无疑需要真诚、信任和互相尊重，需要勇气、坚定、激情和梦想。这是人类相亲、延续的前提，是文明前行的灯火。人类的坚强乐观、交融创造，是社会进步的重要基石。海明威用他对生命的激情，所写作品的优美，再次向人们展示了伟大的作家不是孤芳自赏的，是生活热流和灵感生发馈赠的结果，是生命破蛹前的深厚积蓄和波澜壮阔理想的相互碰撞……

一位英国作家说："世界上没有哪个作家能像海明威一样对别人的创作产生如此直接的影响。"丰富的经历、开阔的眼界和独特的风格是成就海明威的重要因素。他不光有多样的生活经历，还对海洋生物有深入研究；亲历过一战、二战和西班牙内战，身中两百多片炮弹碎片，数次重伤；曾赴中国采访，写过六篇有关中国抗日战争的报道……在古巴，越走近海明威，越能感受到坚硬的外壳下面有鲜活的心灵在跳动。陀思妥耶夫斯基曾说，"人是一个谜"。混沌、激荡的人生之流下面，时常隐秘着宏大深邃的本质。海明威以他的杰作，划破了人生的表层，切入到人生的最深处。他用生命燃起的火花，用跌宕多姿、丰厚沉实、充满传奇色彩的人生历程，为自己的作品做了最好的注解。他希望注满热情之血的生命之船，沿着最激昂坚定的方向，在奔腾不息的生活河流上，穿梭得自然、惊险、生动。用他自己的话说，如果你完成一项伟大的事业，那你就会永生。海明威用自己独特的方式，使生命获得了别样的精彩。

如今，在一切都如此繁华喧嚣，精神和思想却需大力构建的当下，来到古巴，将视线投向一位伟大的作家，在对过往踪迹的叩问中，感慨集真善美于一身的艺术形象的伟大，感慨作家波澜多姿的人生历程为杰作所做的非凡铺垫；期望内心深处与不凡灵魂的相遇，期望宏大深邃的思想提升单薄贫弱的精神。这是一个缺少大家的时代，许多人失却精神根基成为漂泊的浮萍，而当年的海明威却以漂泊的姿态打下了生活和精神的坚实的地基，这不由引人深思。

陌上何时花开

陌上花开，可缓缓归矣。

有些话，总能让人禁不住怦然心动。万物肃杀的季节已去，冰雪早融化在暖风里，此时，陌上的花开了，鹅黄嫩紫，青草荫绿，怎不令人眼前一亮？而"可缓缓归矣"，仿佛又以别样的深情，诉说着百转千回、欲扬还抑的思念，让人心驰神移。

写下这个句子的，是五代十国时期吴越国的君王钱镠。史载：钱镠"少年起兵，骁勇绝伦，身经数百战，而不摧"。不过，这位横刀立马、成就天下的乱世英雄，被后人记得不是因为他的雄霸吴越伟业——"古今多少事，都付笑谈中"，而是缘于他对原配夫人戴氏王妃的一片深情，这看似平常却又极为感人的一句话正是成就钱镠深情的载体。

戴氏王妃是个孝顺女子，每年寒食节必返位于临安的郎碧娘家，看望并侍奉双亲，直到陌上花开才归去，岁岁如此。钱镠亦算性情中人，最挂念这个糟糠结发之妻。这一年，王妃在娘家盘桓数旬未归。一日，料理完政事的钱镠走出宫门，见杭州凤凰山脚西湖堤岸已是樱花嫣红杨柳如烟，便提笔写下一封书信：

"陌上花开，可缓缓归矣。"

田间小路上的花开了，你可以一边赏花，一边慢慢地回来了啊。

九个字，平实温馨，情愫尤重。清代学者王士禛在他的《渔洋诗话》中记载了这个故事，又在《香祖笔记》中写道："武肃王不知书，而寄夫人诗云'陌上花开，可缓缓归矣'不过数言，而资致无限！"后人对此句赞赏、唱和者颇多。

钱镠的感动古今之处在于对夫人的深情，九个字融入了几多思念与柔情，以及对陌上风物的深切感知。钱镠同样令人记忆深刻、极为钦佩之处，还在于欲催归而请缓的心境。这是一种怎样的情怀和心绪！思念着王妃，催促她归来，却又深情款款，让她不要着急，慢慢欣赏路边的风景。"何意百炼钢，化为绕指柔"，一代君王对美的流连，对季节变换心灵敏感的悸动，对身边万物发自内心的珍惜之情，让人内心深有触动。

最令我感慨的，正是其中散发出的放慢脚步，舒缓心情，从容欣赏的真情和韵致，"多少事，从来急"，能在如此着急和迫切中握住节奏，真诚地叫自己、叫别人放慢脚步的人委实不多。今来昔往，逝水流年，无论是"千里江陵一日还"，还是"一万年太久，只争朝夕"，人们听惯了向前、再向前的召唤，脚步匆匆又匆匆。尤其是当下，放慢脚步成了这个时代的稀缺之姿，脚步慢不下来，心也慢不下来。

这是一个时常以数字和速度作为衡量指标的快节奏时代。一切都在迅速变革，故而诱惑很多。浮躁、急躁、焦躁……许多人似乎成了被放在火上炙烤的鱼，翻来覆去，躁动不已，时间的飞逝中夹杂着深感幸福太远的焦虑。于是，不但停不下匆匆的脚步，甚至忘记了生活的真正目的，一再与身边的风景、人生的快乐失之交臂。

真该多读几遍"陌上花开，可缓缓归矣"。在内心涌起的阵阵温情中，放缓脚步，随时欣赏沿途的风景。说到底，学会欣赏是一个人善于发现、丰满内心的前提。美丽的阿尔卑斯山上有一块著名的提示牌，上面写着："慢慢走，请欣赏。"

放慢脚步，神宁气定，也许可以看到五月的风里，红色的夹竹桃积攒了全身的气力，欢跳着在枝头上绽放；深秋的寒气里，总有一些叶子不肯从枝条上飘落，等待着白霜覆盖它们高贵的身影。也许可以听到午后的果园，在许久的沉寂之后，传来一声脆脆的鸟鸣，或者淅沥的细雨在屋檐下发出清亮的低吟。当然，也有可能看不到什么，尤其是在高楼林立的城市，看不到水泥地里长出的青草，天上的白云也不够絮一床薄被。但只要留心，总有惊喜。当我们用一颗平常心去看待每一处风景，每一件事情，会发现许多不曾看到过的美丽，发现许多不曾想到过的通向生活之美的途径，找回本应属于我们的快乐。也许，那些东西对我们来说，比最终的结果更重要。

　　放慢脚步，调整身姿，如果愿意，可以听到自己内心花开的声音。可能我们习惯了繁华和喧嚣，但放缓心情，可以让思想和灵魂清醒独行，可以及时立定反省：每一步是不是都有实实在在的分量和意义？有时走得太快，忘记了出发的目的，有时走了很远，发现心思还没有跟上来。心灵需要过滤、整理，需要思考、积累，它的成长是一个不能着急的过程。所以，不妨时常停下来，让脚步等一等心灵，听一听心灵的诉说。每个生命都是一座茂盛的园林，这园林里有无数鲜活的笑脸在阳光下静静地开放，脚步慢下来，就能听到每一朵花开放的声音。那是生命孕育和成长的静语。守住内心，清理欲望，让心灵的顿悟，凝聚起全身的力量。

　　人的一生，会相逢许多季节，遭遇许多变故，既有"独上高楼，望断天涯路"的忧伤，也有"蓦然回首，那人却在灯火阑珊处"的欣喜。虽然不能人人都"泰山崩于前而色不变"，但却可以放慢脚步，站稳脚跟，将目光投向更远。这是生命的权利，也是人生的要义。身体在物质的世界里穿行，心灵需要在思想的世界里高蹈。杜甫说，"会当凌绝顶，一览众山小。"一位哲学家也说过，"当你从匍匐的地上起立，才可以看得见天上的光辉。"在浮躁喧嚣的今天，在匆忙急促的过往中，人们有时容易忽略和失去对价值意义的判断与追求——效率有时导致功利，速度容易使人来不及体味境界的本色和含义。所以，静下心来，适时调整向度，犹如弓在手中，向后满拉，是为了更好击中目标，走得更远。

　　人生是一个奇妙的旅程，需要追求，但不能过多，需要加快速度，但还得学会放慢脚步，否则过多的追求、过快的脚步会湮没作为初衷的快乐和本意。古人早已有言，欲速则不达。当然，这里的慢，并非速度上的停止或坐等。慢在字典里的解释是"从缓""低速度"，是与快相对而言，与快相辅相成，有时慢是为了更快更好。它更多是一种心态，一种修为，一种坚守——宁静的心境，积极的奋斗，对人生的高度自信，是细致、从容应对世界的方式。一位学者指出，放慢脚步不是支持懒惰，不是拖延时间，而是在生活中找到平衡，找到乐趣。

一边是力量积累的宁静，一边是积累力量的迸发。慢下来，在生活的芬芳气息和悠远意境中，去感受一个个鸟声如洗的清晨。

岁月不曾抵达

春天的荷兰，天空时常是灰色的，一旦阳光在田野上舒展，则转眼变得蓝天如洗，轻纱般的薄雾且隐且退。郁金香姹紫嫣红，风信子、白百合花事正盛。满目的繁荣，矜持又显赫地涌进人们的视野。变化多端的天空被一点点涂抹得清新明丽。

李鸿章的艰难跋涉

此时，海牙的阳光有些微弱，海浪无意识地喧哗着，微风略寒。著名的席凡宁根海滩，未至游人如织的夏季，仅有几只帆船，几对游人，衬出北海之滨的苍茫与寂寥。

荷兰是个地理环境比较特殊的国家，首都在阿姆斯特丹，真正的政治文化中心却在海牙，王宫、议会大厦、首相府和一些国际机构相聚于此，还有蜚声世界的国际法庭。

矗立于北海之滨的库哈斯大酒店，于苍茫中显得气势非凡，橙黄色的墙体，圆形穹顶，雄踞于海堤最高处的石阶上，如一座堂皇出众的城堡。室内，音乐大师莱昂哈特的古典音乐在悠扬回响——一百多年的历史气质被低调、从容地宣示传扬。

站在略显空旷的海边，感受着海牙的幽静与树篱的繁茂，脑海中最先浮现的画面，却是一百年前李鸿章带着随员到此访问的情景。1896年的一天，或许太阳早早离开海面，给了大清帝国特使灿烂的笑靥。七十四岁高龄的李鸿章率中外随员四十五人，一路颠簸出使欧美。访问途中，李鸿章由德国出境进入荷兰，入住库哈斯大酒店。此番出使，是清政府欲"以夷制夷""联俄抵日"，寻求国际上广泛支持之举。在旧中国的外交史上，这或许是一个值得纪念的日子。

荷兰王室为李鸿章来访做了充分准备，铺排出隆重的礼遇。有中国儒家经典《论语》的荷兰语译本最新推出，有皇家马车队前往迎接，有库哈斯大酒店"水物凝思宫"的盛宴等候。"优伶献歌舞之技，珠喉玉貌，并世无伦。"荷兰政府还在海滩上空放起了焰火，烟花在天空中组成了"千岁李鸿章"字样。荷兰的盛情，让途经日本横滨时因曾深受其辱、不肯上岸过夜的"李大人"，起身即席赋诗："出入承明五十年，忽来海外地行仙。盛筵高会娱丝竹，千岁灯花喜报传。"对过往的追忆，对眼前景况的感慨，表达了李鸿章的心迹和感念。

这次出访，历时七个月，海路行程三万里，是清王朝首次派出规模如此宏大的外交使团，真正与世界列国平等外交的开始，也是力图止住颓势、延长喘息的一次"隆重出手"。李鸿章在回国向慈禧太后和光绪皇帝陈述赴欧美见闻时，直谏道："各国强盛，中国贫弱，须亟设法。"只是，晚风无奈落花何。一个气脉余微的朝代，声声唱晚中已难掩步步衰败的背影，繁华帷幕中早已透出丝丝飞舞的旧絮。清王朝的衰败，不是一次出访、一首诗词可以扭转的。但荷兰的库哈斯大酒店，这座始建于1818年、久享盛名的酒店，却从此被称为"李鸿章大酒店"，沿用至今，见证了中国曾经的梦想和在异域的影响。

走上二楼的"水物凝思宫"，眼前豁然开朗。大厅宽敞明亮，19世纪的壁画，面海临风的落地窗，高悬的水晶灯，翩然飞舞的柔纱窗幔，甚至当年欢迎盛宴的弦音还在优雅回响……一个餐厅，让时光穿越百年。直到现在，这里每年的夏季"中国焰火"表演依存，酒店纪念册上李鸿章的手书赫然在目。

走出飞快旋转的酒店玻璃大门，走向海边，看着海面的波澜起伏，眼前悬浮出岁月星移、时光飞逝的历史书页。当年李鸿章驻足岸边，面朝大海，产生过怎样的联想，生发出何样的感慨？当年，北洋舰队全军覆没，《马关条约》蒙羞签订，李鸿章曾在日本马关登船回国之际，面对马关这个让他受尽耻辱伤痛的城市，发誓"终身不履日地"。此次出访，途经加拿大时他上岸留宿过夜。途经日本横滨时，再也不愿登岸。当时，必须换乘轮船，得用小船摆渡，摆渡的小船为日本船只，李鸿章坚决不上，随行人员只好在两艘轮船间架了块木板，李鸿章步履蹒跚地顺着木板颤颤悠悠地走过去。

如今，这蹒跚的身影似乎仍在摇晃，切齿的誓言还在海的那一边犹自回响。只是，流星飞转，沧海桑田。今日的中国，由饱受屈辱、积贫积弱走入昂然挺立、光荣与梦想迸发的新时代。一个世纪的探索选择，电闪雷鸣，地覆天翻，旧貌换新颜。鸟儿欢唱，鲜花灿然，荷兰风姿犹在，中国已由弱至强。

沧海不语人间事，海风吹拂已百年。一百年后的这个傍晚，黄昏如此寂静，海的回响，和那悲壮豪迈的情绪，刹那升起，汹涌的波浪闪耀着亮光。往事能否随千帆而去？大海沉默不语，威严而深远。什么都不能使它屈服，无边的希望在深处凝结。

青花瓷的美丽侧影

春天也是荷兰最美的季节，似乎一不小心就跌进凡·高的画里。从荷兰西部的诺德维克小城前往海牙，一路上阡陌相连，花田绵延。青草在湛蓝的天空下泛着绿光，缤纷的郁金香在一眼望不到头的田野里闪耀出场，几十亩、几百亩络绎不绝——仿若一位俏皮盛装的少女，把世界上最美的花朵汇集于自己的裙摆，只在某一个早晨，听到一管清亮的笛音，哗的一声全部打开，演出世界上最惊艳的春天圆舞曲。荷兰虽然只有一千六百多万人口，面积四万多平方公里，却以自己的名字标志过整个世界——17世纪曾被称为"荷兰人的世纪"。当地有句谚语："上帝创造世界时，把荷兰忘记了，因此荷兰人不得不自己创造出一个荷兰。"荷兰人的创造精神、对美的求索之心，让这片土地充满生机。

在海牙市立博物馆，我们看到了中国"青花"的荷兰样本。展馆不大，却用一个展厅布满荷兰的青花瓷。青花的盘，青花的瓶，青花的碗、茶杯、绘画……古雅幽蓝，满目青绝。青花瓷在元代的成熟，是中国陶瓷史上划时代的事件，鲜明的民族特色使之风行于世界。17世纪初，一艘荷兰东印度公司的轮船航行一年多之后，来到中国景德镇，带走了大批瓷器。半个世纪之后，荷兰在代尔夫特小城建成皇家瓷厂，开始仿制精致的景德镇青花瓷。起初，荷兰人想惟妙惟肖地仿制中国瓷器，然而由于土质的截然不同，荷兰的青花瓷缺少玲珑剔透的精细质感。他们不得不开发新技术，吸收中国青花釉质特点和染蓝技术，借鉴日本彩画的技法，最终创造出独具特色的精美图案，制成白釉蓝花精细陶瓷，并一直保持了完全手工的制作方式。

历史上，中国出口欧洲的瓷器数量众多。在欧洲各国博物馆及私人收藏中经常可见中国明清时期的瓷器，其中青花瓷数量居多。明万历时期和明末清初的青花瓷，觚、罐、执壶、汤盆等，器物的造型与纹饰是传统的中国风格，有些器物如奶杯、剃须盘等则是欧洲人喜爱的造型，尤其是纹饰局部出现的郁金香花纹、西洋人物纹章等，显然是为欧洲定制的。而在许多国家研习仿制中国瓷器的风潮中，荷兰的"青花瓷"成了最突出的范本。

现在的代尔夫特小城，成了荷兰的瓷都。在这里，可以找到在中国明代青花瓷的几乎所有款型。荷兰的青花瓷，由此被称为代尔夫特蓝瓷。几百年以来，它日渐成为收藏家的珍宝，在欧洲和日本享有盛名。2008 年，代尔夫特蓝瓷在中国景德镇摘取了陶瓷博览会金奖。这种一眼看上去似曾相识，但又独具古朴、厚重，甚至有些笨拙特质的瓷器，历经几百年烟云，最终在瓷器故乡景德镇完成了自己的"立名正身"。

青花瓷留下东方与西方在荷兰邂逅的一个美丽侧影。"一剪寒梅随流水而下，一枝梅花在早春寄走"，荷兰青花瓷蕴含着中国青花的传统韵味，又有着高雅清亮、曼妙无比的浓郁色彩。这一道耀眼的蓝，穿越了古今几个世纪，续写着荷兰与中国的缘。事实上，除了瓷器，荷兰人对中国文化的研究兴趣历久未衰。20 世纪 40 年代，在中国出任外交官的荷兰中国通高罗佩，对中国琴棋书画研究之广泛令许多中国人自叹弗如，他甚至以唐代传奇为底本，改写了著名的《狄公案》，被称为中国的福尔摩斯案。像高罗佩这样的汉学家在荷兰代代相续，延伸着荷兰人对中国文化的浓厚兴趣。

凡·高的麦田守望

上午的风清爽地吹拂在王子运河上，阿姆斯特丹四通八达的水系在一夜的歇息之后，似乎又活了过来，闪着微波，依偎着岸边的堤坝。被誉为"北方威尼斯"的这座小城，一百多条运河，一千多座桥梁，将街道编排得温婉细腻，带着油画一般的叶嫩花初、船动萍开的情调和色彩。

在荷兰，最著名的画家当数伦勃朗和凡·高，而后者的创作生涯虽然只有十年，却更为紧密地牵引着世界的目光。坐着水船，掠过一座座尖顶教堂和风姿绰约的屋顶，我们由仰望而一点点接近凡·高博物馆。凡·高博物馆坐落在阿姆斯特丹的繁华地段。博物馆门前长长的参观队伍，在街道紧凑、逼仄的水城显得有些扎眼，也十分壮观。这位生前潦倒、身后享获殊荣的荷兰画家，其对艺术和生命的独特感悟令人慨叹神往。

走进博物馆，观者如潮，却安静有序。凡·高的绘画、素描、信件，以及他眼中的自然、乡村、爱情、宗教信仰和文学，一一向我们袒露着这位 1853 年出生、二十七岁学画、三十七岁谢世画家的短暂一生。油画《播种者》《怒放的杏花》《麦田群鸦》《粉红色的果园》《收获》《割晒干草》等色彩浓重，气韵生动，吸引了一批又一批观众。

凡·高的一生应该是沉重、痛苦、焦躁的。贫穷、饥饿，买不起衣服，填不饱肚子，请不起模特；不被人理解，作品无人问津；探索的焦虑，疾病的缠绕，都令他深深绝望。他切割自己的左耳，在田野中开枪自杀……从精神到肉体的扭曲与痛苦，给世人留下迥异常人的背影。但凡·高的许多作品，却聚焦底层人的生活与生存，他的名作《吃土豆的人》以及《麦田收割者》《黄房子》《卧室》等等，折射出他放低的姿态与对生活的尊重。在展厅里，我们看到了凡·高的许多自画像。其中头上戴着草帽的一张最为著名。这位喜欢自称"乡下人"的画家，用他的作品，透露了自己搬着小板凳，坐在路边观察行人，或眼光漫过茅草屋顶、田埂村陌，记录与发现、观察与思索的经历。这位年轻时做过牧师、渴望以信仰的力量扶危济困的画家，在许多怪异行为的背后，其实也坦陈着生命的激情和内心的光亮。

凡·高喜欢大自然，喜欢用色彩表达情感。他用买面包的钱换来颜料，把自己的"伙食费"一点点地堆在画布上，堆出灿烂的向日葵、忧伤的翠菊和一望无际的麦田。"我必须描绘大自然的丰饶壮丽的景观，我们需要鼓舞和欢乐。"他借助色块和线条表达用语言无法表达的感情。在凡·高最著名的《向日葵》画作前，围拢了一层又一层观众。这种谦卑朴实的花，在凡·高的画布上，是那么瑰丽明亮，仿佛闪耀着光芒。画家用色大胆，黄上加黄，到处是不同黄色的变体，每朵花指向不同的方向，虽描绘的是瓶中花，却画出了一副勃然盛开状。这种平凡的花是属于凡·高的，凡·高用他那天才之手，将自然界这一最简单的主题表达得充满动感，光辉四射。是谦卑朴实和内心的真诚，成就了凡·高，成就了《向日葵》。其实，凡·高也知道，盛开之后，便是衰败与枯萎，那是生命的真实。他也画过《枯萎的向日葵》。哲学家海德格尔说过，一朵花的美丽在于它曾经凋谢过。凡·高用卓越的画笔表达了他对生命透彻的观察，揭示了巨大的生命隐喻：轰轰烈烈，又短暂绚烂。正如画家自己的一生。

走出博物馆，眼前还晃动着一片金黄，以及画家忧郁的眼神。风轻轻吹来，抚平树梢，露出远处摇曳的风车和天空的澄澈。我想象着在不远的地方，会不会有一个小小的村庄，有几座茅草苫盖的房舍，几朵淡蓝色的鸢尾花散布在溪水环绕的小路上……鲜活地印证着凡·高笔下和心中的风景。

凡·高的家乡在荷兰南部布拉邦特省的一个小城。凡·高的画作散落于世界各地，却都源于这里。凡·高在写给弟弟的信中说："家乡的田野和石楠丛生的荒地，多多少少总会留存在我们的心中。"如今这里的向日葵依然在阳光下流淌着金黄，葵叶和花瓣像热情奔放的火苗。凡·高平凡而独特的身影似乎依然在阳光斑驳的树丛间穿行，喻示着世间最美好的颜色和线条，隐藏于最乐观的情感和最平实的生活之中。

生命之于凡·高，是残酷的，沉重的，今天的人们很难想象凡·高曾为其作品无人问津而绝望过。如今所有的崇拜、鲜花，只是后世的叠加，当代拍卖行里画价攀升引来的喧嚣、兴奋，都已经与画家无关。走出博物馆，脑海中回放着凡·高笔下灵动的线条、艳丽的色块，回放着凡·高自画像里的执拗目光，仿佛听到画家忧郁中带着温婉的倾诉。我愿意相信，凡·高是喜欢站在向日葵和金黄的麦田边做一个生命的守望者的，守望着大自然的富饶美丽和内心深刻的痛苦，守望着碰触到生命底色的信念和创造，守望着让自己时时可以抵达的心灵故乡，而并不是让自己的作品成为被描摹的标本和拍卖数字里的奇迹。这一点，非同凡响，毋庸置疑。这与今天的艺术家和观众对凡·高的追崇与痴迷，多多少少拉开了距离。

"我爱着，什么也不说；我爱着，只我心里知道；我珍惜我的秘密，也珍惜我的痛苦……"艺术是感情和生命的流淌，好的作品，都是用色彩和线条诉说命运、思想和性情的。凡·高之所以感人，因为他用生命画出了他的爱、他的压抑、他的真诚，生命中所有的感觉都活在了画布上。

在喧嚣的世界真情地活着，这让无数后人可望而难及。

艺术穿越时空

俄罗斯的原野曾经诱惑过我们，白桦林、伏尔加河、莫斯科、圣彼得堡，曾在梦中迂回缠绕。普希金、果戈理、契诃夫、托尔斯泰、高尔基，这些文学天空上的巨星曾经感动过我们，由于他们的倾诉，我们领略了俄罗斯的辽阔与美丽，沧桑与苦难，战争与和平，甚至闻得到那片土地上的硝烟与芬芳。我们如此心仪并走近过那片土地，十月革命和共产主义激情与理想，更成为特定年代许多人的人生方向。

今年深秋时节，我们有缘走进俄罗斯。果然，许多景物似曾相识，许多人物成为共同的话题。但一些未被我们"触摸"过的东西，一些于平实中完成的改变，让我们看到了更多的俄罗斯的侧面。我们感叹，难以忘怀。

与历史名人不断相遇

俄罗斯的雕像很多，随处可见。这些被雕成塑像的人曾经都是俄罗斯历史上的重要人物。政治的、文学的、艺术的、历史的，他们曾经和时代、和人民、和民族，有着紧密的关联。每件雕塑作品神趣盎然，栩栩如生。我们惊叹于俄罗斯人的创造意识和艺术头脑。他们把一位位历史名人变成了艺术品，让他们一直"活"在人们的视野里，默视着喧嚣而平凡的世界，同时又从容不迫地陈述着俄罗斯的过去与现在，不动声色地透露出俄罗斯人的文化素养和民族企盼。

据了解，俄罗斯仅普希金的雕像就有几十座，这位被誉为俄罗斯文学的太阳的诗人，一百多年来一直以不朽的诗篇温暖着这片土地，没有须臾离开。列宁的雕像原先仅在圣彼得堡就有一百多座。圣彼得堡是十月革命的发源地，曾改名列宁格勒，列宁领导的社会主义革命从这里扬帆起航。如今世事飞转流变，现在列宁的雕像只剩下三座，其余均被拆除。途经圣彼得堡列宁广场时，我们看见一座高大的列宁石像——身着大衣的列宁站立路边，正伸手打车，列宁的手一直往前伸出。历史的光热退去之后，领袖似乎以平民的身份每天奔走于百姓之间。

墓园充满艺术人文情韵

俄罗斯人对亡者的墓地表现出特有的艺术情怀。莫斯科西南方的新圣女公墓，不在知名的大街上，门脸毫不起眼，但走进去，俄罗斯人对死亡的理解和态度豁然呈现眼前，令人惊异。一个有着浓厚的人文情怀和豁达敞亮的思维与心境的民族，才能将"死亡"之所布置得如此考究。这儿不像墓地，像是一座艺术公园。一块块墓碑，一座座雕像，纯白、凝黑、褐色、浅灰，质朴的、圆润的、光滑的，造型千变万化，塑像精美绝伦，没有重复，没有媚俗。看得出来，每一块墓碑都经过精雕细琢，每一尊雕像都尽力挽住逝者的神思情韵。我们去的那天，天空飘着细雨，地上旋着微风，满眼清新爽约，肃穆庄严。

新圣女公墓据介绍建于 1524 年，最初为教会上层人物和贵族的灵魂安息之所。20 世纪 20 年代起，这儿成为名人公墓。作家果戈理、契诃夫、法捷耶夫和奥斯特洛夫斯基，画家伊萨克、列维坦，电影演员舒克申，芭蕾舞演员乌兰诺娃，作曲家肖斯塔科维奇，戏曲理论家斯坦尼斯拉夫斯基，政治家赫鲁晓夫、米高扬、葛罗米柯，斯大林的妻子、勃列日涅夫的夫人，戈尔巴乔夫的夫人，以及世界第一个太空人加加林等都葬在这里。每一座墓碑和雕像都承载着一段历史，都是一件雕塑艺术品。从冰冷的石头及艺术创造的背后，我们可以进一步走近俄罗斯文化，翻阅已经凝固的俄罗斯的历史。

赫鲁晓夫的墓碑由黑白各三块大理石互相交叉组成，中间是石雕头像。一半黑与一半白代表了其毁誉参半的一生。但成与败，是与非，如今这一切只能任由后人评说了。芭蕾舞演员乌兰诺娃的墓碑是一尊纯白色大理石雕像。她似乎还没脱去红舞鞋，依然在高贵而优雅地起舞。冰冷的世界与鲜活的人世因为舞蹈家出色的肢体语言，仿佛变得不再尖锐对立，牵引出生者与逝者对话、交流的渴望。诗人马雅可夫斯基的墓被高大的松树、椴树环抱。微风吹过，树叶"沙沙"作响，好似仍在吟唱诗人的诗篇。诗人的墓碑设计非常独特，黑色大理石底座上镶嵌着深红色的大理石，红色大理石中间又用黑色大理石雕成一尊诗人头像。红与黑叠映，莫非述说着诗人在火一般的生命中，三十七岁即远离人世的遗憾？女英雄卓娅的墓同样个性鲜明。卓娅双手被缚在背后，衣衫破碎，挺着裸露的胸膛，双脚微曲，头高高地向后昂起。影响了几代人的少女至死也不肯低下高贵的头颅，英雄的精神世界再一次令人仰视。中国历史上尤其是党史中一再被提及的人物王明，死后也葬在这里。一尊半身雕像，一件中山装，两眼直视前方。多少历史烟云早已灰飞烟灭，或许只剩下无奈与怅惘。

新圣女公墓占地 7.5 公顷，长眠着两万多个灵魂。这里无人看守，常年鲜花不断。做工考究、千姿百态的墓碑与雕塑精致整齐地排列其间，整洁宁静，气韵生动。这里更像是一个雕塑园，或艺术品公园。在此安息者不显得凄凉，前来祭扫者也不会太感忧伤。据了解，俄罗斯有不少墓园。一些大文豪、大艺术家等并没有安葬于此。相对博大精深的俄罗斯文化，小小的墓园只是沧海一粟，但"死"被打理得如此美丽，折射出一个民族乐观生死、对生活感悟透彻的背影。

天使的艺术世界很精彩

在俄罗斯，还有一种景象让人感慨不已。无论是在纪念广场，还是在博物馆，在普希金学院，在克里姆林宫，抑或在教堂，都能见到由老师带领的学前儿童和中小学生在参观浏览。这可能是俄罗斯的一种常规教育，当地人早已习以为常。我们参观克里姆林宫博物馆和圣彼得堡艾尔米塔日博物馆时，许多稚气未脱的孩子和成人一样，冒着寒风在门外静静地排队等候入场。朝代的切换和帝位的更迭，历史的沉重和血雨腥风，或许他们一时无法理解，但历史的辙印从他们幼小的心灵"辗过"之后，肯定不会不留任何痕迹。在十二月党人纪念广场，一群小学生环绕着彼得大帝的青铜骑士雕像慢慢地转着圆圈，听老师轻声地讲述。这位将俄罗斯带入强盛之邦的帝王，在俄罗斯历史上极富开放、改革精神，几百年后其功绩依然令后人景仰。在红场，几十个幼稚的儿童围绕着莫斯科市中心的地理标志开心地比画着，明媚的笑靥在温暖的阳光下格外灿烂。

我们在胜利广场、无名烈士墓等地还见到几对新人，披着婚纱，穿着礼服，手拉手来到纪念碑前或墓前，献上手中的鲜花，尔后离去。据介绍，这是许多俄罗斯人结婚仪式的一部分。没有人督促，不用人陪伴，完全出于习惯和自愿。胜利广场是为纪念二战胜利50周年兴建的，广场上的胜利女神纪念碑高141.8米，象征卫国战争中异常艰难的1418个战斗的日日夜夜。无名烈士墓也是为卫国战争期间牺牲的烈士修建的。新婚之际来此凭吊，是对英雄的敬仰，还是对历史的敬畏，对国家的期望？可能对许多俄罗斯人来说，只是风俗和习惯。

聚拢所有的印象，我们感受到俄罗斯丰富立体的文化艺术教育，是生动直观的，又是不动声色的，其间渗入了浓厚的爱国、历史教育，随处滋润着人们的神经。一个有着深厚的文化土壤，有着优秀的文化传统的国度，其间所漫溢出的文化热情和底蕴，值得我们细细琢磨。

在俄罗斯，有时也能感受到几丝压抑和沉重。经历了大家庭的分裂，"改朝换代"的动荡，未来如何，未来在哪里，有人多少有些迷惘。但年轻人对环境适应得或许快些，老年人的阵痛大概则要延续一段时间。可无论怎样，没有人想再回到从前。历史的车轮向前滚动，再说也无法回去。

远方的理想

一个人，如果长期存在于人们的生活中，一定有其独到之处。

在古巴，无论走到哪里，都会与切·格瓦拉"不期而遇"。说实话，未到古巴之前，不知道切·格瓦拉的影响如此之大。

古巴对切的崇敬，不仅仅是因为切的俊美面容，也不是因为切戴着五角星贝雷帽的潇洒形象，多半是因为切曾经的意志和理想。

切不是古巴人，这位不是古巴人的人，成了古巴人尊崇的英雄。

古巴的城镇、乡村、广场、学校、酒吧，甚至从广告牌到钥匙链，从明信片到皮包，以及文艺作品，切的雕塑、画像，切的语录和有关标语随处可见。切的身影似乎与空气相融，随风飘入万物之中。打一个比方，如果聚拢古巴土地上的花草树木，最馥郁的芬芳可能属于切·格瓦拉。梳理古巴的山川河流，最有力气的涌动之源可能来自切·格瓦拉。切的形象、切的意志、切的理想，在充满神秘与浪漫气息的古巴，犹如鲜亮的旗帜，在风中猎猎飘扬。切不仅是古巴的英雄，名字也曾响至全球。有理想又有坚定的意志，甘愿为理想而舍弃一切，这是切的可贵之处。正如法国一位哲学家所说，切是我们这个时代最纯粹的人。

1928年6月14日，切出生于阿根廷一个中产阶级家庭。医科大学毕业后，切曾骑着摩托车深入南美洲探险。沿途的所见所闻，使他深切体会到民众的贫穷和社会的不公，痛感人民苦难非医药可治，由此走上革命道路。1955年，他在墨西哥流亡期间，结识了菲德尔·卡斯特罗，并加入了旨在夺取古巴政权的游击队。当时他是这支队伍中唯一的外国人。之所以允许他加入，缘于他是医生。这容易让人想起中国抗日战争期间，加拿大医生白求恩不远万里来到中国战场的场景。切的弃医从戎，也让人想起中国的鲁迅、郭沫若，他们为疗救更多人的心灵，放弃医学，从而做出新的选择。这一选择，让切成了卡斯特罗的亲密战友。几年之后，他们一起返回古巴，开始了长达三年之久的反对古巴独裁政府的战斗。

哈瓦那的春天，是多雨的季节，疾风骤雨时常不期而至。不过转瞬又云雾天光，碧空如洗。离哈瓦那东去约三百公里的圣克拉拉市，雨后的下午一切清晰而水灵。市区里高大的建筑不多，色彩沉稳，切的各种画像在城市里展示得愈加鲜亮、稠密。不论视线停在哪个方向，总与你须臾不离。1958年12月21日，切在这儿取得了具有决定性意义的一场战斗的胜利。他领导的革命军，把独裁政府派来增援的一列装满军火和四百多名士兵的火车颠覆出轨，从而导致独裁政府迅速投降。今天，在圣克拉拉市的独立大街，这列由四节车厢组成的火车依然还保留着当初出轨时的模样，并且就地建起了火车遗骸博物馆。不远处的革命广场，直插云天的纪念碑上，切左手绑着绷带，右手拎着来复枪的青铜雕像和切纪念馆、陵墓，如同一幅长卷，组成了这座城市的地理坐标和精神图表——不畏艰险，勇往直前，直至胜利。切威武刚强的战士身影，头戴五角星贝雷帽、目光炯然的英姿，定格成了这座城市最有代表性的形象。

战斗之后，切被授予古巴居民身份。切的人所难及之处，是在身任古巴国家银行行长、财政部长、工业部长之后，不享受任何特权，朴素节俭，勇于献身，为马克思主义无私奉献。他希望用利他公正、集体主义的道德观来抵御物质欲望的侵袭，并且作为一个国际革命者，始终怀有为共产革命不息奋斗的理想。

20 世纪 60 年代，切作为古巴大使访问世界许多国家，游历了所有的社会主义国家。1960 年，切曾来到中国，毛泽东主席宴请过他。切以他非凡的革命经历和充满智慧的人格魅力，为新生的古巴政权赢得广泛的国际支持。但访问归来之后，他也时常反省有的"社会主义"国家在与西方国家的竞赛中落后的原因，他认为其原因不是由于他们接受了马克思主义，而是因为他们背叛和放弃了马克思主义，同时他也思考自己为之奋斗的事业，意义何在，自己的革命理想将如何延续？

后来他毅然决定放弃自己的职务、军衔、古巴国籍以及为之奋斗过的一切，包括自己的家庭，重新走上打游击的道路，怀着满腔革命激情和坚定信仰，前往世界上最黑暗的角落、最火热的地方开辟新的战场，去完成他为国际革命而奋斗的梦想——不仅要解放古巴，还要解放全拉丁美洲。后来，切穿越非洲，参加刚果的斗争，返回拉美组建游击队。当他本人乔装带领一支军队来到玻利维亚，试图发动遍及美洲大陆的起义时，因被告密者出卖而不幸被捕，1967年被玻利维亚政府处以死刑。

切短暂的一生是个悲剧，但也是一支英雄进行曲。和平与发展成为当今时代主题之际，切在今天的意义，不在于具体做过什么、如何去做，他的追求已不太为今天的人们所理解，甚至所需要。但是，他对理想的执着和舍弃一切的牺牲精神，他的理想和实践的密切结合，以及持续不断的革命热情，令人尊重。虽然由于判断的失误、自相矛盾的行为及不成熟的个性，使切陷入乌托邦式的理想中，但是他始终保持着行动和思想的统一。当一个人舍得放弃现有的光环和安逸，去做一个漂泊四方、居无定所的战士，只为了追求社会公正、利他的理想而披荆斩棘，赴汤蹈火，在所不辞，这种品质令人敬仰。

切在古巴是为社会主义理想无私奉献的榜样。古巴20世纪60年代发起过一场纪念切的运动；90年代，为了激励古巴人的革命热情，全国再次掀起向切学习的运动。现在古巴学校的少先队员每天唱的队歌歌词是："共产主义的先锋队员们，让我们向切学习。"今天的古巴需要切，是需要一种奋斗的激情以稳定人心、鼓舞斗志。说到底，对切的尊崇，是对英雄的敬仰、对理想的高韬。正如一位作家所说："切是一位备受尊崇的马克思主义英雄和古巴理想社会主义者的楷模。他的纯粹的马克思主义信仰、无私的奉献，以及不怕牺牲、忘我工作的精神，极大地鼓舞着人们。"

1997 年，切的遗骸在玻利维亚被挖掘出来，送回古巴，选定在圣克拉拉安葬——这是他当年立下显赫战功的地方。古巴政府按照国家军人最高礼仪迎接切的灵柩。全国举丧三天，百万人参加追悼。卡斯特罗动情地说："切是人民理想的典范、人类良心的典范，是我所认识的最高尚、最不凡和最无私的人。"如今，我们走在圣克拉拉的切的纪念广场，只见樱花正盛，草木葳蕤；在切的陵前，一束火焰，长明不熄。切的精神和意志，将日益成为古巴乃至世界的财富，在大地上蓬勃生长。

今天，不仅古巴，还有不少国家的人们尤其是青年对切怀着真诚的敬意，很大程度上是对抱有理想信念和坚定意志的人的景仰。无论哪一个时代，人们都需要理想，需要激情，需要有坚定的意志去保持理想和行动的统一。尤其是社会的飞速发展带来物质的快速增长之际，巨大的物质利益面前，有时精神理想容易迷失，肉体和精神时常相悖，人们对世俗的追求多，而理想的鼓荡不足。所以，尤其需要纯粹的信仰、无私的奉献，需要冲锋向前、不畏艰险。

对切的纪念，还是对艰苦奋斗、不怕牺牲精神的赞扬。人要舍得为他人奉献，勇于自我牺牲，始终保持革命的热情，为了理想而随时准备交付性命。社会的进步，人类的幸福最终与无数人的筚路蓝缕、前仆后继、坚忍不拔、勇往直前密切相关。

当然，切的世界革命理想带有堂吉诃德式的乌托邦色彩，离现实较远，对革命的目的、世界的大势，包括对行动的方式，在一定意义上缺乏清醒的认知和判断。这也警醒我们，革命的理想和行动，如何与社会发展的规律、历史进步的潮流相宜，如何代表大多数人的利益，真正地合乎公平正义、合乎道路与制度、合乎不同国家的现实与国情，这其实是一道深奥的课题。理想是方向，须找到正确的路径。在熙熙攘攘、百转千变的时代，我们需要理想，需要行动，更需要路径、制度和思想。

近半个世纪过去了，切被许多人所尊崇，还昭示了纯粹高尚的动机、坚定无私的人格、把个人生命交付给人类追求平等正义事业的执着，是社会永远崇敬的品格，是人类进步不能缺少的精神力量。人究竟该怎样生活，做一个什么样的人，如何保持内心的纯粹和持续追求的热情，这仍是今天需要不断思考的问题。

相隔一朵桃花

我与林芝，仿佛只隔了一朵桃花的距离。

一只脚抬起，另一只脚落下，几千里路程，似只在倏忽之间，穿越而过，即刻触摸到了林芝的春意。

3月，寒意未尽。林芝的桃花已"夭夭"开放。村庄、街道、地头、湖畔、藏家的墙边，全被桃花布局。几十公里长的花道，渲染着季节变换的色彩。

林芝的桃花，不是寻常桃园里的那一种：红艳艳，挤挤挨挨，露着羞和怯；也不似江南的那一种：清秀柔美，文弱温溢。林芝的桃树是野生的，历经几十年、上百年、千余年风霜，树干高大、粗壮、挺拔，树冠如巨大的伞盖优雅地张开，满树花朵或粉红，或浅白、率性、大气、洒脱，当然也藏着脉脉深情。

林芝号称西藏的江南，地处雅鲁藏布江中下游，喜马拉雅和念青唐古拉山脉大度地将其拥揽入怀。其中，南北走向的横断山脉像一扇窗户，将来自印度洋的暖湿气流送进这里。林芝的森林覆盖率达百分之四十七点六，植被覆盖率高达百分之九十。在林芝的近郊，有一处闻名遐迩的嘎拉村桃花沟，是最令人惊艳的所在：五百亩原生态桃林漫山遍野。嘎拉山昂然挺立，山坡、沟谷，一簇簇，一片片，一行行，千树万树，千朵万朵，密密匝匝，呼啦啦开得热闹妩媚，如醉霞绯云般地向远方延伸。

这是一幅绝美的风景画。从山顶远望，枝条纷披的杨柳绿得正好，成片的青稞嫩芽勃发，尼洋河从山脚蜿蜒流过，岸边鲜艳的藏式民居掩映于绿色之间。还有远处雪山皑皑，水灵灵倒映在清澈的河水中。气势磅礴与无限柔媚，满目苍黛与光华灼灼，都在蓝天白云的邀约下达到和谐。如此美景，似天边飞来的传奇。

浪漫的季节，面对桃花的灿然，本该怡然，可心里却突然涌出一丝心痛和忧伤——是对美丽易逝、难以抓住的忧伤。风起云涌之间，多少美景都将转眼成空。林芝的桃花，无论怎样绚烂，也终将随时光落去，悄然融入泥土。这样的结局，虽然知道它是世间常情，却终究在心底为之惋惜不已。正如桃花沟的山坡上，那条清浅流淌、名曰"西原渠珍"的溪水长廊。那是一百年前，一个藏族女子西原和汉族军官陈渠珍留下的故事。

西原是谁？西原是桃花沟附近的十六岁少女。在这里，她与入藏平叛的军官陈渠珍相遇。故事的开场充满浪漫与美丽。那一天，应是阳光灿烂的午后。陈渠珍至友人家做客。当时之境，应有桃花落英缤纷。艳若桃李的西原在一群少女的簇拥下，一起为客人表演马上拔竿，策鞭疾驰、裙袂飘飞，在马经过立竿的时候俯身拔起，轻盈敏捷的身姿让众人大声叫好。她一气连拔五竿，精湛的马技让陈渠珍瞠目结舌，大为惊艳。遇到西原的那一年，陈渠珍二十出头，英武俊雅。两人的命运从此紧紧连在一起。

故事的过程惊心动魄。不久武昌事变，驻藏清军内乱。陈渠珍惧祸之将至，率一百余湘西子弟，从工布江达出发，取道羌塘草原，准备翻越唐古拉山入青海返回内地，西原舍身相随。但队伍却误入歧途，迷困荒漠，断粮挨饿。更加煎熬的是弹尽粮绝之后日有死亡。昨日冻死的兄弟，成为今日烹煮的口粮。陈渠珍虽有武器，但对付天上的老鹰、地上的羚羊，却力有不逮。幸亏西原枪法精准，弹无虚发。她生死相随，一路上数度救他于水火。怀中，一小片牛肉，是她为他节省的。她说自己耐得住饿，而他要指挥队伍，不可一日无食。茹毛饮血的日子里，西原的笑，是寒夜中的灯火，给他以希望。

故事的结局却令人怅惘。绝地辗转七个月后，历尽千辛到达西安，全队仅七人生还。他们借住于友人的空宅，等候家中汇钱。此时西安流行麻疹，西原不幸染疾，一病而逝。临终前，她泣声对他说，西原万里从君，相期终始，不料病入膏肓，中道永诀。然君幸济，我死亦瞑目矣。说罢，溘然长逝。陈渠珍心如刀绞，号啕大哭。万里相随，一路相依为命。而他，连给她殓葬的钱都没有。在友人的帮助下，他将十九岁的西原葬在西安城外的雁塔寺。"回到居所，室冷帏空，天胡不吊，泪尽声嘶，禁不住又仰天长号。"后来做了"湘西王"的陈渠珍，将这段痛彻心扉的岁月和西原的勇敢高尚，忠实写入《芜野尘梦》。书到此戛然而止，因为他"述至此，肝肠寸断矣。余书亦从此辍笔矣"。时至今日，隔着辽阔的时空，犹可触到他当时肝肠寸断的痛。再后来，他逝于长沙。彼时，她已在另一个世界沉睡四十年。

如今的"西原渠珍"，正是今人对那一段凄美故事的美丽怀想。

林芝还有六世达赖仓央嘉措和他的诗，让我们感到美丽和凄婉。离八一镇不远处的尼洋阁民俗博物馆，我们见到了这位藏族最著名的诗人、人称"情歌诗人"的最初的背影。他出生于藏南的门隅地区，那里曾是林芝的领域。他的诗"美人不是母胎生，应是桃花树长成"，至今仍是林芝桃花节的宣传语。仓央嘉措的诗歌和短暂人生，让我们深深领悟繁华背后的挣扎和无奈。当初，这位被认定的转世灵童，身居清静庄严的布达拉宫圣地，却怀揣淡泊离世的深情，向往自由率性的凡间，"住在布达拉宫，我是雪域最大的王。流浪在拉萨街头，我是世间最美的情郎。"正如有人所说，诸神把世界托付给了他，他却只想要回他自己。他成了黄金囚笼里最高贵的犯人，所以他的结局注定是个悲剧。

漫步在博物馆的历史烟尘之中，耳边似响起仓央嘉措的情歌《东山顶上》："在那东方山顶，升起洁白的月亮。玛吉阿米的脸庞，渐渐浮现在我心上。"这是一首流传很广的诗歌，凝结了仓央嘉措深情而浪漫的表白，成为他爱的宣言。仓央嘉措的生命年轮止于二十四岁，他的诗歌却在人间获得了永生。爱与憎，苦与乐，感与悟，行与思，在他的诗歌里绵延生长。如今，我们一边品味着他的诗歌，一边满怀悲悯地期望，在天上的雕和地上猎人的重围中，他应该已经飞回到他的梦乡，不再觉得季节流转，人生悲凉。

蓝天、白云、雪山、草原，林芝美得纯净空明。去往措高湖的途中，几十公里长的路上，依然时时看得见桃花飘舞的模样。进入尼洋河和雅鲁藏布江交汇之处，岸边又有一排排藏柳扑面而来，拳曲、遒劲、粗壮、伟岸，仿佛显尽人间的气势与沧桑。而路边一棵巨大的桑树更引我们遐思。这棵树是一千三百年前，松赞干布和文成公主亲手种植的。只是而今树虽葳蕤，却早已物是人非。当年，文成公主远嫁吐蕃和亲时，到底是一种怎样的心境，我们已无法猜想。只知道，风光浩荡的和亲队伍从大唐到吐蕃走了两年，文成公主从一个小姑娘变成了亭亭玉立的少女。她一路走，一路回望，一路流泪。传说中为了斩断思乡的念头，她打碎了唐太宗赐予的能看见故乡的镜子，但她流下的泪水汇成了河流。今天看来，她的和亲远嫁，永载在史册。可隔着时空的帷幔令我们忆起时还是有一丝心痛和感伤。一个人的美丽与生命转头逝去，荒远的西域能否耐得住她如花的流年？一首诗至今让我心有所戚，"去岁枯草犹存，今年桃花又开，多少人间事情，可以推翻重来"？

李煜有《乌夜啼》：林花谢了春红，太匆匆，无奈朝来寒雨晚来风……几句词道破了岁月的无情和美丽的来去匆匆。美丽，无论是人，是景，是物，因为易逝、难得、短暂，总是容易让人心动，令人惆怅忧伤。绮丽的色彩经不住朝飞暮卷，绿水会因风皱面，青山会为雪白头。

可美丽的东西易逝，美丽的物件难得，更警醒我们要抓住当下，学会珍惜。细细思量，真正美好的事物并不是真的随风而去。桃花的凋落，是化作春泥更护花，来年依旧笑春风。西原渠珍的故事代代流传，那是一个藏家女子对一个汉家男子不离不弃、生死相随的感情，不断地被崇敬，被景仰。这样的深情，在今天这样一个充满变动的时代珍贵无比，意味深长。文成公主的和亲之举更是促进了民族的进步和谐。如今的西藏，始终绵延着各民族蓬勃共进的声响。那么多的美丽，尽管早已不再，犹如我们目送一剪寒梅随流水而下，唯余慨叹欷歔，但又如一枝梅花在早春寄走，让我们收入了无尽的诗意时光。

所以，美丽易逝，但并非徒有感伤。岁月如梭，人生若白驹过隙，秉持一种信仰，一种坚守，葆有一份美丽的情怀，便能在内心里找到永恒的美好，开阔出锦云般的又一方天地。

为美丽而忧伤，其实也不意味着人生的消沉，它只是使人保持一种清醒，对天地万物格外敬惜，保持对人生过往的透彻反思。知道有太多的东西不能掌握在自己手里，所以会格外珍惜，从内心的萌动，到情感的勃发，会为了抓住美丽而奋起。从这样的角度而言，这忧伤是惋惜之后的希望，是美丽萦绕于心的旷达。这忧伤，便也成了一种美丽。

正如今日的林芝，尽管有陶渊明《桃花源记》中描写的"忽逢桃花林，夹岸数百步，中无杂树，芳草鲜美，落英缤纷"的美景；有西藏江南、雪域明珠的美誉；有多民族的相融和谐；有极好的人文景观、生态示范；当然也有不便的交通，经济尚欠发达等遗憾。不过林芝人的向往与坚守，创造与奋起，终将使这里成为一切浪漫幻想的开始，无边春意勃发的起点。在这片激情涌流的土地上，所有的美丽都不会是风中传奇，都将在岁月中凝成挺拔的身影，由悠远走向辽阔，由苍茫走向深邃。更似林芝的桃花，阅尽高原不尽的沧桑，浸润雪域虔诚的信仰，以雄浑昂扬之姿，向我们讲述着永久的美丽与神奇。

东川之叹

说起云南，很多人首先想到的是丽江，那个在传说中充满了浪漫的古城。

但我想起的是东川，一个远离"风花雪月"，在山上艰难生长的小城。

深秋，北京金黄色的银杏落叶铺满地面，寒风骤紧，我们去往东川。北京飞昆明三个半小时，换乘汽车又三个小时，一路颠簸进入东川地界。虽是秋意已尽，东川依然青翠弥漫，暖风撩人。不过走进城区，翻越山谷，拂去岁月的光痕，掠过季节的背影，我们还是为这绿色掩映之下的东川，其鲜为人知的艰难与悲壮而一步一叹。

说起来，东川是昆明的一个区，可距昆明却有一百六十公里，是昆明市唯一没有接通高速公路的区。金沙江从它身边流过，乌蒙山在境内蜿蜒，听起来富有诗意。然而山高谷深，地势陡峻，一千八百多平方公里的土地，百分之九十七是山地，其余为河谷，"地无三分平"。行走于东川的城区乡镇，感觉上是在不断地上山下山。这里，海拔最高处四千多米，最低处六百多米，是世界上罕见的深大断裂带，地质侵蚀强烈。金沙江和小江及支流的切割，形成其沟壑纵横的高山峡谷地貌，令人生畏。东川因此还要承受泥石流的频繁爆发。曾经的山水骤至，土软石松，洪流滚滚，泥沙俱下，千斤巨石随浪逐流的景象，让当地人至今心有余悸。生活在这里，要承载难以想象的艰辛。

不过，我们因此更为它的绝美与顽强而感叹。

地处温暖湿润环境的云南，土壤里的铁质经过氧化慢慢沉积下来，逐渐形成了耀眼的色彩。东川的土壤富含铁镁等金属元素，呈现出稀有的赤红色。翻犁过后，雨淋日晒，大片土地变得鲜红如血。在这片火红的土壤上，山坡，深谷，一块块田地被一双双粗糙的手一点点开垦出来，形成片片梯田。一年四季，紫色的洋芋花、黄色的油菜花、白色的荞麦花、油绿的青稞，轮番种植，交替开放。炫目的色彩，搭配着休耕的红色土地，色彩斑斓，光影流溢，仿佛造物主遗落在人间的调色板。

那天，驱车盘旋四十公里山路上山，一个有很美丽的村名的村庄——落霞沟，牵住了我们的脚步。站在山坡上，暖阳轻抚，秋风把浓雾碾得很薄。方圆几十公里的红土地在阳光的照射下，绵延铺展。赤橙黄绿紫的巨幅色块，呈弧形连缀，层层叠叠，宛如天梯。梯田平缓起伏，埂回堤转，似要延伸至云里雾里。对面的山坡上，零星散布着几座民房，屋顶上，几缕炊烟升出树梢，静静融入蓝天。辽阔的梯田和零落的山村，洇染出令人震撼的巨幅画卷。

有人说，东川红土地是全世界最有气势的红土地，我觉得是因为东川红土地别有一种壮美，那是在贫瘠和蛮荒面前昂首走过千年的宣言。生生不息的遗传密码，生存意志的坚定顽强，都已蛰伏且凝聚于红土。那份从岁月深处漫溢出来的执着淡定，胸纳风云，构成东川独有的个性。正如一位作家所说，即便低到尘埃，也要在尘埃里开出花来。我折服于这巨大的艰难中绽放的坚毅和诗性。如今，时光像江水一样滔滔流逝，外面的世界早已沧海桑田。红土梯田却掩映在千山万壑之中，兀自芬芳，写满轮回更迭中的尊严与不屈。

东川，一个"铜"字也绕不过去。历史上，东川因铜兴盛，享有"天南铜都"的雅誉。乾隆曾为东川铜矿题匾"灵裕九寰"，称赞其给天下带来的富庶。东川的兴荣让人深叹。

东川，很古老。西汉为堂琅县，唐始设东川郡，明清一直有东川府，历朝历代地位瞩目。

东川，很显赫。三千多年前，东川铜铸造的青铜器名扬四海，西汉达至高峰。公元四世纪，白铜生产技术使东川登上世界科技高峰。清代，东川铜业进入黄金时期，东川铜占全国铜总量的百分之六十，清王朝的钱币百分之七十由东川铜铸造。顺治、康熙直到宣统时期所铸的铜钱，背面大都刻有"宝东"二字，这个"东"便是东川。当时东川有矿工十余万人，十几个大型冶炼厂，大大小小的铜炉昼夜不停燃烧，熊熊烈火映红了天宇。传说甚至描绘东川城里的每一寸土地都是铜铺的，青色的铜渣砌成了房屋的一面面墙，在朝阳下发出青铜色迷人的光。

数十万马帮可能见证了东川的兴盛与繁荣。明万历年开始，东川铜源源不断运往京都，供朝廷铸币。从矿山到京师，水陆里程一万余里，其中两千余公里的陆路只能靠马驮运。于是，成群结队的马帮穿行在京滇之间，数万匹马常年驮着运往京城的铜锭以及带回来的生活用品，川流不息奔走在云南崇山峻岭的古道上，激起的尘埃遮天蔽日。日复一日，年复一年，叮当的铃声在彩云之南脆响了三百多年。

而今天的东川，除了起伏的沟渠和充满历史沧桑的建筑，已见不到一块铜片，听不到铜矿机器的轰鸣。站在铜矿遗址前，我们只能遥想当年的盛景，空中似亦飘浮着轻轻的慨叹。犹如一部电影的魔幻镜头，一个曾经的铜都转眼繁华落幕。一个资源丰富的地区成了资源枯竭型城市，华丽的衣袍在风中露出了破旧的洞孔。经过上千年开采，资源枯竭，成本上升，铜价大跌，金融危机……东川由辉煌跌入低谷。因铜而兴，因铜而衰。一个近半个世纪的地级市降格为一个市属辖区。铜矿破产，百分之八十以上企业倒闭。六十年前，万人探矿，六万余人开山凿石，几百公里的矿山喧闹沸腾的景象早已成为遥远的记忆。东川的光华掩入历史的褶皱，飘落随云远逝的河流。城市乡村，似乎都在沉重地叹息，东川何处？

公元 225 年，诸葛亮南征走过东川；一百五十多年前，太平军主力开进东川；七十年前，北上抗日的三千人马在此巧渡金沙江；抗战时期，闻名中外的驼峰航线，东川是必经之地。毛泽东大气雄浑的诗篇"五岭逶迤腾细浪，乌蒙磅礴走泥丸"，是对东川乌蒙山的生动描述。

由富庶沦入贫瘠，东川是尴尬的；由繁华走向没落，东川是悲壮的；由国之重城走向默然一隅，东川是不甘的。而东川的沟壑依旧贮满神奇和奋发的基因，当年战士们手持的火把仿佛仍在山间燃烧。

走进干热河谷农业生态区，万亩葡萄园绿满山坡，绵延无际；蒋家沟、深沟，几百公里长的泥石流冲击沟，被改造成了泥石流赛车场、泥石流博物馆，蛮荒开阔，青色披拂；六万多公里的矿洞和矿道，犹如地下万里长城，和众多的铜文化遗迹一起，逐渐展露出铜文化的历史奇迹。沿着深长的峡谷，走过金沙水岸，天空澄澈，水急波涌。抚摸着历经风雨的安顺铁索桥，凝望正拔地而起的金东大桥，只觉得历史的烟云和岁月的沧桑，也遮不住清脆的蹄声和绵亘的心劲，连绵的群山和流淌的河流，还奔涌着来自历史深处的激情和渴望。

地处"两省四县"交会处的东川，早已开始负重提速，推进城市转型、产业转型。城市功能重新定位，工矿企业再次整合，创建红土地、牯牛山体验式旅游基地，以生态修复实践示范大地伤痕之美。东川对自己的发展定位，凝聚了后来者对时代和先辈的敬意。利用巨大的海拔落差，"一山分四季，十里不同天"的独特气候，挖掘现有资源，覆盖高原特色农业，在"特"字上做文章。东川对自身的资源透视也格外清晰。东川的二次创业，不退缩、不灰心、不言败，倔强的神情布满山坡、深谷，犹如风在诉说着新的风情。

于是，我们不禁为这一坚定转身而惊叹。在时光的如水印痕里，东川，更像是上帝遗落的一个梦。梦里兴衰沉浮，梦醒晨光骤起。社会转型期的坚韧和前倾之姿，点起"东山再起"的希望。大山的每一块石缝里，峡谷的每一朵开放的花里，东川的昂然之气正蓬勃。

站在东川的牯牛山上，天高地远，白云悠然。金沙江滔滔东去奔流入海，乌蒙山巍峨耸立沉默不语。几千年无悔的向往，即便满身疮痍也傲然挺立的身姿，让我忽然感到，宠辱不惊，波澜不变，东川的精神意志，风雨中穿行的自信，无与伦比，令人肃然。

诗满边城

这是一块充满诗意的土地。

呼伦湖水依偎在她的胸前轻轻拍打着堤岸，俄罗斯联邦的茵茵碧草铺陈在她的身后向着远方起伏蔓延。坐落在呼伦贝尔草原西部的边境小城满洲里，沐浴着开放的春风，抖落了往日的风尘，如一颗璀璨的明珠，在蓝天丽水、白云牛羊的千里草原上闪烁出灼人的光彩。

近千年的岁月之河汩汩流过。资源丰富、水草丰美的满洲里一直是游牧民族的理想牧地和兵家必争、刀光剑影的古战场，金戈铁马、折戟沉沙的号角，至今还在撞击着人们的耳鼓。近一个世纪前，随着东清铁路贯通时悠远绵长的汽笛声和呼伦贝尔城的建立，中外客商汇聚，贸易兴盛，边城又卓然树立起国际贸易重镇的形象。如今留存下来的鲜卑人古墓群、成吉思汗拴马桩、长满萋萋芳草的金代边壕以及边贸市场旧址等，仿佛都在吟诵着昔日繁荣而又悲壮的诗篇。20 世纪 20 年代起，满洲里作为通往苏联和共产国际的红色通道，还送往迎来了许多中国共产党的创始人和早期领导人，如李大钊、周恩来、刘少奇、瞿秋白、许光达、邓颖超等，边城的土地上印下了他们诗一般优美而坚定的足迹。

如果说边城的历史如诗，那么岁月的车轮碾过了半个多世纪的风烟和寂静之后，边城更是如诗如画。这里是我国最大的内陆口岸，处在欧亚大陆桥的交通要道和亚欧经济圈双向辐射的扇面交汇点上。她毗邻俄罗斯赤塔州的自由经济区，面对着资源广阔的中国腹地，背靠着远东及西伯利亚地区富饶而亟待开发的自然资源，同时，亚洲经济圈的货物从这里运往东欧西欧，也比海运要快得多和便宜得多。这得天独厚的地缘优势为满洲里创作恢宏诗篇提供了最为有利的框架。所以，当一位历史巨人用双手推开我们封闭已久的古老国门的时候，边城满洲里开始躁动不安。1992年，国务院批准满洲里为沿边开放城市，这条横亘在欧亚大陆桥的巨龙，终于有了抒写激动人心诗篇的巨大动力，她再也耐不住历史的寂寞，打开封闭已久的北国大门，凭借口岸优势这个聚宝盆，迫不及待地驶入了开发开放的快车道。这个历史性的突破带来的是一股不可遏止的国际贸易潮流。黑眼睛、蓝眼睛，南方与北方的客商汇聚这里。小城变得生动而多彩。

满洲里的决策者们，也以拓荒者独具的眼光，抓住历史与现实的契机，不失时机地迅速做出反应——重振百年国际商埠雄风，把满洲里建设成具有相当规模的国际贸易城。这是边城整首大气磅礴诗篇的诗眼。激昂豪迈的诗句由此连绵不绝，响彻云天。中俄边境线上第一个剪开双方铁丝网的互市贸易封闭区已巍然矗立，世界各地的客商都可以在这里抢占一席之地，现代化的国际商城将充分展示出"北方沙头角"的绰约风姿；经济开发区、风光旅游区、农业创汇区、能源开发区相继兴建，如阵阵春风，吹动着国际贸易城的旗帜猎猎飘荡；同时，陆路大动脉301国道的全线贯通和国际机场的奠基，也为腾飞的边城插上了翅膀；程控电话网的形成与开通，使边城与国内外各地"天涯若比邻"。近年来，每年都有大批进出口货物在这里交接和换装，车站里宽轨和窄轨交错的铁道，一头连着中国内地，一头伸向广袤的俄罗斯和欧洲。边境有边，边贸无边。全国各地的商品汇聚这里，然后进入俄罗斯、东欧，而俄罗斯和东欧各国的钢材、化肥、工业原料，通过边城消化在祖国的大江南北。五百万吨的铁路换装能力和二十万吨的公路过货能力，为边城与国内外贸易伙伴的合作提供了南联北开、双向开放的宽阔舞台。1994年，在全国边贸效益普遍滑坡的形势下，满洲里口岸进出口货物量仍比去年增长百分之二十七。满洲里挥动着改革开放的大笔把国际商城花一般缤纷的诗意送进了国内和异邦的千家万户。昔日的红色通道上巍然拓展出一条色彩亮丽的绿色长廊，边城已初具了国际贸易城的规模。

随着如水的人流漫步市区，那沿街门楣上的中俄文字招牌，边贸市场上不时入耳的"哈拉少"以及手势和计算器的交易场面，那万头攒动的北方市场中的黑黄头发人流，那清爽整洁、浓荫匝地的街道，到处高耸的吊塔，林立的公司，络绎于道的商贾，都能使你强烈感受到，边城人正在干着建设国际贸易城的宏伟事业。

凭风借力上青天，春潮带雨晚来急。边城虽起步晚，但起点高，步子快，已从中国的末梢走向了开放的前沿。他们勇敢地投身到商品经济的大潮中，呼唤八面来风，力挽欧亚大陆，张开双臂拥抱世界。不久的将来，一个具有相当规模的国际贸易城，必将雄踞在东北亚经济圈的中心。满洲里，和它源远流长的历史一样，将到处萌动着迷人的诗意。

刻在大地上的辙印

滚动的履带沿着长长的跑道驶向无际的远方，留在大地上的辙印，如同刀刻般清晰。

循着这条永不褪色的辙印，追踪中国战车试验部队三十六年的峥嵘岁月，令人感慨不已的是他们把自己的牺牲、奉献和忠诚，融入江河，融入山脉，融入了日月星辰——化作和平的花雨，使人们更加感受到今日生活的安宁与亮丽。

他们踏碎琼州海峡的万顷碧波，去呼唤太阳的升起；穿越黑色蘑菇云涌起的恐怖"死海"，去探寻缤纷的瑞英；撕开"世界屋脊"摄人心魄的空山绝谷，只为深情期待和平的永久降临。

中国人民解放军战车试验部队自 20 世纪 50 年代起，伴随着国产坦克滚动的履带走过了近四十年的非凡历程。他们驾战车渡江湖，走沙漠，翻雪山，冬寒握冰，暑热抱火，代表国家在具有代表性地形和恶劣气候下严格考核新型战车的质量性能。各种装甲车辆经过他们"铁嘴钢牙"的质量检验，领取了定型生产、装备部队的通行证以后，才能驰骋疆场。他们深深懂得，在这个并不完全美妙的世界上，只要战争的硝烟迭起，集防护、机动、火力于一身，素有现代"陆战之王"美誉的装甲武器装备依然是抑制战争、换取鲜花与和平的一种手段。数十年来，试车大队官兵就这样用双手托举着和平的希望，履艰涉险，辗转神州，试验战车四十余种，行程一百多万公里，相当于绕地球二十五圈，人与车一起经受了生命极限的炼狱，为共和国创造了一个又一个令世界瞩目的辉煌。

冲天而起的蘑菇云记录着他们穿越核爆心那惊心动魄的壮举。三十年前，当我国第一颗原子弹爆炸的冲击波卷起几十米高的尘浪，以万马奔腾之势呼啸而来时，八名战士驾驶四辆坦克顶着沙暴尘器，碾着烈焰焦土，加大马力向那个生灵俱尽的恐怖世界全速冲去……在这之后的二十年中，中国战车试验部队曾多次参加这种"核效能试验"，直到1985年我国率先停止在大气层中进行核试验，才为他们执行这种特殊任务画上一个句号。

1985年，中国战车试验大队最后一批队员撤离核试验基地时，他们特意去看了第一次核爆炸时留下的弹坑。他们在坑边上看到了顽强生长出来的绿色小草和不知名字的小昆虫。原来核魔并不能吞没一切。他们蹲在那里，轻轻抚摸着那充满生机的小草和昆虫，兴奋和激动的情愫难以言表。因为他们是那么热爱生命，热爱自然，热爱和平。

如果说他们驾铁骑穿越核爆心是一种载入史册的壮举，那么，他们驱车横渡琼州海峡同样是创造了一种奇迹。

琼州海峡海面辽阔，黑浪高叠，水深一百多米。这是试验新型水陆坦克性能的理想水域。然而，这苍茫的大海能撑起这几十吨重的铁砣砣吗？那是一个晴朗的早晨，试车队官兵面对大海，义无反顾地驾起两辆铁骑向深海隆隆驶去。眼望波涛中不时昂起头的坦克，不由使人想起"风萧萧兮易水寒，壮士一去兮不复还"的悲壮诗句。整整四个多小时的生死沉浮，他们终于出色地完成了试验任务，测出了精确数据，同时还完成了海上精度射击。当坦克湿漉漉地爬上岸时，大海扬起波涛为中国军人奏响了一曲美妙的乐章，那动人的旋律直到今天还在人们的耳边回荡。

青藏线上连绵的雪山、寂静的峡谷更像一位阅历沧桑的老人，铭记着他们闯过"生命禁区"、驶上"世界屋脊"的艰辛。20世纪90年代的一个春天，试车队一百多人、二十余台装甲机动车辆从格尔木出发，开始了数千公里的强行军。这是一个美丽的季节，然而他们无心去感受大自然的美丽。青藏高原空气稀薄，气压低，空气的含氧量只有海平面的一半。强烈的高山反应使他们头疼欲裂，昏迷、呕吐、休克、眼底出血……一位驾驶员跪在地上将背包带一圈圈勒在脑袋上，还是疼得满眼泪花。如果说以往的试验还属生命所能容忍的常态，那么西藏之行则使他们跃入备受煎熬的苦海，但忠诚、信仰、毅力熔铸的生命却在这死亡的边缘上猝发出万紫千红，显示出极致之美。这次高原试验，国产坦克首次驶上"世界屋脊"，爬上唐古拉山口，豪迈地为装甲兵谱写了光辉的一页，创造了载入史册的八项纪录。

战车情，浓如酒。无数人以自己的忠诚倾心于这神圣的事业，由此也铸就了不朽的铁骑军魂。

对于一个就要当新郎的二十八岁的大学毕业生孙二云来说，生命和事业同样壮丽。在那测试手段无法再简陋的秒表加标杆的年代，为了瞬间数据的精确，他年轻的生命在刹那之间化作永恒，与无言的跑道永不分离。几十年来，这支部队先后有十几位官兵，为这神圣事业献出了宝贵的生命……

几代人追寻不息的中国战车梦，就这样在试车队官兵艰难跋涉、生死沉浮中变成现实。

为了避开世界，我们筑起了墙；而为了接近世界，我们又在这墙上开了窗。为了和平，我们宣称要消灭战争；而为了最后消灭战争，我们又不得不拿起枪。一位著名军旅作家的旁白，为这不朽的生命和壮丽的事业做出了最好的诠释。而他们自己创作并高唱已久的战歌，则表达了他们无言的心声：山告诉我，／水告诉我，／这世界不能没有我。／我的枪是山的脊梁，／我的歌是水的魂魄，／即使硝烟暂时散去，／和平却依然在花丛中期待着我。

绿影照窗的诗意

"我有一所房子，面朝大海，春暖花开。"海子的这句诗不知道点燃了多少人的诗意想象空间。诗中的情景令人向往。想一想，在远方——我时常将之想象为遥远的南方，蔚蓝色的海边，灿烂的阳光下，坐拥一所花草环绕的房子，是一件多么惬意的事情。

可这只能是想象，是诗而已。工作、生活在北京，且不说能否常住海边，单是海边的房价，尤其是号称海景房的价格，也非一般人能住得起。面朝大海多是一种奢望。

不能面海，傍着树如何？在钢筋水泥、车水马龙般的都市里，寻觅一处绿色环绕、远离喧嚣的居所，或许也可弥补精神上的缺憾。

在北京南城的边远地带，有一片绿树婆娑的小区让人流连。记得十多年前，适值五月，阳光正好。在宽阔的小区内徜徉，只见一门一户，青藤围绕，房屋建筑简单大方。每家有一方几百平方米的小院，院外的花儿开得清新明丽，院里的玉兰、月季、榆叶梅，在绿色的草地上，姹紫嫣红。园区内还有一排排高大魁梧的杨树、银杏静立，一条几公里长的水带蜿蜒流淌。小区的住房正在销售，虽然地理位置偏远，可价格有优势。北京这些年，城市的东西北方向都发展很快，唯独南城之南发展迟缓，房价始终在低位徘徊。尽管小区位置荒僻，孤零零的建在一大片农田里，周围几公里见不到一间房，在这儿居住，仿若从城里移居乡下。可是满眼绿色，以及房屋价格，颇能吸引人。尤其喜欢小区内的百米长、十多米宽的绿化带。相向而对的两排白杨树，身姿挺拔，昂首向上，像卫兵忠诚地守护着一片宁静。太阳升高时，金黄色的光芒洒满树梢，斑驳的碎影投射于地面，显示出不断变化着的摇曳多姿，惹人浮想联翩。这样的绿化带小区里有许多，树龄大多在三十年以上，树高二三十米。这一资源应是居住其间的人得来的意外欣喜。听人介绍，这片区域曾经是郊区的绿化带。后来用途改变，绿化带外移，开发时就在原地保留了上千株成熟的原生大树。抬眼望去，整个小区犹如放置在绿树丛中，满目青翠，生机勃发。由是，绿树，青草，流水，繁花，还有农田里的蛙声，清晨的鸟儿啁啾，满足了现有经济条件下我对住房的诗意想象。

　　一年之后，我们住了进来，取屋名为"农舍"。房屋不大，但有景色养眼怡情。从房间的玻璃窗望出去，榆叶梅、玉兰、樱花、海棠、石榴，紫的、黄的、红的、粉的、白的花似乎一直在风中次递开着，龙爪槐、黄杨球一旁侍立。院里还有两棵丁香树。五月花开时节，我们在树上寻找五瓣丁香。丁香花多是四瓣的，五瓣的少。据说能找到五瓣丁香的人是最幸福的人。每找到一朵五瓣丁香，我们都从内心里感到高兴。海棠树第一年就结了果，个头大而明亮，果肉有些酸涩，依然体验到一种果园农夫般的快乐。庭院的大门两旁有两棵二十多米高的法国梧桐，枝繁叶茂，风姿华美，直插云空，令人满心欢喜。

小时候在农村外婆家长大，对农田、农村、农活有着一份天然的亲近。外婆家门前有一方小池塘，屋后有果树，桃树、桑树、枣树的果实随时可采摘。有时候也会偷摘到别人家，常受到大人呵斥，遭到轰赶。好在我们跑得快，而且转眼便忘。印象中，外婆从来没有约束过我们，不像现在的孩子都是家里的宝贝，一步不能离开大人的视线，生怕有什么闪失。那时，大人的艰辛生活尚操持不尽，实在没有闲暇顾及孩子。那样自由自在、无拘无束的生活在心里留下了深深的烙印，如今对乡村田园时常有一份儿时的怀想。

住进来之后，闲暇之余，一直想在院子里辟出一块菜地。埋几棵葱，架几排茄子、西红柿秧子，种些黄瓜青菜。不仅是为了吃，还是一种生活的自然景象，享受与土地的亲昵过程。即便所种之物"颗粒无收"，也算参与了劳动并经历了作物生长的过程，还可以在与土地的触碰中获得作物成长的经验。可是万物皆有规则，在满院的花草树木，满目的清爽整齐中，如何弄出一块与之相宜的菜地，一直没有好的设计。

这里的整个小区犹如一座大花园。园区内分成若干个小单元，每个单元十多户人家，依次散落在蜿蜒有致的街道两旁。每家屋内的景致难以望见，不过，院里的丝瓜、葡萄架上的青须，慢腾腾向上爬、往下垂的过程倒是一目了然。园区内还有一条宽阔的大道，贯通、串联起整个园区。大路两旁黄杨、小叶女贞似乎一年四季保持着不变的青紫色调。与大路垂直方向的许多条白杨、银杏组成的绿化林，在秋天是最美的一片风景。金黄色的落叶铺满地面，盖住了林间的青石板小路，不过曲折延伸的路径依稀可寻。常有带着相机的男女老少在这儿停留，宁静里传来阵阵喧哗。

"农舍"地处偏僻，也有好友不嫌路远常来。初次登门的人，大多找不到家门。小区里的住房似乎都是一样的格局，没有明显的标志。不过来客对小区和院内的景致多为赞赏，对浓荫蔽日的绿化带慨叹不已。晚饭后沿园区道路散步一遭，清风明月如影相随，果真别有意趣。

"农舍"的月夜宜人。月华如水，四围静寂无声。行走于院内的青石板上，听得见细碎的脚步声。此时，一切喧嚣隐去，远处的犬吠声清晰可闻。月光从高大的梧桐树梢缝隙间漏下，幻化成地上的斑点。海棠、玉兰，变成了深色的背景。一派绰约、迷蒙之间，天上有繁星闪烁，似在悄望尘世。进得屋内，仍然感觉到月光相随，满室光华。朋友喜欢这样的月夜，春秋季节，几人围坐亭子里品茗，不用点灯，任微风拂过。月上中天，一轮清辉与室内的灯光相互呼应，只觉得天地间即刻会更加明亮起来。有时好一阵无人言语，寂静的夜晚心绪开始放飞。

"农舍"的近邻是祖籍陕西的小权和他的夫人。渐渐熟络之后，两家经过商议，挪开了两院之间的隔栏，两家院子合而为一，空间大了许多，院内的亭子很快成了两家的共享。小夫妻俩似乎更有诗意，在一棵大杨树下的围栏处，开了一扇小门直通树林，在树下放置了一方茶几。俩人一边品茗，一边可以抬腿进入绿色空间散步。

就这样，"吃茶诗闲书，听雨看花落"的日子倏忽而过。这里当然无法与瓦尔登湖旁的小木屋相比，却也盛放着绿色而淡泊的诗意。于是时常感叹，人远离了外在的纷扰，心灵可以更快地回归自我，放松自我。一方绿色的小世界，让人风尘仆仆的心静下来，从容品味生活，安静地思考一些问题。

春去秋至，时光荏苒。我一直以为，这就是可以让人心安的日子，可以天长地久。可是，人心似乎总也无法预算。就像人时常无法面对自己，面对自己的承诺，面对自己的誓言。在时间和缭乱的现实面前，初衷和本心常常隐遁无形。住了一段时间之后，虽然对带着露水的青草、清晨的鸟鸣，对周围的环境仍然新奇，可还是对上班的遥远距离产生了畏惧。每天往返百余公里，驱车两个多小时，遇到堵车，时间更长。这样的奔波，让人心生疲惫。每天花费在路上的时间太多，感觉有些心疼。加上居住在远郊，生活多有不便。久而久之，又有了回城居住的念想，对便捷的市井生活开始怀念。由此感慨，生活不仅是诗意的，也是现实的。

又住了一段时间，举家搬回城里。立马长舒一口气，终于不用每天起早摸黑惶惶然上下班了。尽管居住高楼不接地气，可生活毕竟方便，文化生活丰富，心便随着安然下来。只是，心底似乎仍留有不甘，怀念绿草茵茵的小院，为不能免俗的逃离心生内疾。记得叶芝说过："当一个人的内心有了快乐，那他的生活也会变得快乐。"我只能将之转换性地理解为，当一个人的内心有了诗意，他的生活也会变得诗意，不论身在何处，不在乎客观环境如何。"闲看庭前花开花落，坐观天上云卷云舒"，这可以是现实的生活，或许更是胸中的诗意。海德格尔说，生命充满了劳绩，但还诗意地栖居于这块土地上。我也由此安慰自己，境由心生，生活充满世俗与奔波劳顿，但你把眼前的情景诗化，它就淡妆素裹，娉婷地等着你来欣赏。身在闹市，心在南山，沉浮也可当茶饮。

　　海子说，我不知道我将会有怎样的生活，我只愿自己能够将一颗心淡然，无论在怎样的境遇里，都不忘"朴素的生活，与最遥远的梦想"。其实，无论世事如何，坚守住心灵的安静、淡泊，心中便能有生活的诗意。使生活变得诗意的不一定是外在的环境，而是人们的内心，是人们的精神世界。诗意的生活，便是诗意的内心。

　　一位作家说过，家是安放心灵的地方，也是这个世上所有俗世者生活的地方。在家里安放好自己的心灵，便有了最本真的诗意。"时坐花间林下，却也上班挣钱。眼前红尘万丈，心中一尺丘山。"心里有，便一切都有了。

　　现在，依然常常怀念那个青草铺地，四季花开的小院。近几年，南城开始了喧嚣。地铁开通，新机场兴建，南城的房价不断翻番。可以想见，那里也将红尘纷扰。可是，即便如此，每当想起南城小院，内心还是涌起一股温馨和宁静。我知道，今生对于诗意生活的向往又多了一份感悟和从容，生活琐碎平凡，但可以心向远方，珍惜现有，在心底保留一份绿色的领地。

永远的期待

　　彝海不是海，只是一个高山淡水湖。二十万平方米的面积，一眼望过去，可以朦朦胧胧地看到遥远的边。水清冽透明，泛着碧绿。岸边青松苍翠，杂花生树，芳草铺地，草长莺飞。四周环绕着绵延起伏的黛色山峦。1935年5月，中央红军巧渡金沙江，由会理、西昌进入冕宁县境时，就从这儿翻过大凉山，直奔大渡河，继续向北挺进。

　　为了顺利通过多少年来没有一支汉族军队通过的彝族聚居区，司令员刘伯承和彝族部落首领古基小叶丹在山清水秀的彝海边，以彝海水代酒，歃血结盟。仪式虽简朴至极，却情深义重，韵味无穷。"彝海结盟"成了中国现代史上万里长征中的一段佳话，彝海，因此举世闻名。

　　如今，彝海边建起了巨大的花岗岩纪念碑，"彝海结盟"已变成历史的一瞬定格在大凉山脉。刘伯承等先辈们凝固的眼神里，对脚下的土地充满了无限的期待，他们仿佛注视着红军长征的铁流向前挺进，并将一直注视着新一代冕宁人一往无前、开拓未来的足迹。于是，一种期待，漫过远山，漫过彝海，将永远跃动在绿色青青的草地，跃动在五月匆匆的花期……

没有翻不过的雪山

　　散落在彝海岸边的彝海乡，是冕宁县唯一的彝族聚居区。盛夏时节，我们出冕宁城北门，沿川滇公路蜿蜒北行四十多公里，便到了彝海乡。

　　乡长邹仁斌向我们走来，这位身穿绣有五色花边黑布连襟上装和藏青色西裤的彝族汉子，以他别具一格的服饰向我们形象地展示了彝汉民族相亲相融的风貌。他告诉我们，彝海乡是一个农业乡，有三千多户居住在平地、山坡和山腰的彝民，近年来得益于党的改革开放政策，都因地制宜，开始发展多种经营。他边说边领我们参观了乡政府附近的彝家。只见家家户户住上了清一色的瓦房，房前屋后种有花椒树、苹果树，一畦畦菜地整齐鲜亮，圈里养着猪或羊。彝民的屋里堆着小山似的土豆，还有一摊一摊刚从树上摘下的颜色鲜红的花椒。彝家妇女穿着多彩的坎肩和孔雀裙在屋里和树下轻盈地走来走去。乡长说，花椒、果树的种植，畜牧业的养殖，充分利用、开发丰富的水能资源已成了彝海乡脱贫致富的出路。现在的生活与过去相比真是有了天壤之别。当年红军从这里走过，在这里点燃了民族解放的火把，我们把百折不挠，不怕艰难困苦的英雄气概一直作为彝海发展的精神动力。如今，彝海成了省级爱国主义教育基地，彝海乡也成了旅游胜地。我们一定发扬红军长征的大无畏精神，创造出新的传奇。

说到这里，他黝黑的脸上绽放出光彩。眺望着前方高耸的纪念碑雕像，他纷飞的思绪似正与六十一年前艰难跋涉在泥泞小路上的红军将士无限憧憬的目光对接。这时，山风送来一阵阵花椒和苹果的清香。那风，轻轻的，静静的，好像在诉说着什么。其实，我想，不论是一个人还是一个民族，只要有一种追求，一种向往，就没有翻不过的雪山，过不去的草地……

为革命播下火种

1935年5月21日凌晨，一队人马悄无声息地进入了冕宁城。他们在街头屋檐下露宿，等候天明。但不久，一个清脆的嗓音在街上高喊："家家点红灯，点灯迎红军！"顷刻，万籁俱寂的小城便灯火辉煌、人声鼎沸起来。群众纷纷前来看望红军，送茶水糕点，鱼水深情感人至深。

今年七十五岁的退休教师古荣华老先生回忆，那年他十三岁，红军来后，胆小的母亲把他关在家里。但是有一天清晨，当两位红军小战士轻轻浅浅地笑着来到他家菜园里，坚持先付钱后取菜时，母亲当即笑着对他说了一声：娃儿，去玩吧！他像鸟儿一样又飞出了家门。街上店铺照开，生意依旧。红军军容整洁，纪律严明，行人的脸上洋溢着节日般的喜悦。

长征的队伍虽然只从冕宁过了七天七夜，但这里的穷苦百姓却从此认定了这支头戴红星的队伍，是真正的穷人的队伍。在这里，朱德总司令亲自宣布建立了长征途中的第一个人民政府——冕宁县革命委员会，组织了地方革命武装——冕宁人民抗捐军；毛泽东同志亲自接见彝族代表古基达列，这都为革命播下了火种。而"彝海结盟"为红军强渡大渡河、飞夺泸定桥赢得了时间。红军走时，冕宁有一百九十人参加了红军，一百七十八人将年轻的生命留在了长征路上，只有十二人活着到了陕北。红军走后，冕宁有二十四人惨遭敌人杀害，鲜血染红了安宁河水……但冕宁人不屈不悔，革命的火种已在他们心中点燃，红军精神已经成了他们固守的家园。

冕宁人至今还保存着当年红军张贴的标语，城墙、桥头上錾刻的口号虽经风雨剥蚀，依然清晰。临街而立的红军长征纪念馆，庭院深深，棕榈青青，肃穆庄严。走进去，就走进了六十年前风雨坎坷的历程，也走进了阳光灿烂的花季。它像一支巨笔，终日在冕宁人心中镌刻着奋勇前行的神圣使命。

走进太阳永恒的季节

位于四川省西南部、凉山彝族自治州北大门的冕宁县城古老而美丽。飘带般的长街悠悠然挑起了三千年的文明。新拓展的西街顽强传递出现代生活气息，店铺相连，高楼林立，行人摩肩接踵，街上车水马龙。

昔日荒草丛生、荆棘遍布的土地、山岗早已变成良田沃野，果木林立。蓬头跣足的彝民也以崭新的精神面貌和簇新的民族服饰展示着独特的民族风情。当年红军走过的泥泞小路变成了宽阔的柏油马路。国道、省道、县道、乡道纵横交错，宛如一根根琴弦在高山流水间昼夜弹响，吟唱着历史与现实突变的辉煌。

在纪念长征胜利六十周年之际，许多冕宁儿女和参加过长征的党、政、军领导都回到了冕宁。站在"彝海结盟"纪念碑前，面对着先辈永久的期待，面对着冕宁焕然一新的容颜，他们抚今追昔，感慨万千。

在县委宽大的会议室里，橘红色的朝霞洒满了房间。刘世明县长自豪地告诉我们，由汉、彝、藏、回等二十个民族集居而成的二十九万冕宁人，团结奋进，勇于探索，已经脱去了裹在身上的贫困，粮食连续八年获得丰收，冕宁成了省内著名的粮食生产基地。冕宁还有几个值得骄傲的第一：油菜产量排在凉山州之首，花椒产量居全省第一，冕宁火腿全国一流。冕宁境内的中国西昌卫星发射基地，是我国三个卫星发射基地中唯一对外开放，也是世界唯一地处鱼米之乡的卫星发射基地。一枚枚火箭从这里直射云天，火箭上那两团火红色的大字"长征"，就充分展示了冕宁人的精神和意志。凭着长征的精神和意志，冕宁和中国的航天事业逐步走向了世界。

清风徐来，林涛阵阵。风从彝海来，林是红军亲手栽。面对跨世纪的征程，冕宁人肩负着先辈的重托，走过了艰辛的岁月，如今终于走进了太阳永恒的季节，无数先烈的英灵在凉山彝海之间、蓝天白云之上，也一定听到了冕宁人充满信心不停向前、向前的足音……

第二章

人物世相

尚长荣：
铜锤人不老 梨园情依旧

一阵清脆的京胡和急促的锣鼓声里，只见后台"出将"的布帘一挑，闪出个花脸大汉来。灿烂的灯光下，他宽厚洪亮的嗓音将戏词演唱得气势恢宏，慷慨悲壮——剧场立刻热了起来。

最近没有见着尚长荣，不过我知道，他始终奔波在剧场内外。他的爽朗笑容，他的高门大嗓，他的为了方便演出一直剃光的头，在我心里早已成为一道风景。我还知道，刚在上海唱罢，他又要去维也纳金色大厅登场了。虽已七十二岁，尚长荣至今仍是舞台上押"大轴"的人。

京剧的"花脸"其实是个很吃亏的行当。台上八面威风，志得意满；可台下洗净铅华、素面朝天时，即便穿行在人堆里，也没几人识得真颜。尚长荣也不例外。别看他是闻名中外的中国戏剧家协会主席，最负盛名的京剧"花脸"，中国首位戏剧梅花大奖得主——他在人群中的陌生化效果并没因此而改变。当年，尚小云决定让这个五岁的"三儿"学戏时，一句告诫：吃这碗饭很苦，要耐住寂寞——似乎早已参透儿子的未来。

尚长荣并没因此而感到失落。演了几十年的戏，扮了几十年的"黑头"，每当脸上涂满厚厚的油彩，全副武装地站在聚光灯下，他感觉生命中的航程正驶向幸福的港湾。他用痴情和创造，成就了京剧净角艺术独特的"这一个"。以往，京剧界很少有人敢轻言"创造"一词，出身梨园世家的尚长荣，却开创了"以最灵活的方式"使用传统表演技艺的新里程；他对塑造人物特别的热情与自信，这让他的演出显现出独特的艺术价值。

尚长荣五岁登台，十岁学习净角。20世纪50年代随父亲尚小云就职于陕西省京剧团，1991年调入上海京剧院。1988年演出京剧《曹操与杨修》，他塑造了"为人性的卑微所深深束缚、缠绕着的历史伟人形象"，赢得了观众的喝彩，轰动剧坛。继而，在以"居安思危，戒奢以俭"为题旨的《贞观盛事》中，他又鲜明生动地塑造了政治家魏征的形象。在《廉吏于成龙》中他演活了一代廉吏于成龙，赋予廉政亲民的"于成龙"深厚的艺术感染力。20世纪80年代迄今，京剧《曹操与杨修》《贞观盛事》《廉吏于成龙》，被誉为尚长荣"三部曲"。首演近三十年来，三部作品获得各种艺术奖项，尚长荣由此成为全国戏剧"梅花大奖"第一人。

三部作品均诞生于改革开放的伟大时代，所写时代不同，情节、主题、人物各异，却都以对历史的独特诠释，反映和弘扬了改革开放的时代精神，找到了既取信历史又观照现实的内容和形式，艺术上充满开拓创新气息。观念的突破，舞台样式的崭新呈现，尚长荣对京剧艺术的执着追求和重大突破，使"三部曲"彰显出浓厚的民族风格和中国气派，为激活传统、感应时代提供了成功范式。三部作品中，尚长荣自觉将传统的个人技艺幻化为艺术创造，将传统艺术创造的精髓复活在新剧目创作中，并始终将个人技艺幻化为剧中人物的技艺，用艺术人物的情感替代个人情感，用作品向人们生动鲜活地阐述了他的艺术人生和艺术理想，引起观众心灵的震撼和感动。

事实上，京剧舞台上"花脸"不只尚长荣一人，可是他的表演，让多为配角的"净角"行当光鲜亮丽地走向了舞台中央，这是艺术对一个忠诚者的犒赏。历史将长久记忆一个创造者的贡献与激情。

欧阳山尊：
"再为话剧干点活儿"

走进闹中取静的文化部老宿舍楼，走进欧阳山尊的家，就被迎面而来的阳光拥了起来，随之就是主人洪亮的一声问候"你们好啊"。此时的欧阳山尊正坐在窗边的书桌前研墨写字，一身的精气神让人不相信眼前的老人已九十三岁，而且刚刚痊愈出院。

"去年9月我差一点儿就死了，已经摸到了阎王爷的鼻子。可阎王爷说：'你先别来了！明年纪念话剧百年，你先回去干点活儿吧！'"问起身体近况，欧阳山尊爽朗地开起玩笑。可不是，此时他正在写的书法，就是为中国话剧百年而作；桌边是一张张有关最近话剧的剪报；在一盆绿色兰草旁，则是他手写的话剧百年大会发言稿。

欧阳山尊堪称百年话剧见证人：1942年延安文艺座谈会的代表之一，北京人艺建院时唯一健在的元老。作为中国话剧奠基人之一——欧阳予倩之子，欧阳山尊少年时就与戏剧结缘，迄今已演出、导演了上百部戏剧。"从八岁时就参与洪深导演的戏"那之后，从参加"五月花"剧社、参加救亡演剧队、组建"战斗剧社"，到1949年后参与创建北京人民艺术剧院——中国话剧走完了百年历程时，欧阳山尊的一生也与戏剧交融了七十余年。

这样一位从历史中走来的老戏剧人，对当下的话剧是怎么看的呢？欧阳山尊"避而不答"，只给我们讲了三个故事。

"争取观众"的故事。抗战时，欧阳山尊带着剧团来到一个个村子演出。当时每个演员一杆枪、一床夹被子，打开的夹被子就是演出用的布景。如果是晚上演，就再拿来一个大杯子，里面倒点儿菜油，放根儿棉花捻子——当灯使。"每到一个村子，剧团首先做争取观众的工作。女同志帮着老百姓做饭，打扫卫生；男同志一边和人聊天一边干活，最后就会说：'几天后我们有演出，到时候你们去看吧！'"

"一个观众"的故事。那时的剧团每到一处，都会主动动员当地人来看戏。有一次，全村只有一人来看戏，是个厨师。"但是演员仍然认认真真。"中华人民共和国成立后，欧阳山尊带着北京人艺的一个演出队到了新疆。"当时带去的剧目是《乡村姐妹》，一次在一个山脚下演完之后，有人说山顶上还有一位老太太呢，年纪大了下不来。我说：'好啊！我们上去！'我就带着一个手风琴手，爬到山顶上，在她的屋子前，为她一个人唱了一场！"

"为观众吃沙子"的故事。有一次，欧阳山尊和演剧队在"边区"巡演。其中有一个沙漠中的村子，竟然四十多年没有看过演出。"那里的风沙特别大，我们让观众背着风看，演员只能迎着风演。演出时，几乎每说一句台词，就有大把的沙子被风灌进嘴里。"在这样的条件下，这支小小的演剧队足足演了好几天，"每次我们演完一个，村民们就要求再来一个。我们累了，他们就说："我们都四十年没看过戏了，这有干粮，你们饿了就先吃，吃完接着演！'"荒漠中，远近的村民闻讯而来，不断地看到妇女抱着小孩，男人牵着毛驴、带着干粮，走近了，把驴拴在杆上，一家人坐下来仰头看戏……

说起过去的事情，欧阳山尊兴致盎然，几次家人送来的汤药也顾不得喝。故事讲完了，欧阳山尊将话题引到了当下。在许多人眼里，中国话剧面临生存困境，观众越来越稀少，话剧与时代和百姓同呼吸共命运的传统渐渐丢失。可欧阳山尊认为，"现在的话剧现状'还行'、还过得去，大可不必悲观。"但老人也认为"戏剧应该回到生活中，回到大众中去，不能站在大众头上指手画脚，自命不凡。如今有些戏观众看不懂，只是一些人的孤芳自赏，不是大众化而是'化大众'，这样的戏剧脱离了群众。话剧需要打开局面，要靠文艺人的精神和追求"。怎么打开呢？欧阳山尊认为，要提高与普及结合，专业与业余、城市与乡村结合。目前对于大多数人来说，话剧就是普及阶段，要通俗；话剧本来就是从业余起家，如果今天依旧能在工人、农民、学校、机关发展业余剧团，话剧怎么会不发展？

在纪念话剧百年的今天，欧阳山尊老人经历的故事和他思索的问题，值得我们回味和深思。

郭汉城：
中国戏剧岂能消亡

近日郭汉城文集四卷出版，这位八十八岁的戏剧领军人物见证了当代戏剧发展的波澜起伏。他在戏曲界，与已故的戏曲理论家张庚一起，被并称为中国戏曲界的"两棵大树"。

说是"大树"，郭汉城身材并不高大，头发花白，背微驼，操一口浓重的吴越口音，逢人未语先笑。仅看外表，老人仿佛只是邻家的一位敦厚师长。近日，来到北京南三环草桥郭老的寓所采访时，老人反应敏捷，思维缜密，对戏曲的关切之情令人惊奇动容。

戏曲会不会消亡，出路在哪里？近年来一直众说纷纭。郭汉城虽然早已离开戏曲工作岗位，但仍心在"江湖"。他始终关注并敏锐地辨别着戏曲发展的走向。对于戏曲目前的处境，郭汉城认为，时代变了，环境变了，文化选择样式多了，而戏曲的变化却没有跟上时代，因而生存受到很大影响。但郭汉城断言，戏曲不会消失。戏剧是从人民中产生的，是几千年中国文化的积淀和结晶，由于自身的生命力和艺术发展的规律，戏剧不可能消失。目前关键是要有好戏——既是戏曲的，又是符合现代审美习惯的，即今天观众所喜欢的。郭老说，现在戏剧生存遇到困难，戏剧人压力很大，但不要怨天尤人，要稳住阵脚，寻找出路。郭汉城分析，戏剧的困难终会过去，当然时间不会很短，戏剧人一定要保持清醒，走出一条自己的路。

郭汉城认为眼下最要紧的是戏剧的"转段"工作：戏曲现代化的历史进程应该由改革阶段转入建设阶段。他分析，新中国成立初开始的戏剧改革，至今其任务已基本完成：戏剧的艺术形式与表现现代生活的矛盾基本解决，所以戏曲应转入建设阶段。这个阶段的主要任务是重视人才建设、剧目建设、理论建设和民间职业剧团建设。他说，把建设这个纲抓住，许多问题可以迎刃而解。

郭汉城原先并不在戏曲界。他早年参加革命，毕业于陕北公学，后赴晋察冀边区从事教育与文化工作，新中国成立初才转入戏剧领域。郭汉城走进戏剧大观园的时候，正是新中国一切都要摸索、理顺的阶段。建立中国的戏曲体系，他自然成了承上启下者、奠基者和开创者。他对戏剧的关注和研究，对戏剧的责任感，使他不辱使命。他和张庚主笔了百余万言的《中国戏曲通史》《中国戏曲通论》，两部书历时三十年，历尽坎坷。这两本填补中国戏曲史空白的著述，将"史"和"论"集于一家，自觉运用马克思主义思想为指导，体例结构表述全然一新。尔后，郭汉城又率同仁编撰了《中国大百科全书·戏曲卷》《中国戏曲志》《中国近代戏曲史》等一系列丛书。五十多年来，他与戏剧人一道，用智慧和汗水，奠定了壮观宏伟的中国戏曲理论大厦的根基和体系。

郭汉城不仅是研究者，还是创作者。他改编、创作了剧本《琵琶记》《卓文君》《青萍剑》《合银牌》等，这几部戏都在传统戏曲现代化的道路上做出了探索。他改编的《琵琶记》至今还在上演。

郭汉城大概也是戏曲界看戏最多的一个人。每次在剧场可以见到这样的情景：他从容不迫地走着，不时抬起手臂与熟识的人打着招呼。问及郭老究竟看了多少戏，他笑着说：实在记不清了。每年多则一百多场，少则几十场。有时一天看几场。他说，中国戏曲有个特点，不在书上，不在案头，主要在表演上，在剧场里。不看戏，不知道戏剧的飞转流变，不知道戏剧的变化发展，搞研究，做工作，不好"下手"。

许多人都知道，郭老有戏必看，看了必评，评完再帮着剧团改，很多戏是他帮着改出来的。几十年里，他去过全国各地的许多院团，与戏曲导演、演员、剧作家联系广泛，知音众多。如果说，理论、创作、剧团、剧场是一条线，郭汉城用他的学识、辛勤和挚爱，培植着戏曲这朵艺苑瑰宝，将这条线编织得别有风韵。

年复一年，云起云落，幕启幕合，郭汉城殚精竭虑，见证了戏曲的风雨跌宕，以精到的学养滋润了一代代的戏剧人。

采访快结束时，郭老领我看了客厅里悬挂的几幅条幅。有张庚的题字，还有冯其庸、阿甲等人的书法。友人题写的："打点流莺忙织杼，呼唤百卉为春吐"，正是郭老自己写的诗。郭老说，这句诗可以作为他们当年共同推动戏曲改革历程的写照。

八十八年的人生旅途，郭汉城在戏里"浸泡"了半个多世纪。五十多年昂首临风，激扬文字，他的精神，他的挚爱，为我们勾勒出一位戏剧"大家"的风范，并从中看到中国戏曲未来的光亮。

一代戏剧名家吴祖光

　　曾经以《凤凰城》《风雪夜归人》《花为媒》而蜚声我国剧坛的戏剧家吴祖光，2003年4月9日因突发性冠心病在京逝世，走完了八十六年的人生旅程。

　　记者赶到吴先生家时，一直守候在父亲身边的女儿吴霜已在家中设立了简单的灵堂。吴祖光的遗像前，摆满了素雅的鲜花，灵堂的一侧挂着新凤霞的照片。丁聪、黄苗子等文艺界知名人士以及吴先生的亲朋老友先后赶来吊唁。一位知名剧作家告诉我，吴祖光一生创作了大量的戏剧作品，在戏剧史上将留下重重的一笔。而他一生历经坎坷，风风雨雨，却始终保持着一位优秀文艺工作者的良知，这尤其让人肃然起敬。

著述甚丰　堪称一代戏剧大师

吴祖光原籍江苏常州，1917年生于北京。他做过戏剧学校的教员，主编过上海《新民晚报》的"夜光杯"副刊和《清明》杂志。新中国成立后，从事电影导演工作，先后拍摄了戏曲艺术片《梅兰芳的舞台艺术》《荒山泪》等。20世纪60年代起转向戏曲创作，他一生创作了四十多个剧本和大量的散文、杂文。二十岁时即创作了全国第一部反映抗日的戏剧作品《凤凰城》，轰动一时，被周恩来称为神童剧作家。此后，他创作了《正气歌》《少年游》《捉鬼传》《莫负青春》《三打陶三春》《凤求凰》《武则天》《踏破青山》《蔡文姬》《红旗歌》《青铜剑》等评剧、京剧、话剧、歌剧和电影电视剧本，为戏剧事业做出了杰出的贡献。他创作的不少剧本在国内外至今仍有着广泛影响。吴祖光的挚友丁聪说，他是一个很有才华的人，一直佳作不断，本来觉得他还可以做很多事情，但是，太可惜了……

满怀报国之心　笔端凝注现实

吴祖光是一位对社会对国家有着强烈责任感的知识分子。在灾难深重的旧中国，他怀着一颗赤子之心，用自己尖锐泼辣的笔针砭时弊，写出了一批抗日作品和进步作品。1945年，他在担任重庆《新民晚报》副刊主编时，冒着生命危险在"国统区"率先发表了毛泽东的词《沁园春·雪》，后被全国报刊纷纷转载，轰动一时。后来在上海创办《新民晚报》"夜光杯"副刊期间，编导了揭露讽刺国民党反动统治的戏剧《嫦娥奔月》，为此曾遭到通缉。新中国成立后，在周总理的召唤下他回到北京，为表达对党和人民的热爱，他把家中珍藏的二百四十一件国宝级文物全部捐献给故宫博物院，并动员妻子新凤霞捐献出全部剧装和道具。

吴祖光的不少作品都取材于现实生活，他认为反映现实是一个作家最起码的社会责任。吴祖光又是一个极有爱国之心的人，不管经过多少坎坷，对社会、对民族、对大众，他依然怀有赤子情怀。这一点令人钦佩不已。

乐观豁达　对未来充满希望

家人、好友说起吴祖光，都说他是一个乐观豁达、宽容善良的人。他经历了不少苦难，却少有一般人的世故与圆滑。吴霜说，父亲两年前就因病说话比较吃力了，可老人家却耳聪目明，什么都知道，这与他的乐观有关。五年前，母亲新凤霞去世对父亲打击很大，身体一下子垮了，曾三次中风，但父亲最终挺了过来，精神一直很好。吴霜指着父亲生前一张微笑的照片说，笑对生活，笑对人生，笑对苦难，笑对一切，这是父亲留给我们最深刻的印象，父亲的一生都是乐观的。吴霜说，父亲对人还特别宽容善良，前些年某拍卖行有人公开冒充父母的名义拍卖他们的字画。有人自告奋勇愿意与冒充的拍卖人对簿公堂。父亲却淡然一笑说："他们去拍卖，说明他们需要钱，我们的字画能给他们解决点生活困难有什么不好？花时间与人家去争这点钱，有什么意思？"

北京人艺的一位导演说，我敬重吴先生，不仅因为他是著名的剧作家，不仅因为对他作品的喜爱，更因为他是一个待人坦诚、敢说真话，对社会有着求善求真理想的知识分子，我更敬重他的人格。

茅威涛：
争议声中不断探索

茅威涛不断为观众带来新排演剧目。既是新剧目，其中"突破"的想法或许在舞台上自然流淌出来。《梁祝》让不少新观众感到惊喜，也让一些老观众和评论者质疑其脱离了越剧本体；《春琴传》又让观众为越剧演绎东瀛文化惊讶不已……新排剧目引发如此多关注，甚至争议，对茅威涛来说，已是二十多年来常有的现象。

创新为何屡引争议

茅威涛对越剧的创新惹人关注。拓宽题材，走出"才子佳人"的框架，开始用现代叙事结构和心理刻画手段讲述荆轲刺秦王的迷局（《寒情》）、孔乙己的落魄命运（《孔乙己》）等，丰富了越剧的文化空间。戏曲融入了现代元素，追求"服装美、舞美美、青春美"之舞台演剧风格与审美范式，提高对现代观众的吸引力。

　　不过，茅威涛的每部新作几乎都伴随着不解与批评，她的创新引来不少争议。有人说这不是创新是作秀，是舍本逐末，"剑走偏锋"，也有人认为是茅威涛想在舞台上更加突出自己。与茅威涛聊起这个话题时，如何看待心中的越剧，小百花的风格和传统越剧的本质差异何在，茅威涛有着清晰的主见。

　　在茅威涛看来，观察越剧其他剧团乃至其他剧种创作风格的演进趋势，以及最近第二届中国越剧节将"戏剧与城市"作为高峰论坛主题，这种"争议"似乎已"无须争议"。当时茅威涛的探索对她自己是"突围"，对业内而言是"超前"与"压力"，对中国传统艺术则是一种反思！茅威涛不好好演"张生""李生"之类，跑去演荆轲、演孔乙己，想干什么？这是许多人的疑问。茅威涛说："《西厢记》的'张生'已经是我个人认为自己所能达到的、符合传统越剧的'才子'典范，我想在'小生'身上附加更丰富、更人文的东西。当初编剧将'孔乙己'和《伤逝》的'涓生'两个人物给我挑选时，我毫不犹豫选择前者，因为涓生太符合传统'才子'形象了。作为一个演员，我不需要复制审美和创作。当然我也深知，最深的批判，总是来自最深的关切。我由衷感激观众。"

　　在《孔乙己》之后，茅威涛转换身份，担上了团长的担子。这使她需要用更宽广的视野去看越剧和现代社会的关系。她把对自己作为演员的追求，升华到对剧目创作、剧团发展乃至剧种发展的全方位考虑，所以有了《藏书之家》《春琴传》和新版《梁山伯与祝英台》。《藏书之家》负载的是文化传承的主题，《春琴传》尝试用戏曲程式改编异国题材，新版《梁祝》看似很越剧，实质是更大的实验——这是对一个剧团乃至一个剧种在当下文化语境中人文传递、演剧风格、美学形态的全方位提升。

今天的人们不是生活在传统戏曲蓬勃发展的农耕时代，也不是越剧繁荣的近现代，戏曲的受众已经发生质的变化。茅威涛心中的越剧，一定是能够成为生存、生活在现代环境中、被现代观众所接受的戏剧形态，这也是"小百花"越剧和所谓的"传统越剧"的根本差异。

挤压了别人的空间

小百花越剧团，是20世纪80年代初戏曲界破土而出的一朵绚丽夺目的艺苑新葩，茅威涛在这个花圃中吸取养料，脱颖而出。1984年，年仅二十二岁的茅威涛凭借《汉宫怨》中的出色表演，一举夺得中国戏剧梅花奖，人称"越剧小生第一人"。此后二十余年中，茅威涛先后主演了十多部剧目，塑造了众多性格迥异的舞台形象，获得中国戏剧界诸多奖项。

由于茅威涛独特的艺术风采，小百花的每出新戏，她都是当然的主力。这在近年来戏剧不景气，新戏不多的情势下，尤其引人瞩目。有人因此认为茅威涛为别的演员留出的舞台空间太小，喜欢自己站在舞台中心的感觉，挤压了别人的成长空间。

茅威涛对此挺有委屈。她认为这有体制的问题。剧团的模式其实就是过去戏班子"名角挑班"模式，故而才有当初四大名旦、越剧十姐妹等各守一片"江湖"。尤其20世纪90年代以来，戏曲开始走下坡路，外部世界的精彩对很多人都是吸引，名角的作用尤为重要。同时，物质世界的飞速发展对戏曲人的诱惑日益增多，也造成一定的人才流失。而且每个剧团都有不成文的规矩，排戏轮流来，大家机会均等，茅威涛说自己也不例外，同样排队"等候"。

"为什么最后只剩下我的戏？"茅威涛说，"这只能说是作品'活'下来了。这里面有演员的天分、努力，但更重要的是剧目主创团队的成功。演员恰好只是站在舞台最中间，代表创作团队承受赞誉和光环。没有一个演员不喜欢站在舞台中心，否则绝不是一个好演员。这和每个行业的情况一样，'金字塔'现象。塔尖的意义是引领整个'金字塔'成长，而塔基的目标则是有朝一日奔赴塔尖，这样，整个行业才能够更良性、科学地发展。"

茅威涛的回答，当然招来许多怒怼：茅威涛何其狂妄！但茅威涛认为，自己确实是客观地思考这个命题。她常常在想，大家有没有可能摒弃偏见来看问题？如果今天不是茅威涛，而是"李威涛""王威涛"站在塔尖，争议偏见是否依然存在？那么，此时的"茅威涛"只是个被争议的"符号"。她希望戏曲人看着远方，走好当下，且行且珍惜。

为何在寂寞里坚守

在人们眼里，茅威涛无疑是幸福的，事业成功，家庭美满。然而，三十年漫漫艺术之路的个中艰辛，只有她自己体会得最清楚。和她同期入选"小百花"的何赛飞，以及后来的陶慧敏，早已成了影视明星。茅威涛曾用"寂寞的坚守，艰辛的守望，痛并快乐着"来描述她在越剧艰难转型中的情怀。

20世纪80年代末90年代初，越剧市场艰难。很多影视单位向茅威涛抛出绣球，她不为所动，身兼演员与剧团团长双重角色，既要集中精力排演新剧，做一个好演员，又要带领剧团开拓市场，求得生存，其中甘苦非常人所能想象，或许可用越剧《藏书之家》里的一句台词"万般滋味在心头"来描述。

茅威涛很动情地说："三十多年的艺术之路，坚持到今天，不知是舞台选择了我，还是我选择了舞台。祖师爷'赏饭吃'，让我开了窍，让我用演戏这个载体，表达自己对生命、对世界的认知，这是何等美妙的事情！我是一个完美主义者，戏曲舞台将我的'长'都展现了出来，我在这里得到了生命里的所有。如果离开舞台，在影视镜头前我可能会失去这些优势，再说经商我不会，出国又能干什么？'舍'与'得'总是相对的。三十一年前，当我走进越剧这一行，一切就已注定。天命如此吧。既已注定，以我的个性就会尽力而为，力尽而止。"

茅威涛艺术与管理"双肩挑"，大多时候感觉身心疲乏。这两个工作是那么不同：艺术需感性，要体悟揣摩，甚至极端；管理需理性，要科学专业，力求平衡。这"双肩挑"更多是身与心的分离。林语堂曾说，中国的士大夫是"以出世的精神做入世的事业"，得意时是儒家，失意时就入了佛道。

茅威涛是个不愿意在原地踏步的人。她说："对我而言，做管理是边学边积累经验。很庆幸，在这方面我和前辈梅兰芳不谋而合：建一所学校——培养艺术人才，'小百花班'如今已进入第三学年，并向其他剧种如京昆学习，让越剧有更强的生存能力；建一个剧场——为剧种演出提供安身立命之所，'小百花越剧场'有三个演剧空间和一个越剧博物馆，采用驻场方式；进行世界巡演——拓展中国戏曲的海外之路，现在世界顶级艺术节时常向'小百花'发来邀请。"谈到开拓市场，茅威涛设想用美国"百老汇"和日本"宝冢"作为实现越剧与现代都市融合的"参照树"，继续探索。

世界知名舞蹈家皮娜·鲍什说过，"舞者，重要的不是怎么动，而是为何而动"。也许茅威涛早已懂得了这个道理。在舞台上演戏，是她审视人生、对抗孤独与恐惧的方式，她将舞台视为安放自己灵魂的场所。唯有站在那儿，才如鱼得水，心有所系；才奇思不断，思想超越。前辈艺术家常说"戏比天大"，茅威涛说，今天的戏曲人都是如此，不光为戏而动，也在戏里谋划未来。

裴艳玲：
一生有梦只为戏

　　武生、须生、花脸，半个世纪演遍须发儿郎。六旬开外首演青衣，女装扮相惊艳全场。女武生裴艳玲自称，一生有梦只为戏。

　　"头戴紫金盔齐眉盖顶，为大将临阵时哪顾得残生"，这是裴艳玲在京剧《战太平》中的唱词。看着她在舞台上虎跳豹跃、悲歌慷慨，尤其翻转腾挪、歌声念白气息有力，便觉得裴艳玲的功夫十分了得。她的嗓音嘹亮，边舞边唱，如行云流水。裴艳玲的惊人之处还在于时常亮出绝活：一口气拧六十多个旋子；六十一岁演七岁的哪吒，"呼呼"飞旋的乾坤圈在手中转动自如……

　　裴艳玲，以"文武昆乱"不挡的技艺风靡海内外，戏剧大师曹禺将其称为"梨园国宝"，称得上是中国剧坛的传奇人物。现在，裴艳玲头衔很多，中国文联副主席、中国戏剧家协会副主席，河北省京剧院院长等。但裴艳玲认为自己只有一个身份：演员。

她的生命只为舞台。

裴艳玲出生于戏曲演员之家，她的戏剧生涯十分富有传奇色彩。一岁半开始看戏，四岁半开始登台，童年坐科京剧，后转入河北梆子，最终回归京剧。裴艳玲原名裴信，五岁时，随母亲去外地演出。那天的戏码是《金水桥》，临开演时演秦英的演员突患急病，不能上场，换戏来不及。大家焦急设法之际，小裴信钻进人圈，仰头说："我能演！"众人惊讶："你能？"没人相信。但实在是找不到合适的演员了，大家只好喊来琴师先拉一段，让她试试，没想裴信张嘴就唱，合音入调，字正腔熟。"行，就让她上吧！"大家一阵手忙脚乱：勾脸、勒网子、对戏词、试戏装……该小裴信上场了，只见她叫板、亮相，还真是有模有样，哪见过这么小的秦英啊？后排观众只有站起来，才能看清台上这个小不点儿。整场戏掌声不断，观众似乎沸腾起来……这次演出，奠定了裴艳玲的人生轨迹。漫长的艺术之路，有了一个让她充满自信的起点。

虽为女性，裴艳玲在舞台上却是一个女扮男装的大武生，"打打杀杀"了半个多世纪。《宝莲灯》《八大锤》《夜奔》《武松》《火烧连营》《钟馗》等众多剧目她一一演来，风生水起。她的艺术生涯凝聚着由无数"英雄儿郎"筑就的风采。她扮演的林冲、武松、钟馗、哪吒等形象，为她带来"活林冲""活钟馗"的赞誉。20世纪60年代至80年代，《宝莲灯》《哪吒闹海》被拍成电影，裴艳玲走进千家万户。1962年8月，毛主席在北戴河观看《宝莲灯》，裴艳玲在剧中扮演沉香。演出结束后，毛主席幽默地对裴艳玲说：

"你这个小猴子又变成小沉香了？"又问："你还会什么戏？""《八大锤》。"主席笑道："啊，陆文龙！"裴艳玲又说："还有《林冲夜奔》。"主席问："是哪个路子？""李（兰亭）派的。"主席说："应该学侯（永奎）派的，北昆的好嘛！"由于毛主席的这次接见和谈话，裴艳玲在李派《夜奔》的基础上，又学了侯派《夜奔》。1985年9月，河北省河北梆子剧院一团赴京参加国庆展演，裴艳玲主演的《钟馗》《哪吒》《南北和》《夜奔》等，前后连续公演二十七天二十八场，场场爆满，轰动京城，掀起了一股"河北梆子热"。翌年到香港演出，在香港刮起"裴艳玲旋风"。

裴艳玲对戏曲的痴迷超越了常人。她至今仍喜欢时常沉浸在自己的角色中，遑顾其他。在路上行走，街上的房子和树木在眼中都恍若舞台布景，她想象着人物在其中的活动、故事的编排和推进。《哪吒》是她看电影时"灵魂出窍"获得的灵感，《钟馗》是她从《巴黎圣母院》中卡西莫多身上得到的启示。对裴艳玲来说，艺术无处不在。

裴艳玲说，人不磨不成器，没有年少时的一段苦练和咬牙坚持，没有执着的艺术追求，就没有今天的她。她时常感慨，"我的眼泪、我的欢乐、我的梦想，以至于生命，都长在了戏里。为了戏，虽然失去许多生活乐趣，但我一生无悔。"裴艳玲的艺术天赋极佳，行腔如行云流水，动作干净，武功出众，表演人物出神入化。而更令人感佩的是她的艺术精神，爱如一条鲜明的主线，贯穿起她全部的艺术理想。由此她收获了"人间国宝""舞台英雄""跨世纪之星"等一系列称号。

法国作家罗曼·罗兰有句话："为了给人类带来安慰与光荣的最美、最高尚的艺术，再多的痛苦都是值得的。"裴艳玲说，她最欣赏这句话。她庆幸自己遇到了好时代。

在过去五十多年里，裴艳玲饰演了几十个英雄豪杰。花甲之年，她再次挑战自己。"我演遍武生、老生、花脸，须眉男儿、英雄豪杰，唯独没演过女性，我想贴上云片，潇潇洒洒地演一回女人。虽已年过花甲，没演过现代戏中的'男角'——我想演一演'响九霄'"。前一段在北京长安剧院见到了裴艳玲，正是她带着新编京剧《响九霄》来京公演。当年《长坂坡》中那个威猛豪放的女"张飞"，迄今依然平头短发，走路急急如风，说话干脆利落。

而在这之前，裴艳玲也曾多次凝神静思：已经功成名就，该得到的都得到了，又已年过六旬，搞砸了怎么办？但她最终难抑内心对挑战自我的渴望。六旬之余再次将自己逼上险境，将没演过的都一一演来，一出《响九霄》，让她既第一次塑造女性角色，又第一次演了一回现代戏里的男角。

这出戏里，武生裴艳玲首次反串青衣，"当窗理云鬓，对镜贴花黄"，这女性角色的亮相惊艳了全场，剧场里掌声迭起。剧中，裴艳玲的唱、念、做、舞，姿柔音丽，"血性儿郎"终于圆了自己的"女儿梦想"。此剧虽为现代戏剧，但她利索的鹞子翻身，轻快的抬靴、转身、飞旋，将传统剧中武生的飒爽之气融入剧情，使剧作大为增色。裴艳玲在《响九霄》中的精彩表演为她赢得了中国戏剧梅花大奖，她成为全国第四个"三度梅"获得者。为了让更多的观众欣赏到裴艳玲的表演艺术，《响九霄》正拍摄成戏曲电影，这是裴艳玲继《宝莲灯》《哪吒》《钟馗》《人鬼情》之后的第五部戏曲电影。

裴艳玲对自己的挑战和超越，传递了她"艺不惊人死不休"的艺术理想，以及不为名利所累、敢于超越的艺术品格。现已六十二岁的裴艳玲坦言自己的艺术旅程只是个案："一般来说，武生行当女的到四十五岁、男的到五十岁都差不多退出舞台了。我这样的情况是比较个别的。我珍惜自己的艺术生命，要多为观众演戏。"接受采访时，她说，她正在谋划排演下一部戏，"要多留下几部作品。"

裴艳玲将艺术眼光放得很远。她知道，"一个人再成功也是有缺憾的，要让青年演员上台阶，为他们创造机会。"现在，河北、上海、香港、新加坡等地都有她的学生，她多次率年轻人赴上海、香港、台湾以及其他国家地区演出、教学。

"戏曲是个大学堂"，裴艳玲说。在这个大学堂里，她受益良多，传统文化的高远悠长为她的奋进求新、腾挪闪跃插上翅膀。现在，裴艳玲已是戏作等身，但身上仍不断有痴迷戏曲的嫩芽生长。英国诗人伊丽莎白·勃朗宁诗云："爱你，以昔日的剧痛和童年的忠诚，爱你，以眼泪、笑声和全部的生命！"这个"你"，在裴艳玲心中，不用说，就是中国的戏曲。

何冀平：
历史深处长袖善舞

在一片阴郁浓重的灰暗底色中，走来了清新活泼的德龄，犹如一束清光，映照出行将没落王朝的苍凉。何冀平的话剧《德龄与慈禧》，由香港话剧团在北京国家大剧院成功演出之后，近日又被改编为京剧《曙色紫禁城》，即将被搬上首都舞台。德龄与慈禧，两个性格身世迥然不同的女人，被女作家演绎得意味深长。

吴祖光眼里"第一才女"
北京人艺"第一特聘"

在内地和香港，知道何冀平的人不多，但知道话剧《天下第一楼》的人很多，知道影视剧《新龙门客栈》《黄飞鸿》《西楚霸王》

《新白娘子传奇》的人更多。这些都出自何冀平之手。1988 年,《天下第一楼》公演时,时任北京人艺编剧的何冀平一时名动京华。《天下第一楼》至今仍被誉为"当代现实主义经典剧作"。

1989 年,为了与家人团聚移居香港,这曾是何冀平人生中最为艰难的抉择。曹禺、于是之尊重了何冀平的选择,时任北京人艺院长的曹禺和她签下了第一位北京人艺院外特聘编剧的聘书。

1991 年,《天下第一楼》演到香港,据说观众席上的电影导演徐克看完戏后立马寻找两样东西,一是烤鸭,一是何冀平。于是,两人的合作催生了《新龙门客栈》《黄飞鸿》。此后,何冀平创作了多部影视作品。不过,她依然怀念话剧舞台,"这是一个可以更透彻展望人生的地方。"加盟香港话剧团之后,她创作出《德龄与慈禧》《明月何曾是两乡》《烟雨红船》《开市大吉》等剧作。2001 年,三部何冀平的戏在香港同时上演。《天下第一楼》和《烟雨红船》中的多个片段被收入香港中学课本。这位曾被吴祖光称为当今戏剧界第一才女的剧作家,在完全陌生的异乡,走过了勤奋、智慧和不服输的艺术之旅,用坚韧传神之笔,创造了非凡的艺术声响。何冀平由此收获了香港"金牌编剧"称号。人们评价她的作品:好看,有味道,有新意。

话剧《德龄与慈禧》近两年获得内地与香港多项大奖。剧中的情节和人物,既有历史的必然,又有不甘的挣扎。虽然这挣扎没能挽回将倾的大厦,但透露的微光却成为必然革命的注脚。这是一段不同于以往的历史表述。何冀平求新求变的戏剧探索,为艺术增添了别致的传奇。

从《德龄与慈禧》到《曙色紫禁城》
"家事"透视"国事"

　　明年是辛亥革命一百周年。中国国家京剧院百里挑一,将目光投向何冀平,投向《德龄与慈禧》。晚清之际的历史风云彻底更改了中国社会的政治格局,中国进入了一个永远无法退出的时光通道。一个世纪以来,对于晚清历史的叙述与诘问成为无法避免的话题。艺术如何为时代立传,京剧如何开启新的里程?国家京剧院在《曙色紫禁城》中,从主题到形式全力诠释着多年不变的艺术理想。

　　改编仍由何冀平执笔。将话剧改编为京剧,是一次全新的挑战,她珍惜此次与戏剧的结缘。自幼喜爱戏曲的何冀平改变了原作的许多情节和细节,但保守与变革的主题没变。辛亥革命前夜,山雨欲来,清宫里两个非同寻常的女人,演绎了一段无可奈何花落去,病树前头万木春般的咏叹。全剧除了对历史的追问,国家京剧院和何冀平还要为时代留下厚重的艺术履痕。

　　第一次见到何冀平时,她正在国家京剧院会议室与主创人员"围读"剧本。何冀平,看起来很柔弱,话语不多,说话轻声细语。她与十多人围坐一圈琢磨段落字句,同时也将自己的戏剧观传递给众人。再次见面时,她说已开始"试唱",开始"走位"……听着越来越专业的介绍,可以感受何冀平的全身心投入。这出戏里,何冀平仍然坚守了自己的创作风格,眼光盯着剧场,也盯着观众,设法在艺术与市场中取得平衡。为人朴实的何冀平不事张扬，思路却很开阔，她知道为谁写戏。

18世纪末，一个生长在西方，受西方教育的清朝宗室格格——德龄跟随父亲回到中国，来到了重门紧锁的紫禁城，成为故宫中的特殊人物——慈禧太后的御前女官。面对专制的慈禧，绝望的光绪，一群争风斗气的后宫宫眷，她青春逼人，充满活力。她观念中的西方文明与宫中的陈规旧律发生了激烈的碰撞。她的到来，使清宫为之一亮，引得包括慈禧在内所有人的刮目相看。慈禧与德龄，一老一少，一尊一卑，一旧一新，由于思想性格截然不同而相悖相惜，引发出可笑可悲的故事……

这出戏何冀平采用了"大事化小"的写法，把国事写成家事，把政治写成人伦。最有特色的人物是慈禧。以往的"慈禧"大多专横霸道，残酷无情。这出戏里，远离了专横跋扈、充满权欲的帝王一面，慈禧呈现出较多的人性化特色。何冀平说，历史早已给慈禧定了性，我无意为之翻案。只是想从人的角度，探讨在风云变幻的历史浪潮中，作为一个女人，一个权倾一时的女人，她的爱情、生活与朝政是怎样的？她的内心世界是不是也很苍凉？

一个是舞台上的崭新人物，一个是重新演绎的人物形象，相衬之中，旧人物的无奈与悲凉，没落后的新生与希望，辅以生动鲜活、趣味横生的演出形式，让这出本该厚重严肃的戏剧，带有鲜明的何氏风格。

中国京剧院此次打破属下三个院团之间的壁垒，新任院长宋官林、副院长尹晓东举全团之力，排出全部由一级演员出演的阵容。慈禧由戏路宽广的"千面老旦"袁慧琴扮演。德龄由美丽的俏花旦吕慧敏和近年来崭露头角的周婧扮演。花脸魏积军、小生宋小川、丑角吕昆山等众多明星同台竞艺。导演为香港话剧团艺术总监毛俊辉。毛俊辉生于上海，八岁赴港，在美国十七年学研戏曲，学过京剧梅派。毛俊辉导演的话剧《德龄与慈禧》已验证了他的二度创作水准，他已与何冀平合作了五部作品，此番执导《曙色紫禁城》，力图将雍容雅致的京剧呈现得有新意、有时代张力。

何冀平说："编剧是个孤独的行业，最有编剧位置的还是舞台剧，能最大限度地呈现作者的理想。此次，从历史旧账里走出来的两个女人，我力求在舞台上赋予她们鲜活的艺术生命，希望能够带给观众新的思考与遐想。"

低眉俯首王佩瑜

这晚的舞台与以往不同。正中只有一块显示屏,边侧一桌一椅,再无其他,台上基本是空的。演员的出场也很简单,没有锣鼓铙钹渲染,不见常规的聚光"亮相";而是乐队先安静地鱼贯上场,琴师、鼓师从容坐定之后,一头短发、有点男孩儿样的主角王佩瑜,才一袭长衫、素面朝天地登台。王佩瑜个子不高,身穿的长衫挺长,好似盖住了脚踝,这便衬出了她的"文弱"。

演出地点是在国家大剧院小剧场,剧场约有三百个座位,这天坐了九成,老中青都有,青年人居多。不少观众应该是王佩瑜的"粉丝",当她刚出现在台口时,掌声就响了起来,很热烈。疾行至舞台中央,年轻干练的王佩瑜轻稳谦和的一声问候,"大家好吗",又激起激烈的掌声,还有响亮的应和声。虽未开唱,场已热了。

这天的节目，名叫"京剧清音会"，亦即王佩瑜个人京剧清唱会，有演唱，有解说，穿插介绍京剧的行当和流派。虽然一切都很"素"——舞台、演员、乐队，包括剧场……但由于王佩瑜是名角，唱念做技艺不俗，所以现场效果很热。王佩瑜目前是上海京剧院的国家一级演员。这些年之所以颇有名气，其一，她是京剧女老生，而且是新中国成立后专业戏校培养的第一个；其二，她的演唱风格恬淡雍容，华美隽永，有梨园"小冬皇"之称，曾为电影《梅兰芳》中的"孟小冬"配唱，十多年前已红遍艺坛。

王佩瑜学戏之初学的是"老旦"，十四岁转"老生"，推算下来，算是余（叔岩）派的第四代传人，入门时即以余叔岩的"十八张半"开蒙。"十八张半"是位列京剧前四大须生之首的余叔岩，在 20 世纪上半叶，分别在百代、长城等唱片公司陆续灌制的唱片。当时一共灌制了三十七面，亦即十八张半胶木唱片，其中包括二十五出剧目的三十二段唱腔，后人简称为"十八张半"。如今，"须生"界后辈对"十八张半"始终敬仰有加。

王佩瑜是梨园界公认的学余的代表性人物。吐字发音、用气行腔都有独到心得，嗓音能高能宽，清醇味厚。演唱会上半场，由"传统"领衔，王佩瑜演唱了"十八张半"中的经典曲目。《搜孤救孤》中的"娘子不必太烈性"、《捉放曹》中的"听他言吓得我心惊胆怕"等，唱得古朴隽永，流畅悦耳。看起来外形瘦弱的王佩瑜，行腔却高亢、清亮，富有穿透力和感染力，有时一句刚落，观众就迫不及待鼓掌。所有唱词，显示屏上均用白底红字打出，字幕上的行书同样古朴、洒脱。

清音会的下半场，由"现代"做主。王佩瑜在吉他、手鼓伴奏下演唱。王佩瑜给自己的定位是：做最古老的传统艺术，最时尚的演绎者。王佩瑜曾提出戏剧要"贫困"：简单、节约、不铺张，不搞大排场。"唱念做打上有功夫，最简陋的舞台，照样耐看。"王佩瑜是一个有想法的演员，她的另一重要设想：行腔上，依据自己的特点进行大胆创新。"走小步，不停步，京剧才有希望。"用吉他伴奏，即是她试图冲破戏曲与音乐之间的界限，将京剧声腔还原为纯粹的音乐表达的一种实践。《四郎探母》《空城计》《珠帘寨》《赵氏孤儿》中的唱段，古朴之中附加了现代气息。

不过，这后一部分，探索精神固然可嘉，演唱却缺乏感染力。一边是吉他"无序"地嘈杂着，一边是王佩瑜在努力试图找准或跟上它的节奏。本来乐队是为演员"保驾"的，现在颠倒了位置，演员要去适应伴奏，如此一来，由于不能心无旁骛，从容自如，演唱便变得小心翼翼，缺少"老生"的味儿了，这与期待听几段满宫满调、酣畅淋漓唱段的观众意愿有了距离，所以下半场剧场气氛有些温暾，掌声似也打了折扣。

然而，作为一个新生代京剧演员，王佩瑜的探索却值得称道。她敢于素面朝天、去掉不必要的形式和"噱头"登台；对自己的功夫充满自信，一人从容面对观众；尝试将传统艺术变得时尚，以丰富的形式传播京剧，吸引青年观众——这一切都令人耳目一新，这需要勇气，需要实力，不是所有人都能做到。由此想见，一个有思想、有功力、有追求的人，一定会为传统艺术注入新鲜活力。王佩瑜的清音会还印证了一个道理：京剧是有魅力的，只要演员有真功夫，敢于开拓，就会有新观众。真诚期待王佩瑜这样的人多起来，为民族艺术不断增添新的希望。

李树建：
真诚的力量

　　看过几部李树建演出的作品，在表演和唱腔上有自己独特的风格。他的表演突出表现在一个"真"字，一个"情"字上。

　　这个真，首先是真实感。看李树建的戏，不觉得他是在表演，不是为演而演，而是感觉他把自己融入角色，举手投足，都是人物情感的自然流露，他就是所演的"这一个"。尽管戏剧有着不同的演剧学派，但这种演员与角色少有的距离感，在剧场里有一定的感染性和煽动性，观众容易跟着入戏，容易引人入胜。

　　这个"真"，还包含真诚之意。从他的表演，能够看出他对艺术、对观众的尊重。他对艺术很虔诚，对观众心存敬畏。他塑造的人物形象，无论是程婴，还是苏武，乃至普通人，都能全身心投入，倾尽心力塑造，并力争演出角色背后的内涵，这一点尤为可贵。因而他饰演的人物，让人感动——这是真诚的力量，也是艺术所要达到的境界。

真实的、真诚的创作和艺术态度，是一个演员立足舞台之本，有此，才能赢得观众的尊重，才能引起共鸣，才能让作品的力度送达人心。美国当代剧作家阿瑟·米勒，被认为是美国戏剧的良心，他认为"舞台应该是一个比单纯娱乐更为重要的传播思想的媒介，应为一个严肃的目标服务"。尽管戏剧的分类有许多种，但李树建始终用他的真诚和真实，让艺术变得有力量。

李树建的表演还贵在一个"情"字，有感情，有激情，有深情，从而能吸引人，鼓舞人，打动人。舞台上的李树建，感情总是很充沛，激情能充分释放，他的表演有爆发力，有持续性，有穿透性，也很有冲击力。

李树建的演唱也别具一格。他表演特色的很大部分来自于他的唱念功夫。他的唱，吐字清晰，行腔圆润，大开大合，高音低音把控得当。既苍劲悲壮、浑厚质朴，又委婉细腻、声韵醇厚。说他是豫西调须生的优秀传人并不为过，豫西调善于表现哭腔，李树建将这个特点发挥得淋漓尽致。尤其是他能以情带腔，以腔传情，情感激昂，在刻画人物、丰富人物内心的同时，突出展现了自己的唱腔特点。可以说，他在汲取师承豫西调精华的基础上，又吸收其他艺术形式的优长，继承了传统，又注入新的元素，他使原本就擅长表现曲折委婉感情的豫西调更加悲壮苍凉，他的念，同样清晰有力，充满激情。有时一字一顿，字字有力。声音在洪亮中有苍劲，起伏中见悲壮。他的表演和唱腔为豫西调也为豫剧带来新的活力。

李树建之所以如此，得益于他的艺术理想和艺术信仰，得益于他的谦虚求进之心。李树建不光是有激情有实力的人，还是有想法肯实践的人，比如他的敬业精神和使命感，他的精品意识、品牌意识、市场意识、团队意识等，都让他有所成就，有大收获。他知道出人出戏才是剧团生存的正道，他推出的几部戏，悲情"三部曲"，都打出了品牌，成了名牌，成了艺坛风景。他的做法和影响给人许多启示：作为演员，必须有自己的作品和风格；作为剧团，必须有自己的品牌和影响；作为作品，必须经得起观众和市场的考验；作为剧团的管理者，必须有执着的艺术目标和责任追求，这样才有可能推陈出新，才有可能贴近时代，才有可能为观众所喜爱，才能不断推动戏剧向前发展。

一个艺术家要形成独具特色的流派，应具备一定的前提条件：第一，有师承关系；第二，有能够流传的代表性剧目；第三，有自己独特的表演风格；第四，有一定的认可度，既有内行的认可，又有观众的认可；第五，有传人，有追随者。如今，李树建在创建"李派"艺术上已迈上新台阶，期待他取得更大成就。

舞台奇人吴汝俊

吴汝俊不断给人带来新的惊喜。他主演新京剧三部曲，出版京胡专辑《梦乡》，推出梅派唱腔伴奏全辑，目前正在制作梅派唱腔演唱专辑。他是琴师，一张弓拉出了"京胡奇才"的美誉。他是京剧男旦，男扮女装赢来了"亚洲第一男旦"的声名。

吴汝俊很出名，吴汝俊也无名。吴汝俊这个名字，对一般人来说挺陌生，但放在戏曲界，熟悉他的人不少。倘若将这个名字放至日本，或东南亚，那就不仅是戏剧界，可能在文化界，乃至社会各界，吴汝俊都算得上声名鹊起，大红大紫了。

琴师与男旦之间自由飞翔

吴汝俊的出名先是缘于一把京胡，后是缘于"吴氏青衣"。毕业于中国戏曲学院的吴汝俊，二十年前曾是中国京剧院的琴师，曾为京剧表演艺术家李维康操琴，与刘长瑜、杜近芳、袁世海等京剧名家有过广泛合作，二十岁出头即领一代演奏风骚。一把京胡在吴汝俊手中，运拨推揉之后，便珠玉飞溅，曼妙琴音令人遐思神迷。尔后，吴汝俊创立了京胡轻音乐演奏法，再创京胡交响曲合奏，令人耳目一新。传统乐器与西洋交响乐交融，通过高难度的指法弓法，用琴声描述出百鸟争鸣，莺飞草长，大江东去，金戈铁马的优美意境，开拓出京胡演奏的广阔空间。吴汝俊由此为自己赢得"京胡奇才"的美誉。赴日本演奏时曾几度引起轰动，拥有众多"琴迷"。

似乎是"不经意"间，吴汝俊从乐池走向台前，甩起水袖，跑着圆场，成了"吴氏青衣"，京剧男旦。琴师和男旦是两个迥然不同的行当，吴汝俊在两个行当之间迅疾而自然地飞翔让许多人惊奇。这与众多演员科班出身、十年苦功的从艺之路大相径庭。

吴汝俊天赋好，有悟性。看多了别人的唱念做舞，"眉目传情"，吴汝俊的京胡伴奏带有了灵性。他时常在台下翘起兰花指走碎步，揣摩台上演员的手眼身法步。吴汝俊本与京剧有缘。父亲是京胡演奏家，母亲是京剧老生演员，浑身内外浸润着京剧基因，加上"喜爱"这个最好的老师。有一天，吴汝俊发现自己的嗓音原来可以真假相谐、高低自如之后，他在京剧舞台"凌波微步"的时代由此开幕，并且一发不可收拾。

吴汝俊主演的第一出戏是京昆歌舞剧《贵妃东渡》，剧中吴汝俊饰演杨玉环。这则凄婉优美的爱情故事，被吴汝俊演绎得美丽而令人伤感。吴汝俊的表演这时多少还有些稚嫩，然而音乐、节奏，以及对其他艺术形式的借鉴，呈现出鲜明的音乐性和通俗性。吴汝俊主演的第二出戏是新京剧《武则天》，吴汝俊扮演的武则天，形象美，唱腔美，表演老到了许多。全剧更加具有现代节奏和时代气息。近来吴汝俊又主演了京剧《四美图》。《四美图》与以往传统悲剧的结局模式不同，重在表现人物的内心世界、对爱的渴望与呼唤。剧中吴汝俊一人饰演西施、王昭君、貂蝉、杨玉环四个角色。一人饰"四美"，将不同时代的四个女人相约一处，让人大致领略了吴汝俊的表演实力。

吴汝俊在舞台上的表现可圈可点。表演大方妩媚，嗓音清澈亮丽。京剧大师张君秋夸奖他有"小梅兰芳"之韵，业界人士公认他是"金嗓子"。后来，吴汝俊旅居日本，担任日本京剧院院长。这又有异于常人。先琴师而后男旦，再至京剧院院长，先国内而后国外，其实大部分时间仍在国内排戏演戏，像吴汝俊这般经历艺坛并不多见。京胡"奇才"、戏曲"鬼才"都是人们对吴汝俊的赞赏之词，也有人将其称为舞台"奇人"，吴汝俊在京剧界的男旦地位逐渐醒目。

千万里追寻"新京剧"之梦

虽旅居日本，吴汝俊却大多时间待在国内。他放不下中国京剧，京剧是他的一个梦。有人说吴汝俊对京剧已到了痴迷的程度，一年中有四分之三的时间与京剧裹在一起。十年多来，吴汝俊不停地追逐着自己的梦想。不是按部就班，而是彩云追月，别开生面。他想让京剧发展变化，变得生动，变得新颖，变得有人缘。他把自己主演的京剧称为"新京剧"。吴汝俊先后排演的三部大戏都是在国内完成、与国内京剧名家联袂演出的，也被称为"男旦三部曲"，都是吴汝俊亮出"新京剧"大旗之后的舞台实践。几出戏，吴汝俊不光是表演者，还是创作者，集编导演于一身。吴汝俊不仅有"花拳绣腿"，能长袖善舞，更有一脑子的创意与想法。在日本，吴汝俊曾观看了许多"四季""新干线"的音乐剧，认为京剧艺术走到今天须与时代相随。增强音乐性，使其通俗化，富有时代气息。他说，提起音乐剧《猫》，人们马上想起主题曲《记忆》的美妙旋律，听了京剧之后，也要有值得观众回味咀嚼的音乐唱段，不能什么都留不下。舞台制作可以华丽宏大，强化歌唱性，不只是西皮二黄，还可以吸收其他曲牌体、民歌、交响乐的元素，让京剧更好听。

在《贵妃东渡》中，吴汝俊只是尝试着借鉴其他艺术形式，在音乐、节奏上注入现代气息，让全剧具有鲜明的音乐性和通俗性。第二出戏《武则天》，吴汝俊在现代节奏和时代气息、歌唱性与通俗化上，做出了进一步尝试，引入西洋唱法的一些元素，已然打上了"吴氏"印记。在《四美图》中，吴汝俊坚守京剧本体，根据剧情需要加入了古典舞、现代舞，大胆用鼓曲、甚至民歌元素衔接各个段落。唱腔是依据人物性格特点和观众欣赏习惯设计的，旋律大气，通俗唯美，扩充了传统戏曲的表现力。剧中吴汝俊一人饰演不同时代的"四美",开了戏曲舞台的先河。剧中他用梅、尚、程、荀四个流派的唱腔表现人物,又破了梨园的"行规"。几出戏在观赏性上都与传统京剧有了不小的区别。

吴汝俊对京剧的变革,主要体现在音乐、节奏、唱腔、舞美上,他的"新京剧"追求好听好看好玩,注重音乐性和通俗性,注重从不同艺术门类、国外音乐唱法中汲取营养,使京剧更有观赏性。吴汝俊的每出戏都邀请名家加盟。国内京剧知名老生李崇善、李长春、李光,花脸杨赤,名丑寇春华,昆曲花旦杨凤仪等,都与吴汝俊同台配过戏。内行看门道,外行看热闹,新老观众都能从中各取所需,年轻观众甚至更易于接受。吴汝俊认为,京剧要在戏曲本体上传承发展,新而不离其本,变而不离其宗,与时俱进。它应该成为主流的、能为大众接受的艺术形式。《四美图》尚未"竣工"就受到美国百老汇邀请。2005年10月北京公演之后赴美展演了一个月。这可能是对吴汝俊注重通俗性、音乐性、观赏性"新京剧"的一个热烈回应。吴汝俊很自信,新京剧最终会被世界所瞩目。将京剧舞台不断向外"扩张",这是吴汝俊的一点"野心"。

吴汝俊在故乡北京的演出经常不如在日本那么热闹,不少专业观众会挑剔剧本细节的不够周密以及他表演的不够成熟,但吴汝俊对传统京剧进行改造,打破京剧的固有模式,舞台清新雅致,还是让不少人折服。有人说,新京剧更适合国外观众欣赏,在日本被广为接受就是印证。

"吴氏青衣"与京胡演奏都创下奇迹

吴汝俊在日本是个知名度颇高的人物。"男旦三部曲"在北京、上海、天津等地演出之后，赴日本演出时，泱泱大气的京剧和吴汝俊本身富有传奇色彩的舞台经历震动了日本朝野。日本前首相海部俊树及执政党公明党代表等，在国会大厦会见演出团成员，为剧组题词。吴汝俊当年曾用一把京胡，迷倒众多日本听众，拉出许多知音。此次吴汝俊以京剧男旦的形象登上舞台，引起轰动当在意料之内。演出团在东京、福冈等六个城市的演出，每场座无虚席，盛况空前。开演前几小时，剧场外就开始有人排队，等候入场。演出结束，掌声雷动，许多观众起身大声挥手呼喊，大幕久久无法落下。成群的"吴迷"拥到后台找吴汝俊照相签字。有人甚至开车追随着演出团移动，观看了在日本的十二场演出。

吴汝俊在日本已培养了众多的"吴氏青衣"迷。每次他到东南亚各国演出时，戏迷们会飞去为其捧场。在北京演出《贵妃东渡》《武则天》时，几百个日本人包机飞来，在剧场里手持日本扇子不停挥舞喝彩，以特有的方式加油助阵。

吴汝俊不光在京剧男旦的角色中为国色添香，他的京胡演奏近几年同样异彩纷呈。他以过人的艺术悟性，将京胡这件古老的伴奏乐器改造成为既不失个性，又有广阔空间的独奏乐器。2005年他新出版的京胡音乐演奏专辑《梦乡》，不仅如丝如缕地倾诉着思乡之情，也张扬着他一贯坚守的创新渴望。专辑中传统乐器和西洋电子乐器相映成趣，京胡的音色在电子合成音乐的铺垫中凌空飘逸，旋飞腾挪。两根琴弦的传神震颤，将音乐的意境呈现为一道看得见的风景。制作这张专辑时，吴汝俊的许多创意为日本著名唱片厂欣然接受，许多日本一线的顶级乐手与吴汝俊的梦想交织碰撞，迸发出强大的感染力量。吴汝俊漂泊多年的心灵也在音乐中深情流淌。《梦乡》连续三个月雄居日本音乐排行榜的前五名，吴汝俊创造了以京胡专辑位居日本流行音乐排行榜前列的奇迹。国内外一些电台、电视台也将专辑中的精彩片段作为栏目的序曲和背景音乐。吴汝俊还以唯一一位乐器演奏家的身份出现在日本一年一度一线音乐人演唱会上。

吴汝俊是个喜欢走"上坡"的人物，总是不停地向上走，向前走。近日他又推出了潜心研究多年的《梅派京剧伴奏全辑》。他和中国戏曲学院乐队倾力合作，将精选的梅派六十一段声腔全部演奏出来，并配上曲谱，这在京剧音乐史上是个首创，为专业人士和业余爱好者搭起了学习梅腔的桥梁。这套专辑里有人们耳熟能详的《霸王别姬》《凤还巢》《天女散花》《穆桂英挂帅》，以及《三娘教子》《宇宙锋》《西施》《太真外传》《生死恨》等，而梅派昆曲戏《牡丹亭》《奇双会》《雷峰塔》，甚至几成绝响的《红线盗盒》《麻姑献寿》也被囊括其中。

吴汝俊在专辑里的演奏虽然坚持"原音再现"，但对梅派声腔没有一味照搬，部分声腔融入了自己的思考。对一些过门的长短、节奏的快慢、板式的起伏等进行了重新处理，突出了唱腔伴奏的音乐性和旋律性，听来更适合现代观众的审美口味。吴汝俊认为，梅派艺术有着它永不褪色的魅力，但梅先生远离我们五六十年，如果先生在世，肯定不会停留在原来的起点上，梅派艺术也需要在继承的基础上得到发展。凡事不落俗套，坚持独立的艺术品格，是吴汝俊的鲜明艺术个性。

背后的艰辛无法测量

对男旦的认识，京剧大师梅兰芳的艺术形象是我们最初的印象。电影《霸王别姬》中的"陈蝶衣"则更具象地展现了男旦在历史变迁中的心路历程。现代的京剧舞台，男旦已廖若晨星。在这条道路上行走，需要勇气和实力。吴汝俊的心路历程有多难我们无法测量，但我们看得见他的心气很高，意志坚韧。如果说吴汝俊的舞台经历富有传奇色彩，那这种传奇是用勇气和毅力做底色，用执着和坚韧做基础的。勇气、执着或许人人都有，但人人未必都会像吴汝俊那样全身心付出，未必都会像吴汝俊那样为京剧的传承创新奋力前行。吴汝俊在演奏和表演二者之间的自由切换，让我们看起来很流畅，很风光，但吴妆俊内心世界的巨大波澜、背后的艰辛未必都写在脸上。风光的背后一定有不为人知的付出。吴汝俊对京剧的执着精神令许多人、甚至业内人士自叹弗如。北京市文化局的一位官员说，吴汝俊和人谈话不出三句就直奔京剧，绝不会等到第四句。吴汝俊每年都要绞尽脑汁找选题，选作品。新京剧三部曲都是近几年播种的结果。为了排戏，筹钱，找演员，借场地，吴汝俊多方奔走，"上天入地"，内外贯通。北方昆曲剧院院长刘宇晨和北京的一位京剧院院长说，国内演员若都像吴汝俊那般执着敬业，京剧舞台不愁不出梅兰芳。

对中日文化交流，吴汝俊没有豪言壮语，没有惊天动地的业绩，似乎也是不经意间，更多因为对京剧的喜爱与痴迷，在两国间架起了色彩缤纷的艺术桥梁，推动着京剧艺术一步一景走向新的境地。有人说，不到日本，不知道吴汝俊的戏迷有多少；不到日本，不知道京剧的影响有多广。这是中华文化的魅力，是吴汝俊的影响。吴汝俊用他光芒四射的京剧艺术形象，用他技艺超群的京胡演奏和竭尽全力的艺术追求，缩短了两国艺术交流的距离。北京市政协负责人和中日友好协会负责人多次评价说，吴汝俊是宣传中华文化的一个成功典范。他一个人做了我们许多人想做、却不容易做到的事情。吴汝俊的经历让我们相信，一个人全身心钟情某一项事业，他的生命必将为此而生动，事业必将为此而精彩。

一个人的心有多高，脚下的路就有多长。梅兰芳离我们很远，吴汝俊穷其一生可能也达不到大师的高度，但是吴汝俊对光大传统文化的执着精神，对京剧梦想的倾心追求，以及对中日文化交流所作出的贡献，都令人由衷钦佩。

香溢京城一枝梅

——"活诸葛"申凤梅又执羽扇

申凤梅十一岁走进越调艺术大门的时候，她自己也不曾料到，在此后长达半个多世纪的演艺生涯中，她会与诸葛亮这一角色结下不解之缘，并由此蜚声艺坛。

初夏时节，河南省越调剧团为首都观众送来了新编历史剧《七擒孟获》。申凤梅主演的诸葛亮又一次征服了首都观众。人们称赞申凤梅：俊梅一枝，香溢京成。宝刀未老，雄风犹在。

今年六十八岁的申凤梅是越调著名表演艺术家。她曾在传统戏、现代戏及新编历史剧的二百多个剧目中扮演过生、旦、净、丑等多种行当的角色，塑造了性格迥异的众多的艺术形象。尤其是她从20世纪50年代起，在《诸葛亮吊孝》《诸葛亮出山》《舌战群儒》《斩关羽》等剧中塑造的生动鲜活而又具有不同性格侧面的诸葛亮形象，更是深受观众喜爱。在许多观众心目中，申凤梅就是"诸葛亮"。毛泽东、刘少奇、朱德、董必武、李先念等老一辈无产阶级革命家曾多次观看她的演出，并给予高度赞誉。周恩来总理在观看了她主演的《收姜维》后，称赞她是"活诸葛"，并风趣地说："河南的诸葛亮会做人的政治思想工作。"周总理还热情地把她请到家中做客。著名京剧表演艺术家马连良收她为徒，使她在艺术上受益匪浅。

1962年申凤梅首次进京演出，就曾轰动京华。这次，是她第六次进京登台亮相。她带给观众的新编历史剧《七擒孟获》，从历史的角度反映了民族团结这富有现实意义的主题。她在剧中再次成功地塑造了诸葛亮这一虚怀若谷、深明大义、血肉丰满、情感丰富的艺术形象。她的表演从容儒雅，苍劲飘逸，一招一式老到圆熟，挥洒自如，达到了大深若浅、大雅若俗、出神入化的艺术境界。她在唱腔、道白的处理上吸收了京剧和其他剧种的长处，并糅进了越调旦角的唱法。她那饱含激情的唱段更是淋漓酣畅，声情并茂。在最后一场戏中，诸葛亮面对泸江祭奠双方阵亡将士，申凤梅通过有力度、有深度、富于变化的唱腔把诸葛亮勇于自责、希望民族和睦的感情表现得淋漓尽致，催人泪下，把全剧推向了高潮。

获得了一系列殊荣的申凤梅，生活中依然质朴如初，本色依旧。面对商品经济大潮的冲击，她给自己约法三章：一不走穴；二不拉班子；三不搞承包。她甘愿清贫而坚守心中的一方净土。近年来，申凤梅年事已高，体弱多病，行走不便。1994年夏季剧团排演《七擒孟获》时，她正生病住院。她上午输液，下午准时赶往排练场，风雨无阻，无任何特殊要求。排练"祭江"一场时，她一鞠躬就眼冒金星，穿着高靴跪拜时要别人搀扶着才能起身。但只要大幕拉开，一走上铺着红绒毯的舞台，申凤梅在观众面前立刻显得精神饱满，英姿飒爽。对艺术的执着追求和一腔挚爱已成为她的精神支柱和生命动力。最近，河南省文化厅党组确定申凤梅为全省文艺界的学习模范，命名她为焦裕禄式的文艺工作者。

申凤梅虽近古稀之年，仍为戏剧事业的发展不遗余力，常年坚持演出均达二百场，并不断开掘、丰富着诸葛亮的舞台艺术形象。申凤梅深知生命有限，事业无限，所以，为繁荣戏剧艺术，培养戏曲新秀，"鞠躬尽瘁，死而后已"，已是她有生之年的最大心愿。

李佩红随"梦"起舞

从京剧青年演员电视大赛第一名，到主演第一部程派京剧电影——李佩红一直随梦起舞。

天生丽质、端庄优雅的李佩红站在人堆里，十分惹眼，那天她身着白色上衣，瓦蓝色西裤，清爽时尚，很容易令人想起她的演员职业。近来，这位程派京剧传人与电影结缘，将程派名剧《春闺梦》搬上银幕，演出中国第一部新概念京剧电影，清纯哀怨的少妇形象赢得众多喝彩。

如果说，十五年前的全国刀马旦比赛第一名，以及后来荣获中国戏剧梅花奖、中国青年优秀京剧演员的称号和荣誉等，让李佩红成了程派"名旦"，戏剧电影《春闺梦》的出场，则标志着李佩红在艺术之路上再次潇洒地起舞飞扬。

不光台下出彩，李佩红台上也尤其出色。大度雍容，委婉华美；唱念做舞，干净利落；嗓音婉转清亮。李佩红在京剧舞台曾创造过两个传奇。一是由刀马改为青衣，从武戏改为文唱，转换虽出人意料，但却留下了文武两门抱的成功佳话。一是半路学"程"，深得其髓，在众多"程门"弟子中后来居上，星光耀眼。

《春闺梦》是程派京剧的经典之作。1931年京剧艺术大师程砚秋首演，此后成为程派传人的看家戏。李佩红主演过多出程派名剧，对此剧情有独钟。爱做"梦"，爱演"梦"，构成李佩红人生与舞台的一景。当她温文尔雅地说出"因为有梦，人生才有所成，因为有梦，人生得以明媚"时，听者心中别有一番感动。从天津戏校起步，走进天津青年京剧团……一路繁管急弦，檀板金樽，李佩红始终追着梦走，一切因梦生辉。

京剧《春闺梦》好看而不好演。戏剧电影《春闺梦》，依据程砚秋的同名剧作改编而来。故事取自陈陶《陇西行》及杜甫《新婚别》的诗意。剧情十分简单，简单到可以一笔带过。一位少妇牵挂远征的丈夫，寝食难安，积思成梦。梦中与丈夫团聚，然而顷刻狼烟四起，丈夫匆匆别离。少妇空余"春闺梦不圆，团圆本是梦"的感叹。

剧情虽简单，李佩红表演起来，精雕细刻，细腻传神，一波三折。解不尽的离情别绪，化不开的征夫憔悴，从李佩红甜蜜和浪漫的柔情梦中折射出来。"无定河边骨"与"春闺梦里人"，现实与梦境，虚实相对，相映生辉。有人说，看李佩红的表演，仿佛是看今人在吟诵一首古典抒情兼叙事诗：烽火、边塞，号啕、血泣。李佩红"化悲为美"的表演创意，含蓄深沉、刚柔相济的演唱，传递出震撼人心的悲剧力量。

电影《春闺梦》由郭宝昌编剧并导演，影片不以场景写实见长，着重突出舞台虚拟与写意性，突破了以往戏剧电影的套路。在体现程派风格的同时融入刀马功夫和京剧百年流变，业内人士赞誉其新颖别致，并感慨：原来电影可以这样拍！

那天观看影片时，李佩红说，这部片子拍得很累，大家都想拍得不同寻常。京剧改革的步子太慢，都想融进新鲜气息。但影片仍有不少遗憾，有待新的梦想去完善。

面对片子投放市场的走向，她有着自己的思考：平和精致的中国传统文化面临快节奏的西方文化的挑战与威胁，纯艺术性的片子不可能马上为大众所接受，但这并不妨碍有志者继续追梦。大家怀着对京剧的痴与痛拍下这部电影是因爱生"梦"，自会随"梦"前行。

李佩红毕业于中国戏曲学院京剧研究生班，是国家一级演员、名角，但为人却十分低调。听她说话，总是委婉优柔的语调，朴实诚恳的神情。只有谈起京剧，李佩红才会变得激情飞扬，"梦"也似插上了翅膀。

闵惠芬的生命旋律

　　维也纳金色大厅中国民乐的曼妙弦音还未散尽，闵惠芬二胡协奏曲的激昂旋律又在北京世纪剧院深情回响。3 月 24 日，阔别北京舞台十一年的著名二胡演奏家闵惠芬，琴弓一响，依然四座皆醉。人们早已评论她的演奏风格：热情而富有内涵，动人而不媚，夸张而不狂，哀怨而不伤，情感气势与神韵合而为一。此时，她的一把二胡与近百人的上海交响乐团联手协奏，气势恢宏，显得更加成熟动人。

　　音乐会上，《洪湖主题随想曲》《夜深沉》《哀歌——江河水》《长城随想》四个协奏曲，舒缓悠扬，雄浑激昂，闵惠芬用技艺更是用情感将其演绎得淋漓尽致，中华民族前仆后继、英勇奋斗的不屈灵魂从中漫溢而出。人们惊叹她精湛的演技，而琴声中诉说的不屈和对音乐的痴迷更让观众动容，那是闵惠芬近半个世纪为发展民族音乐呕心沥血的足音。

生命因音乐而动听

闵惠芬与音乐有一种生死相依的情缘，她似乎为音乐而生，她的生命又因音乐而变得格外动听。

现为上海民族乐团国家一级演员的闵惠芬，从小喜欢二胡，八岁随父学习，十七岁成名，而立之年已蜚声海内外。日本指挥大师小泽征尔听完她的《江河水》之后，曾感动地说："拉出了人间悲伤，听起来使人痛彻肺腑。"她去法国演出，法国报刊评论她的演奏"连休止符也充满了音乐"。在美国，波士顿交响乐团的艺术家们听了她的演奏后，称赞她为"世界伟大的弦乐演奏家之一"。

正当才华横溢的闵惠芬展翅奋飞之时，一种恶性肿瘤——黑色素瘤紧紧缠住了她。从1981年到1987年的六年间，她动过六次大手术，作过十五个疗程的化疗，几度濒临死亡。在生与死的抉择关头，是二胡，是音乐，给了她活下去的力量和信心，将她从死神手中一次次抢了回来。在白色病房中，闵惠芬一遍遍地对自己说："我不能就这样倒下，我要拉琴，要拉到我再也拉不动的那一天，拉到我背不出曲谱的那一刻！"闵惠芬用惊人的毅力和意志做着重返舞台的梦。

1982年，早已安排好的《长城随想》曲要由闵惠芬在上海之春音乐会上首演。这支曲子是中央乐团团长、作曲家刘文金历时三年酝酿创作完成的。为了不影响北京的创作，闵惠芬让周围的人为她保密，别让生病的消息传到北京。而她自己在第一次手术后伤口还没完全愈合的情况下，用绷带把伤口扎紧，偷偷溜回家练曲了。她对家人说："趁我现在还拉得动，你们就让我拉吧，否则我会留下遗憾的。"闵惠芬坐在小方凳上拉琴，腰部开刀，而二胡演奏用的就是腰部的力量。拉琴时，没愈合的伤口有多疼，闵惠芬从来不讲，但每次拉完琴她都浑身是汗。有人说女人柔弱如水，可我说闵惠芬坚强如钢，她的毅力是常人难以达到的。

《长城随想》曲终于在上海之春音乐会上响起，此时作曲家刘文金才知闵惠芬的病情，这位儒雅的汉子不惜泪水长流。在上海之春音乐会上，她的演出获得了巨大的成功。人们不敢相信，演奏这一大型作品的闵惠芬竟是一个身患绝症的人。

躺在病床上的那些日子，只要病情稍有好转，她便会把学生们叫到床前，用一颗充满母爱的心，为学生们一遍又一遍地讲解曲谱的内涵。看着学生一点一点地进步，闵惠芬心里高兴啊。她躺在病床上，听着熟悉的旋律从稚嫩的手指间流出，不由得热泪盈眶。此时的她，恨不得把毕生所学都交给学生。她含着热泪，用虚弱而颤抖的声音对学生们说："老师想留给你们的东西太多太多，可我的时间可能又太少太少。我不情愿就这样把我的东西带到另一个世界去……"

在闵惠芬病房的墙上，刻着十几条横线，那是闵惠芬用来练手臂的标尺。手术后的闵惠芬右手抬不起来了，为了使手臂早日恢复功能，她每日将手贴在墙上，向制定的目标爬去。她强迫自己多吃饭，凡能治病的偏方她都要试一试，并摇摇晃晃地走入民间去拜访老艺人。当时，她曾发下誓言：如果我能战胜病魔，我定要做好汉一条，为党和人民的文化事业，为民族音乐事业的发展做出贡献。

1987年，闵惠芬终于重返朝思暮想的舞台。与其说是医学创造了闵惠芬抗癌的奇迹，不如说是闵惠芬对二胡的赤热情怀感动了死神。

此时闵惠芬正端坐在舞台上，她演奏的正是那首在病中多次演练的《长城随想》曲，那对久远历史的讲述，她对国家和民族音乐未来的坚定信念，都让观众再一次从心底里欢呼：壮哉闵惠芬！

身背二胡走天下

此次音乐会上的开篇《洪湖主题随想曲》是闵惠芬自己根据歌剧《洪湖赤卫队》的音乐改编的。其他几首也都是当代作曲家创作和改编的民乐作品。闵惠芬创意用西洋交响乐为二胡协奏，是想以一种恢宏的气势，展示出中国音乐的民族特色和艺术魅力。其实，熟悉闵惠芬的观众早已知道，她为发展民族音乐所做的探索与实践从重返舞台那天起就已开始。她既为音乐而生，就发誓要为发展、普及民族音乐竭尽全力，奋斗到最后一息。

1987年，闵惠芬病愈复出后，当时社会上流行音乐盛行，民族音乐处于低谷。许多人尤其是年轻一代不知何为高雅艺术、民族艺术。闵惠芬觉得振兴民族音乐的希望在青年一代身上。那时尽管没有任何人请她，单位也没有安排她，但闵惠芬为了培养青年知音，自己主动出击联系演出单位，她把这称为攻城。她琢磨出一种新的演出方式：三人演出专场。扬琴伴奏是丁言仪，上海音乐学院作曲系教授钱苑任讲解员，她自己示范演奏。这种讲座式独奏音乐会，深入浅出，融二胡的历史、作曲家介绍及名曲欣赏为一体，生动活泼。

在上海财经大学的一次演出至今让闵惠芬记忆犹新。在一个楼层里，有两个大教室，一间里惊天动地般响着"迪斯科"，年轻人在狂舞猛吼；一边是《二泉映月》《江河水》《洪湖主题随想曲》。起先那个教室气势汹汹，这边琴声悠悠，后来那边渐渐偃旗息鼓，这边渐渐人丁兴旺。演奏完毕，教室里已济济一堂。闵惠芬激情洋溢地给学生们讲了一个流传千古的故事——俞伯牙摔琴谢知音。她感叹地说："我赞美这个关于'知音'的千古美谈，但觉得俞伯牙完全不必摔琴，他可以迈开双脚，寻求千百个知音。我不敢与俞伯牙相比，可我要寻求天下的知音，要为千千万万的广大观众演奏。"这时，学生们向闵惠芬报以潮水般的掌声。

近年来，闵惠芬和上海民族乐团的同仁们高擎着民族文化的大旗，几乎踏遍了上海大中小学、军营、企事业单位、郊县，以及外地的一些大学。仅近五年间，他们举办了七百多场普及音乐会，三十多套专场音乐会。除了参加大乐队演奏外，闵惠芬还举办了六十五场个人独奏音乐会。近年来上海学习民乐的青少年儿童越来越多，每年参加二胡考级的儿童有一千多名。在黄浦旅游节上，三百多儿童齐奏琵琶古曲《十面埋伏》，声震天地，壮观异常。闵惠芬说，看到民乐方兴未艾，我十分开心。

作为著名的艺术家，闵惠芬十分珍惜一切为观众演出的机会。田头、兵营、校园、工地都是她的舞台，天南海北，世界各地都回响着她的乐音。1992 年，她冒着严寒去安徽利辛做"重建家园"慰问演出。在县城演出之后，她不顾劝阻，冒雪顶风来到治河工地。就在大河岸边的堤坝上，这位人民的艺术家，向她深爱着的人民捧出了一腔炽热的情怀。操琴的手指冻得又红又肿，体弱的身躯在寒风中微微发颤，可她始终神采奕奕，一口气演奏了八首乐曲。一千多名淳朴的农民兄弟自发地、悄悄地，在她的四周筑起了道道人墙。他们要用自己的血肉之躯为艺术家挡风避寒，给她以人间最珍贵的温暖和回应。

"闵惠芬二胡协奏曲专场音乐会"这几个字，是九十五岁高龄的音乐家贺绿汀欣然为她题写的。音乐会不光是音乐家的一次艺术尝试，也是闵惠芬九死一生以来所有艺术成果的集中汇报，赤子心曲和漫漫足迹在琴声里交相叠映。

高山流水有知音

3月的北京春风拂面，而剧院里，观众们更是热情洋溢，他们久久为闵惠芬击节叫好。闵惠芬的演奏忽而千古风月，忽而万里关山，她用灵巧的手指向观众展示了民族音乐绝美无比的艺术魅力。

此时，观众席上最激动的可能要数湖南邵阳化纤有限责任公司、海南文化艺术出版公司的两位老总。这场音乐会就是由他们两家企业联手相助而成。为了帮助艺术家圆她多年的梦想，他们前后奔波了八个月，四飞上海，五上京城，走过湖南、湖北、山东、天津，数次与有关单位、演职人员洽谈磋商音乐会具体事宜。

他们与闵惠芬非亲非故，但却是民族音乐的知音。他们说：

"我们之所以支持闵惠芬，是因为闵惠芬是一位真正的艺术家，她把自己的全部精力都用在了发展和普及民族音乐上，可以说，是她勇于与病魔做斗争的大无畏精神感动了我们，是她奋不顾身地投入民族音乐事业之中的优秀人格吸引了我们，是她高超的演奏技巧和深邃的艺术表现力感染了我们。我们支持了闵惠芬，就是支持了中国的民族音乐。民族音乐、高雅艺术目前的处境还不是十分乐观，我们的经济实力也不是十分雄厚，但我们愿尽微薄之力来回报社会，温暖闵惠芬这样为民族艺术的发展奔走呼号的艺术家。"

几年前，湖南邵阳化纤有限责任公司和海南文化艺术出版公司就已在海口创建了富有民族文化特色的"楚乐宫"，号称世界八大奇迹之一的战国编钟在海口荡起千年绝响。今年，他们再度携手要在北京建立大型民族艺术宫殿"中华楚乐宫"——为民族文化的发展创新建立一个永久性的演出基地。他们要为许许多多的艺术家做些雪中送炭的事情。

这时，闵惠芬的演奏达到了高潮，中华民族的风骨神韵跃然于弓弦之上。无数人把鲜花献给了闵惠芬，而闵惠芬却觉得最美的那一束应该属于理解她的知音。

舞台上的闵惠芬用意志用演技为明天的民族音乐构想着绚丽的蓝图。舞台下的企业家用纯洁的心灵和深邃的思考，为民族文化、民族工业的结合与发展描绘着五彩的画卷。他们都以一腔热情圆着一个更长远的梦，遥想未来，那会是一个美丽的结果。

倾听美丽风景的诉说

一个人，能将摄影作为人生的挚爱，必定是一个懂美的人。

宋举浦，一位军旅摄影家，四十余年飞光掠影，用镜头抒写光影世界，用赤诚倾听山川的诉说，岁月婉转流变，他读美的姿态始终未改。

每一片羽毛都灿烂

几次见到宋举浦，都与之擦肩而过。他步履匆匆，急着去机场、去车站。对旁人热情的询问，他略显高大的身影似乎即将消失之际，回应声才从身后传来。不是去江西，就是去贵州，都是为摄影。

宋举浦的本职不是摄影，是军人，但他喜欢摄影，不仅喜欢，而且酷爱。由于只能在双休日或节假日拍摄，许多人称其为"双休日摄影师"，虽然时间紧张，但他乐在其中。

宋举浦出生于山东文登，他对摄影的挚爱始于随父亲迁居成都的岁月。在他的记忆里，坐落在塔子山旁的小学格外美丽，沙河边银杏树摇曳多姿，春时华茂葳蕤，深秋时金黄树叶撒落一地。这种诗意的生活，开启了他表述的愿望，直到有一天与相机不期而遇，从此，美丽的自然和人文景观便牵引着他走过春雨秋霜，风花雪月。

几十年来，宋举浦背着长长短短的相机，走过了许多山川村寨。东起长白山，西至边陲村庄伊尔克什坦，南从北纬4°的曾母暗沙，北达北纬50°的阿尔山，还有低到海拔不到一米的辽阔海域，高到海拔五千多米的世界屋脊……

他的作品，充满诗意与理想。既有雄浑激越的磅礴气势，又有精妙入微的细致刻画。在一个仅有四十平方米的篮球场上打球，必须得靠一张渔网拦着，篮球才不至于落到海里去——这是宋举浦用相机对守礁部队生活的忠实记录。在内蒙古兴安盟西北部的阿尔山上，草原森林相拥，冰雪温泉绝配，湖泊火山交融——这是宋举浦创意性的瞬间捕捉。他的摄影始终清晰呈现着对国家和军队的赤诚和热爱。宋举浦说："越拍越觉得祖国美，它激发了我的军人意识和爱国豪情。"

"祖国这只东方雄鸡，每一片羽毛都灿烂，都值得为之倾心付出"。近半个世纪来，为了这"灿烂"的传播与光大，宋举浦俯首低眉，放下身段，甘愿餐风饮露，披星戴月，在川西藏区，他住过靠牛粪取暖的小旅店；在新疆喀纳斯湖，他住过大通铺。他还冒险跳下海水拍摄守礁官兵巡礁。为了拍照，他成了第一个在礁上过夜的将军……宋举浦用手中的相机定格了那些永远闪烁在人们内心深处的感动，用军人的毅力别致地表达了对大地母亲的真情祝福，他图片中的影像由此灵韵飞扬。

每一张图片都要会思考

在第二十八届世界摄影艺术联合会大展上，宋举浦的获奖作品《五台山龙泉寺汉白玉牌坊》被放在最醒目的位置。这幅黑白照片看似普通，却凝聚着宋举浦对摄影传统、民族文化的体会与思考。

照片是用国产木制纯手动机械式大画幅相机拍摄的，就是几十年前照相馆里常看到的那种带个皮腔、人站在后面钻到一块大黑布里面拍摄的相机。印相时用的是手刷感光银盐乳剂工艺，这是一百多年前摄影术刚发明时的印相工艺。在数码盛行的时代，宋举浦对民族文化和手工技艺的传承和敬重，显得意味深长。宋举浦说，五台山龙泉寺的汉白玉牌坊前后花了十年时间建造，成为中国传统文化的象征。用传统技艺表现传统文化，能让我们的精神得到更深厚的滋养。一位国际摄影评委在用放大镜仔细观察了作品后说："中国摄影师在数码盛行时代仍然如此尊重传统银盐技法和手工制作，让人非常感动。"另一位国际摄影名家沉吟半晌之后说，这幅"原生态"式佳作需要静下心来，花长时间慢慢品味。

宋举浦是一个爱思考，也善于传递思考的人。他的摄影从内到外没有太多的循规蹈矩，他追求每一张图片都有意境，都会说话。"纵然是断瓦残壁，除了恢宏的气势让人震撼，还应该奏响一段悲愤交织的历史，这段历史因沉重而发人深省。"在他的许多作品里，都可以找到引人深思的东西。

去年8月，中国丹霞地貌成功申遗，中国四代地质学者的梦想终成现实，其中，宋举浦的摄影集《中国丹霞》功不可没。这本画册，犹如一张精美的国家名片，让世界认识了"色如渥丹，灿若明霞"的丹霞地貌，赢得了众多代表的支持。在他的画册里，"中国丹霞"成了一个美丽得能让人停止呼吸的地貌。

宋举浦不仅拍摄丹霞，也热情地寻访和研究丹霞。从2000年"五一"长假开始，每个节假日他都外出拍摄丹霞，至今拍摄的片子已有几万张。全国丹霞地貌有八百多处，宋举浦走过了大部分地区，并发现了近三十处新丹霞地貌。鉴于他在发现和研究丹霞地貌中所作出的突出贡献，中国丹霞地貌研究会吸收他为理事，只要是经他确认的丹霞地貌即可直接获得地学界的承认。宋举浦由此被摄影界和地质界亲切地称之为"丹霞宋""中国丹霞地貌摄影第一人"。

他的一组作品曾获得中国摄影最高奖——中国摄影金像奖。颁奖词里这样写道："较好地呈现了地理摄影的努力方向，适当地表现了一种并不过分的审美情趣，这是对过去单纯审美式风景观看的一种进步，让单纯的唯美摄影增加了科学考察的因素，赋予了风光摄影更多的思考空间。"历史与现实相映，风光与情感结合，艺术与学术携手，让风光摄影带有更多的文化思考，让艺术摄影拓展出更多的生长空间，这是宋举浦一直追寻的方向，他认为，光线与色彩应更具有直抵人心的力量。

宋举浦在摄影圈内早已颇有名气，但他一直坚持说自己是"军旅业余摄影爱好者"，并印在了名片上。他出版过《北岳恒山》《阿尔山四季》等多部摄影集，荣获过中国国际摄影展金奖等多项大奖，还是国际摄联历史上第一个摘取个人金奖的中国摄影家。这位"业余爱好者"，以独有的努力和执着，达到了令专业人士也仰视的高度。他的经历和成就带给人启迪和思考，他的投入和赤忱让人感慨并感动。

北京人艺:
风雨兼程半世纪

——访北京人民艺术剧院院长刘锦云

　　每次路过位于王府井大街 22 号的北京人艺,心中都生出几分神秘。这座银灰色的小楼在繁华的都市毫不起眼,可北京人艺却是与曹禺、焦菊隐、于是之几位世界级艺术大师的名字连在一起的;它拥有并培育过舒绣文、刁光覃、朱琳、苏民、郑榕、蓝天野、童超、吕齐、英若诚、林连昆、朱旭、谭宗尧、濮存昕、梁冠华等一大批演艺明星;它演出的《雷雨》《日出》《茶馆》《王昭君》《狗儿爷涅槃》《天下第一楼》等一批剧目让中国话剧堂而皇之地登上了世界艺术之林。北京人艺,中国话剧界的一道绚丽风景。

　　今年 6 月,是北京人艺走过半个世纪的纪念。盘点家当,瞻望未来,值此当口,我采访了北京人艺院长刘锦云。体形魁梧,身高近一米八,说话大嗓门的刘锦云,初看上去似有些"粗"。但坐定交谈，这位编剧出身的院长思维敏捷，逻辑严密，处处透露出知识分子的儒雅和内秀。说起人艺的戏为何受欢迎，刘院长似乎才真正有了兴致，说起戏剧大师曹禺，刘锦云更是声情并茂，两眼放光。

我们有严格的选剧原则

窗外紫萝散发着清香，天空中飘着细雨。仿佛与缜密的雨脚相应，我们在屋内细数着人艺演过的剧目。半个世纪以来，人艺共创作演出了二百五十多出剧目。果然，在人艺厚厚的纪念册里，一个个闻名中外的优秀剧目此时正轻盈地跳出纸面，好像要列成队向我们走来。

刘锦云说："人艺的戏之所以叫得响，与我们选择剧目的严格、创作态度的严谨分不开。北京人艺是曹禺创建的，曹禺的作品为人艺奠了基。当初人艺叫郭老曹剧院，一直叫了好多年。一些大作家经常为人艺撰稿。同时，人艺还选演了一批古今中外的经典名著。我们选演剧目时，不跟风，不轻率，不为了评奖上戏，这是从曹禺时就留下的家风。一个剧院对观众的需求要有清醒的把握，与其演一个不太好的本子，不如选一个经典名剧，经典作品对观众有着永恒的吸引力。"

北京人艺为庆祝建院五十周年，6月前后重新排演了《茶馆》《雷雨》《蔡文姬》《狗儿爷涅槃》《天下第一楼》五台大戏和三台小剧场话剧。五台大戏是人艺历年来演出剧目中的"珍品"，当年演出时，曾经"洛阳纸贵"，震动京华。今天重新排演，刘锦云说："有继承有创新，相信观众仍然喜欢，这就是经典的魅力。"

五十年来，人艺的剧目方针呈现出立体化的发展态势，反映当代现实生活的剧目，实验性、探索性的剧目时常上演，舞台上百花齐放而又充满时代气息。刘锦云说，无论演什么，都以观众的审美需求为准，以高质量的剧本为准。坚持演出剧目的水准，才有了人艺在中国话剧界排头兵的地位。

我们有一批热爱舞台的演员

曹禺生前一直是北京人艺的院长，曹禺精神更是北京人艺的巨大财富。曹禺精神，一曰德，一曰艺，他对戏剧的热爱，他对戏剧的献身精神，一直是人艺的艺术家努力要达到的境界，曹禺就是立在北京人艺的艺德标杆。说起曹禺，刘锦云声情并茂。

浏览人艺的群星谱，真是灿若红霞，光华灼灼，其他剧院仅能望其项背。而人艺的更难能可贵之处，是一代又一代的艺术家，以剧院这个大家庭为荣，互相言传身教，形成了不变的理想信念、价值取向和行为准则。他们视舞台为根，视戏剧为生命，无论世道飘浮着多少诱惑，他们对舞台的热爱、对戏剧的眷恋不改。刘锦云说，演员无论走得多远，只要舞台需要，他们会立刻回来。

一次剧院通知杨立新演戏，他马上从美国飞回来。老演员韩善续说过："我的影视活动只是叶，剧院才是我的根，根深才能叶茂。"斯坦尼斯拉夫斯基说："演员道德的核心，是演员要爱心中的艺术，而不是爱艺术中的自己。"人艺演员如斯。

在人艺的排练厅，曾悬挂过"戏比天大"的条幅。舞台虽然清贫寂寞，但人艺演员心中，始终装着"戏比天大"的信条。于是之说过"执着如怨鬼，纠缠如毒蛇"，就是演员对艺术敬业的写照。在中国话剧艺术的画廊里，从人艺舞台上走出的程疯子、蔡文姬、虎妞、祥子、王利发、常四爷、刘麻子、关汉卿、王昭君、狗儿爷等观众耳熟能详的形象，尽管经过了几十年岁月的消磨，今天依然闪烁着鲜活的光泽。

在采访人艺的日子里，我时时感受到他们对艺术的虔诚和敬业，感受到他们的才气和大气，他们精神世界里那种神圣不可侵犯的信念，更是令人感动。刘锦云说："曹老以自身的风范告诉我们，于清寒与寂寞中奉献自己，是每一个真正从艺者必备的品格。人艺的几代艺术家这样亲躬了，因而才有了一台台好戏，才有了剧院的繁荣。这是熔曹老精神的几代人凝聚成的珍贵艺德。"

我们都在跑一场接力

十年前，刘锦云接替于是之任人艺第一副院长时，于是之领着他去北京医院拜见曹禺。曹院长殷切嘱托之后，告诫已经五十多岁的刘锦云："难的时候，你可不要哭啊。"

刘院长说："十年来，我没有哭，但也不敢笑，酸甜参半。"一个剧院，二百四十多号人，要生存，要发展，诸事艰难可以想象，但一批新演员成熟成长起来，挑起大梁，又让人颇感欣慰。这次演出的五台戏，新一代演员接替了老一代艺术家，新老演员接交圆满完成。《茶馆》原来是于是之的版本，这次由梁冠华、濮存昕、杨立新主演。《蔡文姬》原来是朱琳、刁光覃、蓝天野、苏民老一代名家挂帅，这次也换了年青演员，几出戏都重新做了艺术处理。经典能重现舞台，让观众再睹芳华，这说明人艺后继有人，人艺的传统、人艺的精气神一代代传下来了。刘院长说："人艺的戏观众爱看，说到底是因为我们形成了观众认可的人艺风格，延续了曹禺精神。几十年来，我们都在拼命跑着接力。"

说到什么是人艺的精神时，刘院长说："就是演员对舞台的热爱，是剧院有凝聚力，而且是向以曹禺为核心的凝聚。"话剧不是一两台戏、一两个人就能立足于舞台的，它要有相对稳定的艺术家集团，要有能以每个人的艺术个性体现整体共性的一批人之间的默契。人艺有这片土壤，这尤其值得珍惜。

走过半个世纪的风云与坎坷，回顾与瞻望，展示与检阅之际，刘锦云感到肩上的担子更重了。他说："我们向着目标追赶了半个世纪，现在看看与目标的距离不是小了，而是更大了。剧院的本子问题，人才匮乏问题，都在折磨着我们。但只要一想到曹禺，我们就有使命感、神圣感，不敢丝毫懈怠。不论担子多重，我们都要凝聚在曹禺的旗帜下继续向前。"

"拉开大幕才是真的"，这是人艺的一句老话。我们期待着人艺的再度辉煌。

如青铜器一般的光泽

　　《经七路 34 号》，似与我有着天然的亲近与吸引。作者南丁，他的才华和生命的大多岁月贡献给了河南，可他是安徽蚌埠人，这是书的折页上赫然写着的。"安徽蚌埠"这几个字，一下子缩短了我和他的距离。我们是同乡。南丁饮过淮河水，游过龙子湖，在崇正中学读过书——崇正中学已变成今天的淮委机关所在地等。阅读至此，我心怡然。这些地方我也很熟。尽管我与南丁年轮有别，但生命旅途中却有许多物理路径曾经相叠，只是他的品格值得我永久仰视，慢慢去读，但我为有这样睿智卓越的老乡而自豪。南丁属于河南，起点却在淮河岸边，这一点让人倍感亲切。

　　令人亲切的还有书中写到的许多人，我同样很熟。无论是作家、艺术家，还是同仁，包括提及的人民日报社领导，以及他多次写到对人民日报的感情，自费订阅人民日报等，都让我心生感动，看出他的真诚质朴和感恩。他的女儿何向阳，我亦相识已久，既是工作关系，又是朋友文友。向阳的独立脱俗、朴实善良和聪慧坚韧，其内心对理想的执着追求，在浮躁的尘世间对他人是一个极好的参照。其性情、才气、为人，让人钦佩。

几年前，读河南作家赵富海先生的《南丁与文学豫军》时，为之感动，写过评论《一个人的文学世像》。那时已对南丁先生钦慕有加，虽未曾相识，然精神景仰。此番阅读《经七路 34 号》，对南丁先生的观察思考、人格魅力，印象愈加深刻。

《经七路 34 号》凝结着南丁的心血和智慧，他用生命的最后时光注目河南文坛的前世今生。虽然南丁已离开人世，他的观察梳理，他的智慧洞见，他所标示着的纠缠与沧桑，依然新鲜如昨，闪烁着不灭的时代与个性的光泽。

南丁本人曾经是个独特的文化现象。他对河南文学影响深远。几十年来，他的文学作品在河南文坛独树一帜。20 世纪 50 年代以小说《检验工叶英》《科长》成名，80 年代以小说《旗》开反思文学先河。他的小说在中国文学的几个时期都有标志性作品，这使他成了中国文坛的一个代表性符号。正如有人所言，南丁一个人的文学史，可以折射当代河南文学史，乃至中国当代文学史。后来，南丁任河南省文联主席期间，营造了河南文坛的和谐奋发氛围。团军育人，搭窝下"蛋"，自由创作，春水争流。他为文坛殚精竭虑，把生命、才华、心血都给了文联这个"家"，他也在这个家里从十九岁到慢慢变老。他甘为人梯的精神和领导者情怀，同样广受称道。

　　对历史的回望，其实有多种文艺形式可以抵达。南丁八十四岁高龄之际，最终以回忆的方式，书写他在河南文艺波光中的所见所闻，以尽可能清晰与客观的描述，讲述文联"大院"几十年的变迁，表达他对文艺事业及人才的尊敬。这种方式的选择，与他的经历有关，与他拥有的资源有关，与他的深切情感有关，他是最有资源也是最有资格的历史回望者。这奠定了《经七路34号》生动扎实的重要基础。但回忆毕竟是与历史的深层对话，靠的不单是资源与记忆，更需责任与公心。使命与公正，大约是写史之人必须秉持的胸襟。近年来，不断有人在南丁耳边叮咛和嘱托："写一写大院的历史吧。你不写可能就没有人写了，这个大院的历史就会沉入历史土壤的深层了。"大家将河南文坛历史回忆的期望托付于他，他倾尽心血甚至生命去完成，这无疑是同仁最为可信的选择和南丁最为深刻的回报。有情于此，有使命在肩，这构成南丁书写的双重动力。

　　河南文坛半个多世纪的历史如何讲述？南丁将作品的焦点最后锁定于"经七路34号"，定位于文联"大院"，这是一个标示明显的叙事轴心。34号不仅仅是个大院，于他而言，还是生命和事业的投影，在这里他悲欢交集，荣辱翻转。其价值与分量难以称量。于河南而言，甚至于中国而言，意蕴独特，折射了中国当代文学史的兴衰沉浮。讲述曾经的历史，为后人留下文学"备忘"，他这位"大院"风云的见证者，让深情目光从大院的角落一一扫过，并真诚超越，以实录的方式，记录了一个人、一支队伍的生命成长历程，让一个人与一个时代做了一次生动的互证。河南文艺的山高水长，中国文艺的波光浪影，互为投射，阴晴交叠。他让今天的人们，记住曾经的来路，走向心中的远方。这个大院在他的笔下成了一种符号，一种象征，一种隐喻。岁月深流，意味深长。

南丁的目光和视野无疑是具象而开阔、形象而真实的。他以半个多世纪的注视与扫描，赋予"大院"里的人事以灵气和生命。他述说自己与河南文坛的因缘际遇，许多人事相伴相生。从省文联筹建、办公地址数度变迁，到编辑杂志《翻身文艺》，再到执掌文联八年；从青葱少年到知名作家，再到被打成"右派"、文革被抄家等，其间，一个个鲜活的人物从历史背景中走出，文艺人的生活、工作情景、趣味都跃然纸上，他们以青春热血、欢乐忧伤、智慧创造，共同构成河南文坛图景，字里行间奔涌着澎湃的思想、精神与情怀。南丁勾描历史，善于以人带事，以小见大。在人物的情感与选择中铺展丰厚的生活场景，在个人的生命轨迹中叠映一个时代的起伏波澜。在他朴实而活泼的叙述中，时代风云席卷而过，国家与个人相互勾连，个体生命随着时代的跌宕而喜悦、伤悲。公与私、家事与国事相互观照。南丁曾经自问："我亲历了那历史，但我能认识我亲历的历史吗？"看得出来，他在勉力尝试以个人之肩负起书写一个时代的重任。不溢美，不隐恶，他把自己的记忆、生命敞开来给人看，直面自我，让人看到了作者的正直乐观坚强、真诚善良风趣。过去现在与未来相互激荡，顾盼生辉。我们读到了一个人与一个团体在时代变迁之下的万千气象。

对历史的实录有时容易陷入枯燥的范式。南丁的叙述尽可能细腻生动，不在史料堆里机械论事。而是立足大院，俯视历史，拔濯而出，用一种超越性的思考，将几十年早已在胸中掰开揉碎的意象图景，不断聚拢淬炼，孕育出文字的光辉，云淡风轻之中，个人经历与时代风云实现同构。南丁的文字平和洗练，真挚丰满。叙述中有评点，勾勒中有工笔。他的简笔勾勒法精妙传神有趣，寥寥几笔，人物跃然纸上，有时令人忍俊不禁，自然风趣，充满善意。他写"下营村"队长王衍昭的"寡言"，姚雪垠办公室地上铺着席子的"讲究"，遇到被游街者所产生的悲悯等等，不动声色地记述中，见出本色、情怀。一些细节的描写也十分精彩，描写议论中时常穿插着写景，几者相互融合，见人见事见情见景。他对河南文学的爱，对生活的爱，对同仁的情，汩汩而出。

合上书本，我在想，半个多世纪的历史，该有多少鲜活的人与事从南丁心底漫过。逝去的，记忆漫漶的，无法还原的，需要重新梳理、理解的，以及心灵上的伤害与屈辱等，他的取舍一定经历过灵魂上的煎熬与考量。历史留下的一道道伤口前，时代馈予的一片片阳光下，与他人共情，与时代共振，反映历史的真，呈现艺术的美，或许是南丁先生竭力追求的，这才有了作品由外而内的厚重、洒脱、雅致。

我还想，许多年过后，书中那些当初波澜万状的事件或许被时间慢慢抻平，或许被历史风尘渐渐淹没，那些活跃在书中的许多人与事也会悄然隐去，一切归于沉静。但无论怎样，即便如此，曾经的日子，曾经的沸腾，曾经的抱负情怀，曾经的笑脸喧闹，却又早已如青铜器一般，在历史的时空中定型，且闪烁着永久不变的光泽。

第三章

聆听花开的声音

抵达心灵的另一种路径

人生有限，不可能经历太多；心性幽微，不可能烛照无余。一篇好的散文，可以带人走过千山万水，拨响心中久已未响的琴弦。自然的清奇，生命的斑斓，如无边的风月，飘然而来，叩动心扉，让人们感悟生活的本质，记住了文字的魅力。

虽为自由文体，写好却不易

秦牧在《海阔天空的散文领域》中说，"不属于其他文学体裁，而又具有文学味道的一切篇幅短小的文章，都属于散文的范围"。

且不说这种观点的被认可度如何，单就散文与小说、诗歌、戏剧相比，写作门槛低，受到的限制最少，是不争的事实。小说要塑造人物，需要一定的观察与积累；诗歌要追求凝练、押韵和遵守格律，需要一定的想象力与文字功夫；戏剧要营造矛盾冲突，需要结构、情节的巧妙铺排设计。而散文，有着强大的包容性，不受任何格式和框框限制，题材海阔天空，篇幅长短不限，表达方式灵活多变，任何事物任何情感都可凝聚笔端，率性而为，具有非同寻常的自由度。作家柯灵说过，"散文题材广阔，手法不拘，是一切文学样式中最自由活泼、最没有拘束的"。也正如有的作家所言，散文的情思可以自由飞翔，结构布局可以不拘一格，叙事、描写、抒情、议论可以灵活调度。对阅读者而言，可以随时终止和接续阅读，方便随意。

笔者担任报纸文学副刊编辑二十余年，每天接到的诸多来稿中，数量最多的是散文，水平最为参差不齐的也是散文，需要编辑投入大量时间精力加工润色的还是散文。来稿作者的身份背景非常多元，有大学教授，也有初通文墨者；有国家领导人，也有乡村留守学童，从中可见散文写作门槛之宽阔之包容面广。内容与形式的自由性，写作者群体的开放多元性，构成散文最鲜明的品格。

不过，散文成为最受人喜爱的文学样式之一，常常无形中带来一种负面认知，认为散文好写。其实王国维说过一句很清醒的话，"散文易学而难工"。散文容易写，写好却不易。作家冯骥才说，"要想检验一个作家的功力如何，请他写一篇散文好了"。这都是在提示散文写作不易。如今散文作品多，好作品却少，也是"写好不易"的一个印证。当然，难和易是一对辩证关系，看到散文的易时，也要看到散文的难。看到易，能够慎重对待；看到难，不至于望而生畏，奋力追求艺术的至境，这有益于散文的健康生长。

散文写作者众多，作为报纸副刊资深编辑，经常被问及：副刊的选稿标准是什么？什么样的散文算好文章。

这是一个很大的话题。如果笼统而言，报纸上的副刊，是依附于新闻纸而存在的，与新闻有一定联系但又相对独立。作为报纸，新闻是正刊，文学作品包括散文是副刊，附着于新闻之后，所以副刊原先也称附张。有一句话揭示了新闻与副刊的关系：新闻是会客厅，副刊是后花园。新闻是进攻，副刊是防守。新闻是硬内容，对新近发生事情的客观真实报道；副刊是软新闻，追求文章的内蕴深刻，形式精美，具有独立的人文精神、文化品格和阅读、审美价值。著名报人赵超构认为副刊十分重要，他说："新闻是报纸的灵魂，副刊是报纸的面孔，报纸耐看不耐看主要看副刊。"这里的"耐看"，指的是副刊自身的文学特性。副刊通过作品体现文学性、滋润性、雅致性。因此，副刊有着自己的独特性，刊发的作品有着自己文学品位上的取舍标准。

如果说得具体一点，报纸副刊是公共读物，需要考虑大多数目标读者的审美需求，作者可以有个人风格，编辑选择稿件却需要放弃个人偏好，尽可能兼顾散文作品的多样性，题材主题，风格样式，在保持相对水准、格调的同时，追求丰富灵活，宽阔多元。尤其在当下新闻同质化严重，容易成为易碎品之际，副刊的文学性、雅致性、温润性，作为一种差异化的存在，显得越发珍贵。这也为散文及文学作品愈益进入大众视野提供了契机。

如果说得再具体一些，一篇散文，应该是文质兼美，内容扎实，表述出色，构思立意新颖别致。今天的写作者是幸运的，适逢文化的繁荣与高度自信时代，散文又是低门槛，形式内容不拘，想写什么、怎样写都有前所未有的自由。但好的散文，是对生活敏锐而独到的观察与感悟，是作者内心的真诚述说，力求对人的心灵有抚慰滋养作用，这是始终不变的准则。俄罗斯文学家什克洛夫斯基说，"要能唤回人对生活的感受"，并且能够使人从中获得对生活更本质的认知和感悟。既如此，好作品一定不是轻易就能写就的，应有一定的审美把握能力和艺术呈现能力。

善于拨动心弦，看到自己和远方

人都在一定的社会中生活。每个人的生活、经历、思想，都带有独特的个性特征，有着独一无二的基因密码。因为独特，便有着倾诉、记忆的价值，而文学尤其是散文便是抒情表意的最便捷方式之一。每个人都有将动情动容之事向人述说的欲望，散文时常成为彼此之间的一种分享交流方式。

作为直接、便当的一种表达，散文表现了他人对社会、时代、人生的看法。写作者的情感体验，观察与解剖，在从模糊到清晰、从感性到理性、从表层到本质的逐渐展示中，使人触摸到写作者的生活态度、心路历程，以及其中包含着的漫长行旅、生存况味、情感起伏、人生经验。虽然写作者与阅读者的生活都有自身的路径，甚至可能大为不同，但并不妨碍差异性与共同性经由文学而相互抵达，并迅速建立起不同生命体间的通道。写作者经验的梳理、情感的流露、灵魂的坦陈，不期然间叩动阅读者的心灵。双方的心灵瞬间产生共鸣，人同此心、心同此理的知音之感，人性人情的相通相融，在某一刻，弹奏出令人心动的乐章。

优秀的作品，总是能拨动自己的弹片，撩动他人的心弦。阅读者意中有而口中无，只可意会而无法言传的许多认知，甚至朦胧中模糊的念头和情思，时常能在他人的文字中找到对应。一位作家说过，人们时常不满足于自身对世界的认知、对生活的理解，希望通过别人的描述验证或打开自己的思路。散文，满足了这一需求。从他人的描情状物中，阅读者在某一时刻会惊愕地发现，他人身上有自己的影子，从他人的文字中，摸到了自己灵魂的脉搏。写作者说出了阅读者的所思所想。有时我们会为作品掬一捧泪，为描写的对象送上无尽的牵挂，这是文字叩击灵魂引起的共鸣与震动。列夫·托尔斯泰说："作者所体验过的感情感染了观众和听众，这就是艺术。"好作品，会给人带来精神感染。

散文将我们摆渡到辽阔的世界和远方。生活如河流，每天流经不同的村庄与平原。大千世界，时时发生着难以想象的变化与飞跃。人生有涯而知无涯，许多地方，许多领域，我们的脚步可能终身难以抵达。而恰恰每个人的内心深处，又有一种对远方的与生俱来的渴望。他人的作品，为我们呈现了这样一个丰富广袤新奇的世界，带我们走近视线、脚步难以抵达之处。优秀作品，除了描摹揭示我们已知的世界，还打开我们不熟悉的生活场景，呈现生命的激流与幽深。正如一位作家所揭示的，"它们更多地呈现了某些异质的东西，是对我们熟谙的生活的补充和伸延，是生活朝向无垠和阔大的展开。这些东西格外让人着迷。一个人的生活总是受到局限，但他的灵魂又总是向往超越。"

　　一个人和世界之间是什么关系，是许多人不曾细想的，但是，一个写作者和世界的特殊关系，却通过作品系统地表达了出来，尤其是和生活、世界的精神感应，在纸上得以张扬。作家林贤治在《论散文精神》中说过这样一句话，"散文是人类精神生命最直接的语言文字形式"。世界和远方，既是物质的存在，又是精神生活、情感状态的展示。文中的精神气质，隐喻着人类精神的强大气场。阅读者都在一定的社会中生活，身在红尘，目光却时时注视着远方，有着探求生命意境的渴望。散文犹如一条连接个体与他人、局部与整体的信息通道，起到了连接人类精神生命的作用。他人的作品带领我们走向更宽广的世界和远方。其间曲折多姿的人生体验，万千人事的情感维系，都使得我们的个体情感与宽广社会产生了真诚的对应。虽然写作者在大千世界只是一个微小的存在，作品仅代表了极微小的局部或区域，但由具体的经验和存在的局部起步，通向的是一个社会的政治经济和文化的广场，一种人类精神世界的辽阔疆域，让我们视野开阔，心灵舒展，情感丰盛，生命丰盈。散文也由此走向丰富、深邃、遥远。这样的品格，赢得人们内心的喜爱和景仰。

俯仰之间选择，贵在真情实感

引发强烈共鸣的作品离不开真挚情感的表达。大江东去，小桥流水；思绪流转，风花雪月。世间的万般景致、人心起伏，都可以融入笔端。不过，生活的宏大、题材的开放总是与个人视力、精力的有限形成一种悖论。就散文而言，每个人的写作其实都是狭窄的，都只是揭示、描述生活中的一个侧面，一种体验，对博大的生活与精神无法一一穷尽。这是写作者个体的局限性决定的。不过，无论是一草一木，还是狂飙万里，追求真诚情感、有感而发，是散文始终坚持的方向。韩愈的《祭十二郎文》，情真词切，哀伤不已，满篇血泪，千年之后读之仍令人潸然泪下，就是以真情感人。"情动于中而形于言"，真挚的情感、独到的体悟能够带给读者深刻的感受。古往今来的优秀作品，无不是真情实感的自然流露。小说常常是写别人的事，散文常常是写自己的事，即使写别人也是写自己。一篇作品，离开了情真意切的抒写，将缺少审美的愉悦，穿透心灵的力量。

打动人心的作品一定与我们最为熟悉、情感最为深厚的生活和事物有关。散文的题材是丰富的，表述又是自由的，在这自由、无限之中，选择什么样的题材与主题至关重要。凡·高曾对学画的弟弟说："你是麦子，你的位置是在麦田里。种到家乡的泥土里去，你将于此生根发芽。"对散文写作来说，选取最熟悉的事物，最有兴趣的专注点，让真情在充满个性的文字之河里自由流淌，可能是散文由精微致广大的常见形态，因为熟悉所以也是我们最能把握的东西。时光如水，有时会淡去许多历史与现实的细节，我们的感受也会不断发生变化，但正如河流带不走两岸，每个人的心中总有一些东西坚如磐石，总有一些情绪在胸中萦绕。比如对人性亲情的关注与固守，对乡土故园的怀念与亲近，对真善美的永恒向往与追求，这是我们情感生发的动力源、发射器。不过，真情实感的表露不是一句空话，无论抽象或具象，前提是储备丰富，历史人文素养丰厚，如此，行云流水般、音悦貌美的文字才会跃然而出，才能以有限的个体情感体验，揭示日常生活的无限存在状态，展示灵魂深处的幽微奥秘。因而，从某种意义上说，世界很大，切口可以很小，素材丰富，熟悉的可以更深刻，表情达意重要，背后的积累修炼更重要。散文是表达自己的最好方式，写作过程是对熟悉的生活和内心情感反复端详和发现的过程。每个人独特的生活遭际，会焕发别人无法替代的个性光泽。

王国维在《人间词话》里说，文章有境界自成高格。人们经常提及散文是最大众化的文体，"是一个人平平常常走路"。但散文虽然"大众"而又"平常"，却不能忽略思想的光芒，要有精神气象，保持神采飞扬。

散文之所以阅读者众，正在于它既具象亦寓意深刻、既简约又寄情致远。铁凝说："文学应当有力量惊醒生命的生机，弹拨沉睡在我们胸中的尚未响起的琴弦；文学更应当有勇气凸显其照亮生命、敲打心扉、呵护美善、勘探世界的本分。"精粹而深邃，是文学作品的本分。好的作品就像蓝天上的阳光，春季里的清风，启迪思想，温润心灵，陶冶人生。我们衡量一部作品的价值水准，格调境界是重要标尺。高格调高境界的作品让人从中发现自然的美、生活的美、心灵的美，传递向上向善的力量。离开了思想和精神的承载，再华丽优美的表达也要大打折扣。

好的文章都是寄寓情怀，给人力量，提升境界的。一位戏剧家说过，如果我的作品不能在舞台上留下沉甸甸的思考，我不知道我的作品还有什么意义。古往今来，流传于世的经典作品，无一不让我们体恤时光，开掘生命之生机。当然不是只有大题材、大篇幅才有意义。题材不分大小，形式不分高下，散文的题材、表述在本质上没有大小之分。大有大的气象，小有小的庄严。春华秋实，再微小的草芥落地生根，也能在一花一世界的场景中展示得气韵生动。是作者的生活阅历、思维逻辑、思想境界和审美情趣决定了作品的质地。只要在苍茫的疆域中有你独具特色的行走，人世的跌宕起伏中有你幽远的思想境界和人格智慧的闪光，哪怕是一片云，一丝风，也可以"一粒沙中有精神，半瓣花上见人情"，小中见大，小中见广，小中见深。自然之美，情怀之美，如山林清风，清晨阳光，充满欣欣然生气，散发迷人光彩。散文质量的高低，在于情感质量的高低；思想层次的深广，在于能否与读者沟通共鸣。一位作家说，文学对人类最终的贡献并非体裁题材长短、大小之纠缠，而是不断唤起生命的生机。

保持宽度与深度，呈现文学新景观

中国是文章大国，散文传统源远流长。中国文学史上文情高旷、辞采清亮的优秀作品不胜枚举。独到的观察与发现，春风朗月般的描摹与体验，超越性的提炼与思考，让自然人文之美涓涓流淌。

多年来，中国散文的繁荣与发展，带给人们广阔的文化景象和深刻的心灵抚慰。然而当今时代，社会经济的飞速发展，物质财富的极大丰富，许多人脚步走得太快，时常忘记了为何出发。精神迷失，人心彷徨，灵魂跟不上脚步的速度。精神的迷惘，社会的浮躁，某种程度上带来文学的功利和肤浅。缺少对生活的发现，缺少真情实感的体悟，缺少思想的张力，语言贫乏，文化储备不丰，使许多作品流于直白浅表，甚至单调平庸。

缺少对时代与生活的深切关注与感悟，作品失去了应有的温度。文学是社会的产物，是时代在文字中的穿行，文学始终与时代相伴而行，在社会的跌宕起伏中蓬勃生长。散文创作离不开社会环境，离不开对社会生活的贴近。铁凝说："生活自有其矜持之处，只有奋力挤进生活的深部，你才有资格窥见那些丰饶的景象，那些灵魂的密室，那些斑斓而多变的节奏，文学本身才可能首先获得生机。"虽然散文是个人的，是从个人的主观生发出来的，我们也承认个体体验是重要的，但缺少与生活、大众的对接，缺少对社会现实有力的关注，过分强调个体体验，总在自己的小环境、小情感里转圈子，将无法窥见生活和灵魂里的丰饶景象，散文自身也不可能获得生机。写小说是一个寻找自我心灵的过程，写散文或许是寻找贴近大众心灵的过程。缺少对生活的贴近，容易导致选题同质化、题材狭窄化、表达浅表化。好的作品不光有描述日常生活的能力，更有重构日常生活的创造力。

当今中国，正经历着历史上最为广泛而深刻的社会变革，进行着人类历史上最为宏大而独特的实践创新。旧的价值体系正在消解，新的价值观念逐步完善。时代的波澜壮阔，为以抒写心曲、思考人生、反映社会为特色的散文文体创作提供了广阔空间。但生活的立体丰富与作品焦点的单调重复却时常形成巨大差距。题材的过于集中，甚至表达手法比较趋近，难免时常落入扎堆、雷同窠臼。有些题材固然因为我们熟悉，能写出人生的质感；散文固然需要独特性、深刻性，需要对某一领域深入持续的关注。然而缺少贴近时代的脉动、富有新意的表达，终究难以抵达读者的内心。即便是千百年来抒写不绝的人性亲情，也应带有更鲜明的时代印记，打开更广阔的视野空间，令其百转千流，景色万般。新的时代，人们的思想情感、认知习惯、伦理道德标准，包括价值取向、梦想追求、话语表述方式等都与以往有所不同。文学，特别是极具个体精神、情感色彩与时代气息的散文，呈现新的人文景观，为散文创作提供新的镜鉴，当是题中应有之义。

值得一提的是，散文是一种很容易写成矫揉、狭隘的文类。在避免将作品当作个人性灵张扬与情感宣泄的展示场，忽略文学所应该承担的社会责任的同时，散文写作也要抱有"问题意识"。散文的尊严来自对现实的介入和发言。

其实，无论哪一类题材，敏锐捕捉时代气息，善于把握社会脉动，深入观察，精于提炼，都可以老树新枝，别开生面。当然，在一个常见题材和主题的描述中，找到新的视角，发现新的切口，运用新的表述，是挑战也是考验。虽然比较艰难，但可以不断尝试提升。一个时代有一个时代的精神，一个时代有一个时代的文学道场。任何优秀作品，都是特定时代社会生活和精神的写照，都具有那个时代的烙印和气息。时代总是与我们迎面相向，散文需要以自身的独特面貌，为时代留下鲜活印记。

缺少情感的自然流露、语言的形象表达，没有在情感和语言里开出花朵。散文是情感和语言开出的花朵。散文写作是对世界对生活对社会，内心所悟的审美外化的传达，作者一定是有自我体验的，有感而发的。令人遗憾的是，一些作品在抒发真情实感、袒露生命思考上模糊不清，不再是"情动于中而形于言"的结果，不再追求情真意切，文辞优美练达，而是习惯于从某种生命智慧或生活意念出发，理念胜于情感，思辨压倒形象，文章时常生硬干燥，简单直白。同时，散文首先是文学的，文学与文章最重要的区别，是语言的文学品质。散文应该是美文，是一个人对自己的所思所想所感，由内而外或由外而内的对接之后，转化为独特的审美方式的呈现。这是散文作为文学样式之一的质的规定性。好作品文质兼美，"落霞与孤鹜齐飞，秋水共长天一色"。凭借有滋有味的书面语言调动读者的阅读兴趣，让人身临其境般进入写作者布置的情境中完成一次审美的旅程。优秀的散文语言都能做到精练准确，朴素自然，清新明快，亲切感人。但不少写作者不得"有感而发、艺术表达"之要领，不在散文的审美品格上下功夫，情意薄弱，或者堆砌辞藻，无病呻吟，大大削弱了散文应有的艺术感染力。

一位评论家指出，如果不注重情感和生命的体验，不讲究立意构思、形象塑造和意境营构，尤其是放弃了对语言的质感、密度、灵性、节奏和表述方式的追求，总而言之，如果不具有文学的审美品格，不在观察发现修养和表述能力上下功夫，散文则行之不远。贾平凹曾说："人的一生有多少情可以抒呢，如果为了写文章而写文章，为抒情而抒情，那怎么会不矫情呢？"散文说到底是一种心灵的写作，对一个写作者来说，关键是是否有一颗真实和真诚、可以被读者触摸到的"心"。真正优秀的散文，正是这种"心"的自然、朴实的外化，情感的震撼性、表现的优美性和精神的独创性应有机融合。

散文是体现人的智慧和思想的文体。不管采用何种逻辑结构，何种表达形式，其结果都应"多一些感情色彩"，都应散发出震动心灵的"思想的光亮"。在一定意义上，散文的高度是写作者个人的高度，也是时代的精神高度。透过它，人们望得更远更高，受到启示和牵引。好的散文犹如一面镜子，从个体的人类身上，折射时代的光影和时间的刻痕。经由不断的阅读，泛着光亮的文字，会点亮读者内心的沟壑，获得审美和思想的双重陶冶，有效地丰富情感，提升精神。

创作是讲究艺术素养和技巧的，但最终决定作品分量的是创作者的态度。歌德说："如果想写出雄伟的风格，他也首先就要有雄伟的人格。"一切艺术创作都是人的主观世界和客观世界的互动，都是以艺术的形式反映生活的本质、提炼生活蕴含的真善美，给人以审美的享受、思想的启迪。在散文写作中，不能放弃精神思想的追求，如果不能自觉超越保守与平庸，就难以在借鉴和发扬优秀传统文化精华中，以宽阔的眼光与高远的格局，实现不断的革新与超越。写作是对写作者的提升，也是对阅读者的提升，应让阅读者看到一条通向更高远人生境界、更明晰世界图景的道路，记得世界的美好和生活的温暖。历史变化如此深刻，社会进步如此巨大，人们的精神世界如此活跃，与时代相伴随的散文需秉持鲜明的态度和立场，奉献隽永的美、永恒的情、浩荡的气。

散文格局气量需要大一些。这里的大不是长篇巨论，不是宏大叙事，而是指生活的观照、温暖的情怀和深刻的思想。当然，许多看似平常琐屑，缺少"大"的气魄的作品，也同样具有质朴清新之美。写作者的平静、超脱甚至冷静，造成的某种间离感，可以烛照生活内在的本质，达到一种由内而外的独特审美效果。

写好散文非一日之功，是长期努力的结果。固守自身的文学理想，不患得患失，不计较短长，遇到挫折和困难，不轻易放弃，是写作者具备的基本素养。写作者的写作水准其实是和自身的文学理想紧密相连的，和自身的写作实践紧密相通的，和自身的历史人文素养相互托举的。要有对生活的倾心关注，充分品咂生活的滋味，深入探究生命的奥秘，同时精读优秀的散文作品，从题旨、结构、文字等诸多方面，刻苦学习和借鉴，这是最为有效的途径。

　　特别要清醒地认识到，写作和学习任何一种技艺一样，需要长久耐心和反复磨砺，要舍得花水滴石穿的工夫，任何想走捷径的设计，都是不切实际的幻想。散文写作的路不可能那么平坦，就像人生的路不那么平坦一样。要想在散文写作的道路上有所收获，必须意志坚定，不断思索与精进，这样才可能写出个体通向整体的深情厚谊，和对于大千世界的真知灼见，才能在获得了丰硕的收成之后，收获巨大的精神快乐。

　　当今时代，由于散文的本体特征侧重于从主观视角，表现对社会人生和自然风光的感受与体验，充满感情地抒写心灵和升华哲思，是文化修养逐渐获得提高和人性精神不断趋于丰富的人们，乐于接受和运用的一种文体。随着社会文明的进步，生活节奏的加速，这种精炼与优美的文体，将更具加有亲和力与广泛性。

　　在新的文艺生态下，新媒体的迅猛发展，为散文写作提供了宽阔平台。散文的刊发更加便捷自由，散文写作的生态系统不断得到重构，人们拓展着散文的空间，激发着写作的潜能。习近平同志在文艺工作座谈会讲话中指出，"优秀文艺作品反映着一个国家、一个民族的文化创造能力和水平。"伴随着文学产生、时代发展一路走来的散文，在新的世纪，应和着时代的脉动，在创新发展中将不断开拓出新生面。

沿着梅兰芳的足印

　　20世纪30年代，梅兰芳就带着京剧名作去美国巡演了。第一站是繁华的大城市纽约。纽约观众见多识广，眼光高，但他们不熟悉梅兰芳，不知京剧为何物，对梅兰芳的演出信息不冷不热，不咸不淡。媒体报道也吞吞吐吐，有的甚至提前喝起倒彩。可当梅兰芳第一场演出落幕时，观众沸腾了，全体起立没命地鼓掌，使得梅兰芳一次又一次谢幕，达十五次之多。几乎一夜之间，梅兰芳热遍纽约全城。梅兰芳和他的京剧，包括他的"手式"——摊手、敲手、剑诀手、翻指、横指之美令纽约人着了迷。后来，梅兰芳去芝加哥、旧金山等地演出时，沿途所受欢迎盛况空前，所到之处无不万人空巷，没有警车开道就不能前行。

　　20世纪60年代初，郭沫若曾为梅兰芳写过一首散文诗，诗中写道：你的优美的歌声，你的庄静的姿态，你的娴雅的动作，你的一举手、一投足、一扬眉、一吐气，都塑造了美的典型。正如许多文艺人所言，梅兰芳这三个字后面的内涵无比深邃，值得我们在走向现代化的过程中反复探求、不断研究。

梅兰芳的海外巡演，开启了京剧走出去的帷幕，见证了艺术大师和中国京剧的品牌效应。从那时至今，作为中国传统艺术代表的京剧一直往外走，2012年8月9日至10日，中国京剧老生"第一人"于魁智和他的搭档李胜素又将经典名剧《野猪林》带到了著名的德国石荷州音乐节。取材于《水浒传》的《野猪林》讲述的是林冲奔上梁山的故事。于魁智，十多年来中国京剧的当红明星，"中国最具票房魅力的京剧表演艺术家"，扮演林冲；李胜素，中国京剧颇负盛名的梅派青衣，近年来京剧艺坛的领军人物，扮演林娘子；大连京剧院院长、袁世海亲传弟子、著名花脸杨赤，饰演鲁智深。几位名角倾心合力，交相辉映，将"八十万禁军教头"林冲的悲愤与反抗演绎得风生水起，异彩纷呈。

石荷州音乐节，是德国也是欧洲规模最大、水准最高的音乐盛会之一。自1986年起，每年举办一届，世界各大知名乐团先后在此登场。并非音乐节"传统项目"的京剧，今年首次进入音乐节的舞台，就光芒四射。

德国戏剧观众素以较高的艺术素养、理性的克制与优雅著称。毕竟，在德国这片土地，不仅有黑格尔、马克思哲学，以及海涅与歌德的诗歌，还有布莱希特的话剧和瓦格纳的歌剧。此番"东方戏剧"《野猪林》在德国著名的塔利亚剧场演出，征服了这里口味挑剔的观众：幕落之后观众起立鼓掌，叫好不断，久久不散，演员一次又一次谢幕——石荷州音乐节因为中国京剧的璀璨光芒再次形成轰动效应。音乐节组委会主席兴奋地称赞：中国带来了一场最棒的演出！

这些年，京剧一直在"走出去"，但大多动静寥寥。综观国家京剧院《野猪林》在国外演出的巨大反响，我们至少可以获得这样的启迪：京剧走出去必须依靠品牌剧目，张扬传统特色，体现中国精神；剧目必须融合人类情感，讲述现代视野的动人故事，适合国外观众理解和欣赏习惯；同时，要有优秀的演员，丰富多彩的表演形式以及良好的演出平台和专业的市场运作。

具体来说，《野猪林》这出戏，剧本、表演形式、唱腔设计均属一流。剧中有性格鲜明的人物，紧张激烈的情节，催人泪下的爱情友情和动人心魄的武打动作。戏剧冲突严谨紧凑且层层递进，主题思想如抽丝剥茧般完美呈现出来——正与邪的对抗、忠与奸的较量。《野猪林》的表演形式也十分丰富，运用了唱念做打诸多手段，它要求演员扮相好，嗓子好，武功出色，还需要演员有很深的文化素养，把故事和人物吃透，既能"文戏武唱"，又能"武戏文唱"，在文戏中流露出武生的英豪气，在武戏中又有相当的厚重感，只有具备了这些特点才能把林冲的身份和气度演活。从整体上说，这出戏最大程度地契合了艺术创作的基本规律——内容和形式高度统一，故而几十年久演不衰，常演常新。于魁智、李胜素和杨赤的表演，可谓珠联璧合，为老剧又增添一份新光彩。

《野猪林》是中国京剧的经典剧目，在半个多世纪的舞台上不断打磨，不断更新，内容有厚度，形式有看点。它关于人类共有的生与死、正义与邪恶较量的主题，具有普遍性。林冲从强忍悲愤到投奔梁山，体现了人类对正义从未停息的追求，这一主题能感染不同民族和文化背景的观众。全剧的舞台呈现和优美唱腔体现了中国京剧的鲜明特色，亦文亦武，唱念做打，极具写意之美，仅"大雪飘扑人面，朔风阵阵透骨寒，彤云低锁山河暗"一段唱词，就极尽跌宕盘旋之势，把人物的郁闷、思念、惆怅、悲愤和豪气抒发得淋漓尽致，荡气回肠。演员的不凡技艺令人印象深刻，不论唱或念，抑或高拨子、戴手铐走"吊毛"等功夫，都出手不凡，具有很强的观赏性。加之石荷州音乐节早已成为欧洲知名艺术品牌，在这样的平台上展示中国传统名剧，一票难求也就不足为奇了。

走出去有诸多困难，这是我们常有的感慨。我们记住了那么多的欧美文艺作品，文学、戏剧、电影、音乐、舞蹈以及美术等，一些中国观众对许多来华团体、艺术家和作品耳熟能详，如数家珍，而中国的艺术作品为域外所知的却少之又少。其根本原因是我们还没有将产品做成品牌——不论院团的品牌、剧目的品牌，还是艺术家个人的品牌；中国艺术在剧目和国外观众欣赏习惯的对接上缺少经验；在中外文化交流项目中，尚缺少严格的节目选拔标准，不重视平台和市场的选择与拓展。

以往京剧走出去，多演出武戏、折子戏、哑剧，国外观众误以为京剧就是穿上古代服装的杂技，并不明白什么是唱念做打，什么是虚拟与写意。近年来京剧走出去开始有了文戏和完整剧目，中国京剧的审美特色能完整呈现在国外观众面前，并逐渐登上主流艺术舞台，此次《野猪林》登陆石荷州音乐节即是鲜明例证。这是中国京剧走出去的一大进步。与此同时，京剧的推广手段也在不断丰富，开幕前的详细讲解，精准的外文字幕，尤其是国家京剧院新近开辟的讲与演相结合的推广方式，都使京剧的传承与发展、文化的交流与传播更加有效。不过我们还要有耐心，好品牌的形成都是长期积累的结果。不论是英国皇家芭蕾舞团，还是费城交响乐团都是上百年才做到有口皆碑。现在，开放和发展的中国对世界有很强的吸引力，我们坚持从剧目推广做起，创新品牌的维护和发展方式，中国艺术的流光溢彩中必将清晰地辉映出现代中国的崭新形象。

"芒果街"的轻盈讲述

　　读一本书，时常享受于轻盈的文字和透彻的深意。文字的简单纯净，对你构成诱惑，书中对悲哀人世充满爱心的目光，牵引着你向远方眺望，不由自主地神往。

　　每个人都有故梦家园。一颗细小的草丛里，一段干涸的河床中，都蛰伏着无数往事的精灵，仿佛只要一经点燃，一瞬间便如玫瑰花瓣向你绽放出全部色彩。

　　去年岁末，第三十三次再版的《芒果街上的小屋》，让人感叹于美国墨裔女作家桑德拉·希斯内罗丝牵引和点燃的力量。这是一部具有诗歌属性的小说，作者用清澈的眼神打量世界，用诗一般的语言讲述少女的成长，讲述微尘般移民群落的快乐和困窘，讲述生命的美好与艰难。作者的过往经历，对某事某人的追怀之情，清灵细腻，温婉隽永，如一川烟草激起满城风絮。

　　希斯内罗丝的回忆没有抱怨，没有愤懑，她为悲怆融入了醇美，她对人世的洞彻观察与思考，显得卓然超群。书中许多短篇，如一丝一丝细雨，洗亮了读者的记忆庭园，带给人希望、热爱和幸福。读《芒果街上的小屋》，很容易想起一个个关于生命和爱的寓言，并惊叹，哦，深刻的回忆原来可以在美丽与轻盈中穿行。

　　喜欢这些小女孩的故事。她们的故事看起来琐琐碎碎、平淡无奇，却有一种奇妙的力量让人不由自主地想象着那样一个遥远的地方，一个个饱满明亮的女孩，一段段细微敏感的多彩时光，它涂抹着麦芒和番薯的颜色，与童年和故乡相连。这几乎成了我们生命的底色和最真诚的向往。

　　放下书本，天已向晚，暮色渐合，雪花在窗外飘洒。这个黄昏，因为希斯内罗丝，似乎突然之间变得明亮起来。

龙应台的忧伤

买了一本龙应台的《目送》，读啊读，竟不忍释手，几度泪眼模糊。

书中文章，多是作者对父母兄弟朋友的亲情和牵挂，几分落寞，几分温婉，也有不舍无奈之际，作者决然转身的背影。

《目送》是书名，也是第一篇的篇名，诉说对父亲、儿子的眷爱。一边是父亲的远逝，作者深情凝望，目送曾经英姿勃发的父亲，走完去往天国的最后一程。一边是儿子，松开妈妈的手独立行走，到长大成人，一次次走向远方，消失于茫茫人海，"每一次等候他消失前的回头一瞥，但是没有，一次都没有。"

作者柔肠百结，终于慢慢地、慢慢地领悟了："所谓父女母子一场，只不过意味着，你和他的缘分就是今生今世不断地在目送他的背影渐行渐远。你站立在小路的这一端，看着他逐渐消失在小路转弯的地方，而且，他用背影默默告诉你：不必追。"于是，作者幽婉慨叹：有些路啊，只能一个人走。就这样，生与死，别与离，作者用文字透露内心那片最不甘的柔情，以及微妙与细腻，无奈与难舍。

书中，龙应台叙述质朴，有款款深情，也有万丈豪气，有些冷，也让你温暖无比。她对时间的无言、对生命的目送，对亲情延续与生死别离的思考，如花枝春满，让人悲喜交集。刚柔之间，漫溢出幽微与深邃，忧伤和美丽。

读《目送》时，正值初春时节，坐在阳光斑驳的阳台，看着青草从地底一丝丝萌绿，七十多篇作品犹如阵阵清风，一点一点叩开情怀。

"家，一不小心就变成一个没有温暖，只有压迫的地方。外面的世界固然荒凉，但是家可以更寒冷。""我想有一个家，家前有土，土上可种丝瓜，丝瓜沿竿而爬，迎光开出巨朵黄花……"

再犀利的笔也有难以言尽的时候，作者心路的曲折我们无法尽览，但对亲情和人情，作者心底的凄清与渴望，却用最朴素的方式绽放出了最动人的诗意。合上书本，《目送》再难让人忘怀。

从赵树理所想到

　　想起赵树理，许多人会想到：高个子，黑瘦脸，一顶黑毡帽，口袋里装着一根旱烟袋的形象。还会想到，农家的柴门被推开，裤管上沾满露水的赵树理出现时，人们立刻起身，发出亲热和欣喜的呼喊："老赵"。"老赵"是农民的儿子，他终生将自己视作人民中的一员。

　　他沉在生活底层，融入群众，融入实际，与百姓血肉相连。农民发愁的事情他发愁，群众高兴的事情他也高兴。谁家缺油少米，谁家房屋漏雨，他心里都有一本账。他甚至为农民买犁、买种子，背着农药、农具送下乡。赵树理对农村、农民的那份挚爱，来自于他的真情实感，是儿子热爱母亲的那种赤子情怀。

　　今年9月24日是赵树理百年诞辰。近来，荧屏、舞台、报纸杂志、广播书画上都在讲述赵树理。人们用不同的方式怀念故去三十多年的一位作家。

赵树理是真正的人民作家，正因为他来自人民，了解人民。人民的喜怒哀乐、时代的变迁才凝结成他作品中的精魂。《李有才板话》《小二黑结婚》《李家庄的变迁》《三里湾》《十里店》，写出了农村翻天覆地的变化；三仙姑、二诸葛、李有才、小二黑、孟祥英、潘永福等，成为影响几代人的清新鲜活的人物形象。赵树理的作品不一定每一部都被人们记得很清楚，但书中的故事让人过目难忘，语言通俗易懂、幽默风趣。《老杨同志》中的快板："模范不模范，从西往东看，西头吃烙饼，东头喝稀饭"至今让人记忆犹新。他笔下的人物"糊涂涂""常有理""惹不起""铁算盘"，听起来就感到活灵活现。

赵树理是一位有着高尚灵魂和人格魅力的作家。他自身的素养和品格描绘出他的真实质朴、纯粹透亮，这是他成为一代大家的重要原因。无论写什么、怎么写，他自觉将人民的爱憎作为出发点。有人说，赵树理双脚贴着地面行走，作品伴着庄稼生长，给人以鼓舞和喜悦的力量。赵树理的可贵还在于，直面现实，敢说真话，有着鲜明的感情和立场。生活和创作、作家和作品之间的关系，在赵树理这里有了最直观、最生动的印证。

毛泽东同志指出，一切革命的文学家、艺术家只有联系群众、表现群众、把自己当作群众的忠实代言人，他们的工作才有意义。邓小平同志指出，人民是文艺工作者的母亲。江泽民同志也说，作家要在人民的历史创造活动中实现自己的创作自由。一切有影响的作家莫不是在生活的土地上播种和收获。作家只有到生活中去，与人民心心相连，声气相应，才能有好作品，才会得到人民的认可。

现在有许多作家，漂在生活的表层，闭门造车，对现实生活缺少激情。他们不在沸腾的土地上行走，不去聆听火红时代的脉动，热衷于追名逐利，自恃高人一等，不去也不愿到生活中与群众交真心、办实事，所以他们的作品缺少生活的底蕴，与读者有隔膜。

我们今天怀念赵树理，其实是怀念一种生活态度，一种创作方式，更是怀念一种精神——文艺家与群众水乳交融的精神，文学植根生活的精神。今天的时代特别是农村发生了巨大变革，田野轰鸣的机声、农村新起的楼房、农民的新生活都向作家发出了热情召唤，作家有责任用充满智慧的创造性劳动为人民提供健康向上的精神产品。周扬同志曾说，赵树理文好人也好。赵树理以精神的富有获得创作的丰收，从人格的高峰跃向文学的高峰，不为当作家而当作家，只为百姓鼓与呼，这是赵树理留给我们的深刻启示。

落叶无声

报纸副刊从来不是一汪安静的池水，时代的波涛奔腾汇聚于其间；报纸副刊从来不是一方文人的雅园，生活的脉动在其间勾勒出鲜活灵动的风景；副刊也从来不是一块简单的报纸版面，它承载着副刊人的信仰追求、湿润情怀。副刊的一字一句，一花一木，清秀、雅致、坚韧、有力。《江西日报》的"井冈山"副刊，承续光大了中国报纸副刊的精神脉络，落叶无声，化作无边沃土；万千春色，绘就花开满树——与国家民族、与读者作者气息相通，冷暖共进。

"井冈山"副刊始终如一的努力，彰显了坚持导向，坚定梦想，高度的责任意识与文化担当；立足本土，追求品位，舆论新格局下的辨别持守与自觉自信；善待作者，心系读者，优质平台上逐步彰显的传播力与影响力。

当今时代，社会物质与以往相比可谓极大丰富，可许多人的情感并没有因此变得更深邃，情怀并没有变得更高远。绿水可以因风皱面，青山也会为雪白头。浮躁诱惑增多之际，真诚而艺术的表达和深刻的精神引领意义深远。社会迷惘之际，副刊应该保持清醒；社会过于功利之际，副刊应该给生活多一些梦想，这梦想就是理想信仰。这是副刊不能被其他形式替代的生动证明。"井冈山"副刊因其自身的所作所为，理所当然地成为社会文化建设的标杆和精神高地。

习近平同志指出，一个国家和民族的发展如果没有理想，没有文化积极引领，没有人民精神世界的极大丰富，没有全民族精神力量的充分发挥，不可能富强。副刊虽然是新闻正刊的补充和延伸，但在舆论生产和传播方式发生重大变化的当下，副刊以思想性和文艺性相融合的作品，彰显社会正气，传递正能量，将显示出滋润人心、凝聚力量的独特作用。副刊，在传播中华文化精神和价值追求上，坚定沉实，清新别致，大有可为。

喧嚣中的淡定

    我一直认为，报纸副刊应当担负起价值引领与文化滋养的重任。在社会快速发展、新媒体迅速崛起、新闻同质化日趋严重的当下，能够为拨开柳密花繁、应对雨邪风急提供正面力量，为中国社会的发展树起文化的标杆，以自身的鲜活雅致张扬独立的阅读和审美风范——"井冈山"副刊契合了我的副刊理想。

    "井冈山"副刊坚持弘扬主流价值观，紧跟时代脉动，内聚文化意蕴，显示出思想的深度和文化的高度。展开副刊，从版面策划到栏目开设，从文章选择到表述方式，时代气息扑面而来。关注并跟进现实，彰显文化品位；坚守精神高地，重在滋养人心。"井冈山"副刊以大气雅致、丰富多样的内容风格，传递了党报副刊独有的新闻与文化相融统一、人文内蕴和文化品格相得益彰的鲜明特点。有人指出新闻是报纸的灵魂，副刊是报纸的面孔，"报纸耐看不耐看主要在副刊"，这一观点在这里得到形象印证。

我们常说一方水土一方风物。享有钟灵毓秀、人杰地灵之誉的江西，因政治、经济、文化、社会及生态文明的飞速发展，为副刊提供了生存立足的丰富思想和养料，而穿行于赣鄱大地的副刊，以鲜活的文字记录了江西精神文明与物质文明的历史进程。副刊的文字波澜中，人文历史、民俗风情、社会风尚交相辉映，鲜明的地域特色显示了地方党报副刊的独特风姿。可以说，副刊因时代的多彩而厚重，江西的发展又因副刊具有穿透力的呈现，将在史册上闪烁着别样的光彩。副刊对读者精神的引领和心灵的滋润，将以另一种景色生动绵延。

"井冈山"副刊对作者和编辑队伍的重视与培养令人欣喜。作者队伍开放包容，推陈出新，名家与新秀可以同时登场，基层作者受到关注和扶持，这使副刊内容丰富，题材体裁多样，生动活泼，具有可读性；副刊编辑秉承"与时代同行、以文学为魂、与读者连心"的办刊方向，努力使副刊清新大气、雅俗共赏，体现了良好的功力与气场。坚持正确导向，坚持文学标准，以优秀的作品鼓舞人，以高尚的情操陶冶人，副刊文字精美，故而润物无声。

如今，舆论生产和传播方式发生了巨大变革，读者阅读习惯改变，作者资源被竞相瓜分，文学失去轰动效应，承载着滋润心灵、凝聚力量重任的副刊，如何更好地发挥传播中华文化精神价值的作用，成为不容忽视的课题。

"井冈山"副刊在浮躁与喧嚣中，在繁花迷眼时，淡定而坚守，新鲜而雅润，清秀而大气，为其他报纸副刊提供了有益参照。在时代飞速发展、人心容易迷离的今天，为如何给人们提供更多滋养身心、从容思考的机会，提供一方安放心灵的净土，做出了自己的答卷。

温婉辽阔的芳草地

春来了，春意渐浓。"井冈山文学奖评选"为报纸副刊界带来了春意。捧读参与终评的三十篇作品，犹如听见文字的嫩芽在枝头恣意勃发的声音。缠绕于篁岭的美丽乡愁，走出江南诗意的青蒿女子，深谙救人一命即救全世界之道的仁医，以及五位战士在狼牙山用生命刻下的民族宣言等等。清丽的文字，坚实的内容，犹如百舸解缆、林花飞雨，交织出"井冈山"副刊温润雅致、慷慨激昂的斑斓画卷。副刊的丰富鲜活，格调品位，于纸上生动起来，漫溢开去，副刊人的责任情怀交相辉映。

副刊，是新闻正刊的补充和延伸，有着新闻纸的端正与明快；但因其独特的文艺属性，不拘泥于客观直接的生硬表述，又有着独立的审美品质，具有传承性、经典性和趣味性。细细想来，副刊作品的终极指向都是为了追求美，呈现美。"井冈山"副刊始终坚持对美的发现与抒写，体现了中国报纸副刊温度与深度并重的鲜明特色。

千百年来，世间的许多美丽都让人一往情深。小溪环绕着碧绿的村庄，流云铺下白色的布景，这是自然之美。时代推移，气象万千，沧海桑田，这是令人神往的人文之美。在季节的轮转中，柔韧的情怀叠映在摇曳的风物里；社会波涛涌动时，磅礴的诗意洇染着无边的梦境。副刊真实而又艺术地记录书写着自然与人文之美，表征着社会文化发展的历史进程。副刊的发现美、抒写美、承载美，使得自身也如美丽的图谱，意趣频生，光润可人。"井冈山"副刊，正如温婉辽阔的芳草地，草色青青，花事繁盛。在这块阵地上推出的许多文艺作品，凝聚了副刊人一如既往的精神追求：发现美，让内容更丰盈；抒写美，让向往更纯净。

当下，新兴媒体正风生水起。传统媒体与新兴媒体的融合已是大势所趋，媒体融合所带来的传播效果日渐明显。副刊人需要增强新媒体意识和互联网思维，提高新媒体本领和媒介素养，不断巩固开拓传播阵地。但是也要看到，无论传播方式发生多少变化，传播手段形成多少技术优势，支撑传媒发展的终端，仍然是产品，是内容，内容永远是媒体最核心的竞争力。报纸副刊对文艺作品的优美呈现，对文艺问题的清醒判断与思考，让副刊在众声喧哗、人声鼎沸中，经得起咀嚼，耐得住琢磨，这是副刊静水深流、无可替代的品质保证，是副刊凝神聚气、润泽人心的重要辨识特征。"井冈山"副刊在文化担当和价值引领上，努力走在中国报纸副刊前列，自身的坚定与坚守，可圈可点，清香溢远。

想起了郭沫若的《天上的街市》："远远的街灯明了，好像是闪着无数的明星。天上的明星现了，好像是点着无数的街灯。我想那缥缈的空中，定然有美丽的街市……""井冈山"副刊乃至中国报纸副刊正如无数温暖的街灯，令人遥想中国大地上温馨而明亮的最"美丽的街市"。

花开几回响

花开的声音一定是可以听得到的。尽管它不是很响亮、很喧闹,但其清气漫溢、意趣可人的声音,一定会伴随着幽渺灵动、温润雅致的芬芳,汇拢成春风初生、春林初盛、春风一拂千山绿的光景,向世界宣示它的蓬勃之意。这是花儿在成长。

"井冈山"副刊呢?四年五次摘得中国新闻奖!如花儿开放一般,我们静下心来,可以听到她志存高远的不凡声响。

这些年,社会发展一日千里,媒体变革一直在路上。面对新兴媒体的强劲崛起,传统媒体不断调整融合。"井冈山"副刊以她的追求,她的坚守,她的品质与创意,呈现了报纸副刊春风十里的另一种面貌和价值传播的鲜活传奇。坚持文新合宜,坚持文学意趣,坚持精神理想,"井冈山"副刊在中国报纸副刊园地里散发出纸媒独有的馨香。梦想、格调、情怀,与新媒体的融合实践,预示了传统媒体新的生长途径。

文新结合是报纸副刊生存的基础。副刊是报纸的附张，是新闻正刊的补充和延伸。文学性与新闻性如鸟之双翼，彼此依存。与时代同行，绘现实风情，让人们感受时代韵律，发现生活之美，是副刊的旨意所向。如此，静与动，互相映带，顾盼生辉；枝与干，彼此缠绕，百转流香。

文学意趣是报纸副刊生存的灵魂。"池花对影落，沙鸟带声飞"，一片静谧或喧闹之中，温润雅致、岁月静好的副刊，提供了一方心灵安放的净土，成为社会文化发展前行的标杆。人文内蕴与文化品格互相托举，经得起咀嚼，耐得住琢磨，如蓝天上的阳光，春季里的清风，欣欣然滋养着人们的情感与哲思。

精神理想是报纸副刊永远高举的旗帜。正如一句诗文里所说，"半碗灯星辰日月，一张纸社稷山川"。文以载道是素来的传统，以文化人是当然的责任。社会迷惘之时，副刊保持清醒；社会功利之际，副刊多一些清纯。不迎合，不媚俗，坚持理想信仰，以真诚而艺术的表达和高远的价值引领抵达历史深处。有人说，只有思想才能砥砺思想。黑格尔说，只有精神才能认识精神。"井冈山"副刊有情怀、讲格调、高水准，这样的副刊一定会千江有水千江月，万里无云万里天。

《罗丹传》里有一句话：美术家立下一个伟大榜样，即崇拜自己的事业，要把事业做得美而得到其中之乐趣。"井冈山"副刊知道自身的价值和意义，面对瞬息万变的生活，他们执着坚守，静静伏下身来，在字里行间编织岁月理想，在新媒体上张扬文化信仰。让时代风云在版面回旋，让生活热流在文中流淌，副刊气质漫漶出副刊人的思想深度和文化高度，这是"井冈山"副刊之所以能花开几回响的奥秘之所在。

岁月是一条逶迤而去不舍昼夜的河流，河岸上紧挨着或间隔着错落有致的一个个房舍，这大概近似于数学家的观点——线是由无数个点组成的集合，副刊的情节就是发生在这些房屋中或房屋外的人与事。这些人与事像珍珠一样串联起来，闪耀起来，合成了悠远的历史与当下的现实生活场景，从中我们找见自己，发现别处，有所感悟，收获启迪，并静待心底花开的声音。尽管传播方式剧烈变化，媒介技术日新月异，但内容为王是永远的核心，副刊的深耕细作、经典性与历史文化价值，不可替代，别具风韵。

由此，天日潮汐，岁月人事，无论人心怎样浮动，世俗怎样喧嚣，来自来，去自去，报纸副刊的静水深流、温婉辽阔，将如艳阳下的花开满树，芳香远逸。

春风又拂山峦

春风又一度拂来，芳草始生，杨柳泛绿，柔和的阳光落满山岭沟壑，天地敞亮而辽阔。

品读"井冈山"副刊，只觉风从纸上吹过，温馨扑面，真情满怀。时代的气息与泥土的味道，构成一幅青春明媚而又大气磅礴的风情画卷。

当今中国，万象勃发，春意浩荡。鲜活的人事与无边的光景，叠映着报纸副刊新闻性与文学性的和谐统一。新鲜、雅致成为副刊的鲜明标识。速度与隽永、生机与温润集于一身，副刊在报纸新闻同质化日益严重之际，犹如青山春水，尤显别开生面，意味深长。

在"井冈山"副刊里，可以感受鲜活的时代脉动、浓厚的文学气场。抢险救灾，牵动人心；红军长征，精神永续；文字的热度和力度穿透纸背，辗转跳跃在苍茫山水之间。"巡视组长""网红与工匠"则审势察微，为历史上广泛而深刻的社会变革、人类历史上宏大而独特的社会实践，书写了新的篇章——一个政党如何保持肌体强壮，答案刻在党性的尊严和生命的绝唱里；一个社会如何拒绝浮躁，期望盘桓在培育工匠土壤的深情寄语中。这个时代，物质财富迅速积累，欲望诱惑日益增多，高贵的精神却成了稀缺资源。以生命守卫生命，以精神传承精神，以风雨砥砺筋骨，"井冈山"副刊文学与新闻的共同建构，传递出人世间最响亮的存在宣言。

副刊是伴着梦想远行的港湾，是喧嚣中安放心灵的净土。这里有小街上秦砖汉柏还没走入剧情的等待，有"人散后，一钩新月天如水"的意境释怀。亲情故土、历史风物、人生过往、心灵上的润泽，都让我们由衷回眸凝望。母亲的"小院"，杏枝早已酝酿花蕾；"午月"的风俗，温柔了几多淡泊苍翠的日月；汤翁的"牡丹亭"上，相思的雨滴亦正悄然飞落。树绕村庄，水满陂塘，那是我们梦中的乡愁；一春芳意，三月和风，透露我们心生的暖意；一蓑烟雨，跌宕沉浮，凝聚着一个民族不曾熄灭的向上之志和家国情怀。

大气，阳刚，清新，朗润。令人心生感动的文艺作品，无疑都是编辑、作者共同智慧的结晶，是拥抱生活和时代的产物。"井冈山"副刊为什么能山一更，水一程，揽春色入怀，绽繁花满树？是编辑的眼光、情怀、功力，决定了作品的品位、格调、水准，他们的不甘平庸，不辞劳苦，脚踏实地，仰望星空，成就了

"井冈山"副刊的个性特质、满园芳菲。在喧嚣的市井人声中，在木门闭合的轰然响动里，在匍匐倒地的虔诚运转中，我们看见时光的荷塘，看见人类精神抵达的现场，更看见了天上的辉光。"入乎其内，故有生气；出乎其外，故有高致。"正如有人所说，有什么样的编辑，就有什么样的副刊，"井冈山"副刊的深邃激荡，优雅崇高，可为此作一鲜明印证。

副刊是一种独特的社会文化现象，以文化担当和价值引导，标注着社会文化的精神高度。一位作家说过，"一个社会要从原有的轨迹上冲刺跃进，得依靠人类脑力的激荡。副刊，可以是一个脑力激荡的磁场，迸发一个民族最大的文化潜能。"感受时代的发展与进步，感受蕴藏于生活中无穷的创造能力和最美好的品格，副刊的温润滋养，将长久提振着人们最深切的文化自信。

无论多少年过去，山河如何翻转，副刊上的翩翩雪花，文字间的悠然风云，都会凝结成经年的相思，绽放在流年最深的角落，蓬勃着岁月的青春记忆。一定会如一抹朝阳，倏忽间点亮平凡而质朴的生活。

京剧是有温度的

　　如今，不论是传统的、现代的，还是东方的、西方的，各种艺术形式如花涌来，又如花盛开。然而落英缤纷之后，拨开霓裳翻飞的形式外衣，细细品味，会发现民族艺术，比如京剧，依然更加让人气澹神明，回味悠长。

　　京剧的内涵是很美的，美色中暖香四溢。京剧的美由几千年文明内敛而成，唐的风采，宋的意韵，"八千里"的豪气，"清风亭"的慷慨，以及杨柳岸边的晓月……都如万物复苏时的清光，将道德伦理、家国情怀、人生际遇，深凝在清凌凌的京胡声中送出。宛如一条河流，不尽流淌着民族的风骨和风情，不分昼夜地滋养着共有的精神家园。

　　京剧的形式也是很美的。一代又一代艺术家心手传递，融进非凡的艺术创意。举手投足，唱念做打，巧目顾盼……京剧舞台虽然简单，有时只有一桌二椅，可是演员的"四功五法"、言行举止，却是一招一世界，一念一生辉。于是，水袖圆场、西皮二黄，只要声韵乍起，舞台便如添万束追光，将剧场瞬间点亮，文化精神的起承转合托举出民族艺术的山高水长。

前几天看程派的《锁麟囊》，仅仅一个水袖，便甩出万千气象。霎时飞向高空，转瞬笔直落下，一道白光尚未从眼前划过，又被演员干脆利落收于掌中。收放之间，风起云涌，云卷云舒。几个急切切的圆场，前俯后仰，左突右旋，更加迭幻出艺术的曼妙风姿。京剧的程式、写意与虚拟之美，令人心醉神迷，剧场里满座无声。鼓乐声中，人们的神情随演员的表演起伏波动，并骤而掌声齐鸣。那一刻，想必人们的内心一点点归于平静，身边喧嚣的世界，渐渐远离。

其实，京剧的幽柔与慷慨之韵，不光铭刻着我们追寻精神家园的路径，还昭示着我们飞翔于未来世界的底蕴。中国戏曲艺术门类数百种，作为民族艺术的代表，京剧在满堂生辉、老枝新翠的当下，唤起人们心底的文化自信，激发明日的艺术豪情，这是民族艺术的共生共荣之景。万物流转之中，民族艺术是我们面向未来、面向世界展示的人文情怀和重要实力。京剧表演艺术大师梅兰芳在20世纪二三十年代赴美国演出《太真外传》时，引起巨大轰动。一位诗人这样描述："观者台下百千万，我能知其心中十八九，男子皆欲娶兰芳以为妻，女子皆欲嫁兰芳以为妇……"这就是京剧艺术的魅力，俘获人心不逊于利器。

当然，历经两百年的坎坷与辉煌，京剧除了留给我们自信与自尊，也难免遭遇悲怆和失意。越来越多的文化选择挤压着传统艺术的生存空间，音乐、影视、网络发展迅速，流行的、外来的、商业的等各种艺术，琳琅满目。京剧面临严峻挑战。但尽管如斯，音符里蛰伏着前人的创作意志，程式里铭刻着民族艺术生命秘籍的京剧，其所凝聚的文化精神，所传递的壮阔旋律，不会因岁月变迁而损其光。从勾栏瓦舍，到登堂入室，京剧在深厚的民间土壤里一路走来，也将在民众的关注中变新并且绰约前行。正如影视取代不了报刊，网络取代不了阅读，现代视听取代不了舞台艺术一样，民族艺术的光华和精魂什么时候都不会消失。

我们有时所缺的，是定下心来，带着一颗感恩和享受的心，踏上民族艺术之旅，体味来自精神家园的芳香，感受温暖与润泽。

千里淮河花鼓风

这一天，是中国花鼓灯歌舞节。来自淮河两岸的上百个锣鼓班子聚集安徽蚌埠淮河广场，将锣鼓敲得震天响，三千名花鼓人挥舞彩扇，撑起花伞，扭动腰身，盛装出场，几万平方米的文化广场成了欢腾的鼓乡，歌舞的海洋。人们尽情挥洒着对美好生活的热爱和期盼。气势磅礴的歌舞鼓乐烘托着古老的民间艺术历经保护传承创新之后，焕发出的灼人光芒。

千年花鼓重响

"跳得太阳不落山，唱得月亮不入云。玩灯的共有千千万，都是淮河两岸人。""穿过一山又一山，趟过一河又一河。走不尽的山和水，唱不完的花鼓歌。"在花鼓灯歌舞节上，我们听到了一首又一首灯歌。歌声里饱含着淮河民众的风俗民情。千里淮河孕育了遍布城乡的花鼓灯艺术，花鼓灯与沿淮民众近千年岁月始终相依相伴。

花鼓灯起源于宋代，是一种融舞蹈、锣鼓、灯歌、小戏于一体的民间艺术。它群众基础雄厚，参与人数广泛：每逢佳节和农闲之时，表演者如痴如狂，围观者如迷如醉，通宵达旦。花鼓灯在 20 世纪 50 年代曾跳进中南海，名震京华。

当农耕文明随着现代化进程的加快逐渐消散之际，作为淮河文化代表的花鼓灯日渐式微，走入困境。但近年来党和政府对民间艺术的高度重视和抢救保护，令花鼓灯艺术重现生机：国家民族民间文化保护工程启动；花鼓灯被列为"民族民间文化保护"国家级试点；今年 5 月，花鼓灯进入国家级第一批非物质文化遗产保护名录。

蚌埠市委、市政府更是抓住机遇，明确目标，坚持主导作用，制订措施，健全机制，将花鼓灯保护迅速从部门行为上升为政府行为，将政府意志变为百姓自觉行动。在当地，花鼓灯被列入市、省国民经济和社会发展重点工程，制订十年保护规划，创建了由市长领衔的保护网络，市政府每年安排专项保护资金二百万元以上，目前已累计投入近千万元。花鼓灯欣逢盛世，"千班锣鼓百班灯"的盛景重现江淮大地。

中国舞蹈家协会一位负责人说，花鼓灯是汉民族创造的最完整系统的民间歌舞艺术，以华夏文明的主体形象屹立于世界艺术之林。守护好这份珍贵的文化遗产，便拥有了厚重的淮河文化记忆。

活态空间拓展

花鼓灯保护在淮河岸边有一处十分迷人的景观。离蚌埠市区几公里远的冯嘴子村，是当地的花鼓灯文化生态村。这里几百户人家，三千多村民，上至九十多岁的老者，下至几岁的娃娃，都会表演花鼓灯。我们去的那天，正赶上村民们在演出。

几百位演员在鼓乐声中轮番上场，服饰艳丽，气势恢宏，挥扇、抖肩、挑眉、击鼓，动作似风吹杨柳，又似蛟龙翻飞。连旁观的群众都看得心痒难耐，忍不住踅进场中，欢跳起来，于是舞台变成了流动的彩虹。几位八十多岁的民间舞老艺人也被请进场中，随着鼓乐手舞足蹈。

冯嘴子村花鼓灯历史悠久，明末清初红遍江淮大地。"八百里长淮一枝兰"的花鼓灯老艺人冯国佩就从这里走出，舞蹈家戴爱莲曾拜其为师。如今生态村以原有民居村落为核心区，重点保护老艺人，传承人保护机制和家族式传承链随之建立，有的家族恢复了祖孙三代玩花鼓灯的传统。2004 年，冯嘴子村被文化部确定为中国花鼓灯原生态保护区，2005 年被命名为"中国花鼓灯第一村"。如今村民们以玩灯为乐，请灯班子跳花灯、唱灯歌的民俗悄然回到生活之中。

蚌埠市保护花鼓灯的理念颇为新颖，率先提出建设花鼓灯文化生态村。即在现代化进程中，以淮河流域农村自然村落为载体，以花鼓灯文化为纽带，着力原生态文化建设，恢复相关民俗与建筑。

每年农历正月十五和三月廿八，淮河两岸恢复了闹花灯、涂山庙会的习俗，这是沿淮民众欢聚一堂的盛大节日。上百个花鼓灯班子、几千名艺人自发地在山上抵灯、赛灯、歌舞，观者如云。当地恢复花鼓灯文化空间的努力卓有成效。

业内人士指出：文化保护只有创新理念，多方位拓展文化空间，为人民群众提供更多更好的参与和享受文化生活的条件，让人们乐于参与、便于参与，才能变"要我保护"为"我要保护"，从而达到人与自然、人与社会的共振和谐。

大众艺术出彩

花鼓灯是典型的大众广场艺术，通俗易学，有强烈的自娱性。无论男女还是老少，几个人、十几个人、几十个人甚至几百人都可以随时随地跳起来。已故舞蹈家吴晓邦曾这样描述花鼓灯：花鼓灯以锣鼓为乐，运用折扇、手绢和花伞，通过优美的动作和民歌小调表达男女之情，叙述人们之间动人的故事，抒发丰收之后欢乐的心情，憧憬幸福生活。热烈、奔放、优美，从古到今深受民众喜爱。

花鼓灯内容形式极为丰富多样，现实生活气息浓郁。花鼓灯的男角俗称"鼓架子"，动作粗犷有力，多筋斗武技；女角称"兰花"，手执手帕扇子做舞。为适应时代和人们的审美需求，花鼓灯表演已创造了三百多个语汇，五十多种基本步伐，但至今仍坚持不断吸收新的舞蹈、音乐元素以强壮自身，既注重原汁原味的传承，又独具新时代审美特质。

如今，花鼓灯艺术如燎原之火在江淮大地愈燃愈烈，其奥秘正在于它来源于大众、便于传承，又生逢其时、与时俱进，它提升了人们的生活品质，令人身心愉悦，又为人们精神的释放和充实，提供了可以痛快淋漓挥洒热情的载体，也契合了当前建设和谐社会，沟通思想，调节行为，整合社会关系的需要。

在当地调研时，我们还听到了一个新名词："三千双百"工程。当地计划五年内在民间培养一千个兰花，一千个鼓架子，一千个锣鼓班子，一百个花鼓灯班子，一百个花鼓灯艺人。投入一百万元编创和制作普及性花鼓灯教材，开展普及传习活动。

如今，走在沿淮城乡的大街小巷，时常可以看到居民挥舞折扇，边歌边舞，其乐融融。玩灯娱乐和健身成了城乡文化新景观。

当我们耳听着欢快的鼓乐，穿行在新建的花鼓灯歌舞剧院、花鼓灯博物馆、花鼓灯研究工作室时，花鼓灯的明丽前景和文化活动中映射出的广大民众的美好生活，犹如一幅幅壮美的画卷依次在眼前打开，令人神往。

梦里飞花照尘埃

　　"案件背后的生命呼喊,爱恨交加的悲情世界,有血有肉的主人公在没有路的地方找到路。或生,或死。警察如此,罪犯亦然。"这是作家李迪的创作心语。生活中每个人都会面临方向和路径的选择,在没有路的地方找到路,在陷入险境、绝境时期待化险为夷,这是关涉每个人意志和良知的一个命题。李迪近年来的创作,一直追逐着自己的梦想,触摸时代和生活的温度,探测人性和生命的深意。

　　李迪外表上看起来朴实随和,可作品却透露了他内心理想的坚定和狂放不羁。他一直游走、聚焦于"惊险样式"的公安题材创作之中,这应该是他心中的至爱,是他期待实现梦想的领域。《傍晚敲门的女人》《野蜂出没的山谷》《〈悲怆〉的最后一个乐章》,侦破、推理、揭谜……无声宣示着他的主攻方向和攻城略地的战绩。李迪曾在云南生活十年，有星夜沿着南腊河生死逃亡的经历；当过兵，留过学，做过编辑，从边疆到首都，生活场景渐次转换，内心的焦点始终没变。

近年来，李迪一系列作品都落脚于公安战线，他深信犯罪与侦破是"惊险题材"的富矿。对公安题材的挖掘与关注，契合了他的个性、他的人生经历、他心中对惊险激烈和铁骨柔情的最大想象。每个人对题材的选择都有自己的兴趣和考量，都有自己的人生和现场。李迪内心的辽阔疆域、壮怀激烈都在文字间不断打开、绽放。只不过在当下时代，李迪对"惊险题材"的开掘，时而由激荡转为平缓，时而将铁血转为柔肠，虽是惊险领域，却已不是惊险样式。新时期公安民警的智慧、勇气、职业忠诚和奉献精神，亦化作道道彩虹，闪耀在他的文字天空。不过，无论是"激荡"还是"平缓"，他秉持的创作初衷没变，那就是对案件背后的生命的悲悯没变，对泣血人性的深层探求没变，对百炼钢化作绕指柔的景仰没变。《铁军·亲人》《枫桥红叶红愈红》《警官王快乐》《社区民警是怎样炼成的》《丹东看守所的故事》，包括新出版的《听李迪讲中国警察故事》，他的小说、报告文学，充溢着警察的爱恨，亦流淌着罪犯眼里的忧伤。

李迪对公安题材的关注，无疑拓展了公安题材的边界，丰富了公安题材的内涵，他为这个看起来有些钢性的领域融入了独特的色彩和温情，这印证着李迪的理想追求，其间的心酸与泪水也透露出他对森村诚一笔下那从高高的悬崖随风飘落的草帽的动容。他由爱与道义而生出的同情与悲悯有着深厚的感染力度……一个作家的经历固然重要，个性与追求固然重要，然而没有对世事的洞明、人情的练达，没有对他人的真与善、对社会的爱与关切，他的笔下不可能澄明如澈，春风如水，不可能再现生命的醇厚、人性的如歌。

作家都有着为时代、为生活描摹刻画的责任，都有着真诚纯净的深情与爱意。李迪的爱不是浮在纸上，而是深入骨髓。正是对时代，对国家，对他人——建立在善良、人道、理解基础之上的大爱，对人生、对生命的深刻理解与高度的伦理自觉，铸成了他作品的底色，让他在人性深处彰显了柔情，在坎坷面前投射着光亮，在人物行为、成长的轨迹中，呈现着鲜活、真实的生活质感。即便是罪犯，也拥有着无路可走之际，对生命过往中美好与亲情的回眸与渴望。这样的人物，有生活的本色，有思考的深度，有生命的刻度，故而李迪的作品，悲伤里垂挂着自己的泪水，快乐中蓬勃着自己的欢喜。这是作家爱心的外化，善意的流转，对生活和生命的理解与尊重，赋予作品顽强的生命力。

习近平同志说过，"人民不是抽象的符号，而是一个一个具体的人的集合，每个人都有血有肉、有情感、有爱恨、有梦想，都有内心的冲突和忧伤。""我们的文学艺术，既要反映人民生产生活的伟大实践，也要反映人民喜怒哀乐的真情实感，从而让人民从身边的人和事中体会到人间真情和真谛，感受到世间大爱和大道。"将丰盈的人文精神融入人物，在文字间散发出世间的大爱和正道，传递作家的善良与理解，这无疑是温暖人心、引人向上的精神气场，是指向美好、期待花开的心灵路径，这样的作品是美的发现与创造，是乐观和积极能量的正向传导。

李迪的"惊险题材"是多侧面的，即便都是公安战线，有大案要案，也有鸡毛蒜皮；有英模榜样，也有普通片警。不同的侧面勃发着李迪多样的才情，构成飞花四溢的多元叙事，有如烟花三月，云雨江南；春风古渡，深情满怀；即便同为公安战士，可以"一剑霜寒十四州"，也可以柔情似水充满悲悯温婉。人性的生态显示出本质的模样。难得的是，李迪的作品中，旨意的正大庄严常常被不动声色地融化于世俗烟火，轻松谐趣的表达又在波澜起伏的情节中突显着人事的幽然和深邃，有生活的味道，有泥土的气息，有停下脚步叩问生命本质的诚意。

当下是一个浮躁而又欲望爆发的时代，每个人似乎都在不停地焦虑着，被不同的欲望所催逼。脚步停不下来，心里静不下来，因为诱惑越来越多。好了还要更好，多了还要更多，努力了还需再努力。生命的本质何在，人生的意义几何，似乎早已不重要。而李迪的作品，力图努力剥去粗糙的包裹，洗去内里的沙砾，呈现社会与人生的残缺与完美，呈现生命的坚韧与遗憾，真与善的道德引力和人道大义直抵人心。人的初心以及对初心的坚守与背离，其间的韵味意味深长。

李迪的作品有骨气、有个性、有神采，这是他深深植根于中华文化沃土、拥抱时代和生活的印证，文化的自觉与自信在字里行间蛰伏，千流百变中盘桓着求新求变的执着追求，他的作品始终令人充满期待。对李迪作品的期待，还包含着对李迪的谋篇布局和语言风格特色的赞赏。精巧雅致，一波三折，曲径通幽，收放自如。语言鲜活时尚，凝练生动。尤其是短句的运用，干脆利落，风趣幽默，颇显作者驾驭文字的不凡功力。这本报告文学《听李迪讲中国警察故事》，延续了李迪的创作风格，而且读来愈觉笔力老到，清新醇厚，有的篇章已是多次阅读，仍常读常新。报告文学创作是李迪由小说向"报告"的一次转向，他力图呈现精彩、真实的时代和生活，这其中，梦里飞花、老骥伏枥、拥抱时代与生活的人生情志，令人感佩不已。

第四章

睿思回望

戏剧，找寻人间的力量

　　每年的 3 月 27 日，是世界戏剧日。这是国际剧协为戏剧专门创立的纪念日。这一天，许多国家会举行相应的戏剧庆祝活动，国际剧协则会邀请一位著名的戏剧家或国际知名人士，围绕戏剧与和平的文化主题，撰写"世界戏剧日致辞"，通过国际剧协的网络进行传播。这项活动的用意，是引起人们对戏剧艺术的重视，共享戏剧艺术给人类带来的精神财富。

　　世界戏剧日自设立以来受到了很多国家高规格的重视。各种纪念活动中，邀请世界知名人士致辞是其中最重要的一项。今年，国际剧协与中国剧协在广州联合举办纪念活动。来自二十三个国家和地区的戏剧界代表，观摩一系列戏剧演出，出席亚洲传统戏剧论坛，共同切磋戏剧的传统与未来。世界著名的戏剧导演、俄罗斯戏剧教育家安纳托里·瓦西里耶夫，专程赶来致辞，这也是致辞者首次在中国亮相。

世界戏剧日的创立建议始于 1957 年，1961 年开始实施。虽然已有半个多世纪的历史，可至今知道这个日子的人并不多。戏剧不像电影、音乐等大众艺术，具有快速传播性、可复制性。一部片子、一首乐曲，一夜之间，一日之间，就可以飘得很远。戏剧是剧场艺术，具有现场性、难以复制性，传播效果多是慢热。一部戏要演一段时间才能逐渐为人知晓。很少听说一夜之间，就有很多人对一部戏、一个演员了如指掌，趋之若鹜。

在中国，知道世界戏剧日的人可能更少。因为中国的戏剧阵地逐渐萎缩。尽管中国是戏剧大国，曾经有三百多个剧种，有时一个村庄能同时搭起三十多个戏台，从村头摆到村尾，锣鼓喧天，乐曲悠扬，"咿呀"声不绝。但现在，这种景象也不多见了，因为人们可选择的文化样式日益增多。这大概也折射了戏剧在世界的生存状况。

不过，正因为戏剧的式微，人们认识程度的弱化，才见出世界戏剧日的深意。这是纪念性的，提醒式的。它一再提醒我们：戏剧的教育和化解隔膜的作用，直抵人类内心、让人反观自身作为并对生活做出改变的作用，不可忽视。

戏剧，是人物通过表演故事反映社会各种冲突的艺术。它的娱乐、激发、教育功能，在世界各地大体相近。于世界而言，戏剧对消除各种隔阂具有巨大的潜能，这个作用不可小觑。戏剧诞生于各种社会群体之中。试想，在一个非洲小村的树下，在欧洲大都市高科技的舞台上，在亚美尼亚的一座小山旁，在学校的礼堂里，在田间、广场、寺庙、社区中心，在市区的地下室，人们短暂地聚集在一起，融入一个由戏剧营造出的世界里。一起哭泣，一起欢笑，一起思考。为美丽、为同情、为恐怖而共同喘息。那一刻，人们的距离变近，隔膜变薄，内心变强，甚至可能相视一笑，敞开心怀。因为人类有共同的天空，相通的情感需求。一位哲学家曾说："一些作品长存的基础是心灵中人类所共有的东西，那是真正长存且有力量的东西。"戏剧所追求的，正是这"长存且有力量的东西"。

也许可以这么说，戏剧能激发灵感和力量，能将世界上不同的文化和人群联结在一起，成为促进和平与和解的有力工具。当冲突、战乱、矛盾、碰撞出现之时，戏剧或许可以成为化解、调和的另一种手段。抓住戏剧拥有的能量，在社会的心脏与头脑中开辟一个空间，把人的心灵力量凝聚在一起，去创造一个充满希望、互相合作的新世界，是一个值得击节的美好向往。

戏剧的空间，不仅在剧场，而是在任何地方——展现人类最真实、最隐秘的情感与思考。它是一群人和一方舞台的相聚。它用真实的肉体、呼吸和嗓音，表现人类的多样性和脆弱性，解读人类心灵跳动所包含的复杂意义。人类的喜怒哀乐、生离死别，甚至犄角旮旯里的生活和情感，都可以一一展示。虽然舞台上会有不同文化传统的面具与服装，运用各种各样的语言、节奏和肢体动作，讲述、启发，创造着一个或熟悉或陌生的世界，但其独特之处，是能关注丰富的社会生活，聚焦人类的真情实感，探微人类的内心世界，从而揭示这个世俗而又闪烁着思想之光的现实世界。在这个世界里，无数人为了生存而挣扎，为了梦想而奋斗；生态遭到毁坏，众多物种濒危；战火掠过家园，安宁成为渴望……这一切经由艺术呈现让人同情理解，念念不忘，思考不断。

当今世界，人类关系的模式，乃至社会秩序都不断发生着变化，新景况、新现象时常让人感到陌生、无助甚至恐惧。尝试探索各种场所、各种人与事背后的真实，探索一切历史内在的可能性，是戏剧被需要的理由，也是戏剧找寻力量的途径——深入探寻那些目不可及之处。实际上，没有什么比戏剧更能表达人们的心思，更能撼动人们的内心。因为戏剧聚焦于表面下膨胀的情感，并且能够当面交流，形成观与演的现场互动，这一点的确非同寻常。

戏剧也是人类自身生活的展现和诉说，像一面镜子映照出人类生活的面貌和内心的动荡。戏剧让我们看到更真实的自己，从而对生活做出改变。

人类社会日常生活的本身就充满了"观赏性"。细细想来，人类的关系和生活，仿佛就是按照戏剧化的方式来结构的：空间的使用、肢体语言的选择、内心的挣扎、思想和情感的焦虑与对抗……我们在舞台上所展示的一切，在现实生活中也都在真切地上演。正如一位世界戏剧家所言：我们就是戏剧！

清晨的第一声鸟鸣，午后庭院的静谧时光，或者与友人的不期而遇，走在去往会场的路上，甚至婚礼和葬礼——这些是生活，也都是戏剧。每个人都站在舞台之上，你的版本或许映照了别人的人生，别人的经历也可能衬出了你的底色。大家都要在短暂的时间里，结构出最成功的框架，回答着最本质的问题：我们该如何生活？

世界上有形形色色的人，有或平坦或坑洼的路，有各种各样的不公平。每个人都可以通过自己的双手，在生活中去行动。我们是演员，也是观众，不仅要在这个社会中生活，还要想办法去变动与修改，这是能够反映人类生存价值和意义的关键所在。如果只把戏剧当作别人的故事，自己只是参与表演，忘了自己有提升艺术、改变生活的权利和义务，那么我们便不能展现隐藏于自身的巨大热情。因为戏剧不仅是一种社会活动，也是一种生活方式。要知道，我们的行动，可以创造一个不同的世界。

戏剧，浓缩了各国传统艺术的精华，是人类永远的审美家园。口口相传的语言魅力，现场观看的视觉冲击，丰富多彩的肢体动作，不需要任何媒介所促成的人与人之间的交流共鸣——这是戏剧独有的。

戏剧的演出遍及世界，上千年、千万里风尘不倦。它源自现实生活，告诉人们关于生活的一切。而这不停跃动着的灵感之源，在今后的岁月里，将继续绕过演出大厅，绕过光怪陆离、繁华喧嚣，在广场和大地上年复一年不断上演。因为它直抵人类的内心，缠绕了太多的人类精神生长的温暖基因。戏剧里凝结的精神将永远不朽。

京剧继承创新之思

清脆悠扬的京胡声里，古老的京剧走过了二百多年历程。

西皮二黄，生旦净丑；道德伦理，家国情缘。作为一种蕴涵着数千年中华文明精粹的民族艺术，京剧在当代的生存和发展，寄托着世人的关切与期望。从一系列剧目展演，到青年京剧演员研究生班开办；从央视"空中剧院"开播，到京剧唱进中小学课堂，京剧，一次次向着高远的艺术天空奋力飞翔。

新时期以来，党和政府重视京剧艺术，加大经费投入，改善工作条件，培养京剧人才，加强剧目建设。京剧出人出戏出精品，迎来了新的繁荣与辉煌。然而，面对科技发展、社会进步和文化消费多样化趋势，京剧面临着文化市场的激烈竞争。

如何继承传统，改革创新？如何贴近现实，反映时代？如何保留和创作一批唱得响、传得开、留得住的优秀剧目？如何走向市场，赢得观众？京剧在新世纪的命运和走向，越来越多地引起人们的关注。

京剧如何继承与创新

继承与创新是个老话题，又是新问题，二者的对立统一贯穿于京剧发展的全过程。

京剧要继承，也要创新。继承是前提，创新是在继承基础上的创新。没有继承，创新就是无源之水；没有创新，艺术就没有生命力。二百多年来，京剧从雏形到成熟，始终是在继承与创新的交替运行中向前发展的。当年梅兰芳、周信芳等一大批京剧艺术家，在坚守传统的同时，为适应变化的时代，运用新的表现形式创作了时装戏、古装新戏等，极大丰富了自己的艺术风格，得到了行内的认可，受到了观众的欢迎。

京剧是一门有着规范体系的精美艺术。"一抬脚跨过几丛山，一挥手引来百万兵"。虚拟、写意、程式化，让京剧"数尺舞台，气象万千"。一代代绵延相传的技艺"四功五法"：唱念做打，手眼身法步，构成京剧的精魂，成为京剧区别于其他艺术的鲜明特征。这是京剧的珍贵家底，是京剧自立于世界民族艺术之林的独特审美优势。

一部京剧发展史，本身就是不断继承创新的历史。京剧离开了传统，不能称其为京剧；而如果脱离了当今社会，无视观众审美趣味变更的现实，就难以与时俱进，难以有新的发展。因而，京剧要发展，必须在继承传统的基础上不断创新。继承，就是要充分认识传统、尊重传统，保留和展演传统的经典剧目，保持和继承传统的艺术神韵和美学特质。创新，就是在尊重艺术本体的前提下，用崭新的视角来展示传统艺术之美，积极吸纳融汇其他艺术之长，为我所用，创造体现当代美的表现手段，赋予京剧鲜明的时代特色，让京剧姓京也姓今。

京剧最初的舞台就是简单的"一桌二椅""一块幕布"，简洁的舞台空间是留给角儿唱念做打的。随着科技的飞速发展和物质条件的不断提高，京剧舞台开始"花样翻新"，有了实景，增加了交响乐、灯光；不同艺术手段的融合运用，电动化、影视化的元素开始出现于舞台。

与时俱进的京剧兼收并蓄，为舞台带来了新气象，吸引了许多年轻观众，这是好事。但也有一些创新剧目远离了京剧本体：大投入、大制作，动辄几百万、上千万，追求场面的宏大、视觉的刺激，舞美、灯光、布景豪华气派。剧目不论题材大小，都用交响乐伴奏，打击乐声音震耳，乐队音响淹没了演员的演唱；灯光的使用与演员的表演本末倒置，演员跟着灯光走，表演受到灯光控制，能动性大打折扣；舞台光线暗淡，优美精细的表演难以被观众看清。这些都是创新的歧路。真正意义上的创新，应有益于烘托表演而不是限制之，是强化"四功五法"而不是削弱之。不论京剧舞台多么绚丽夺目，如果不利于表演艺术的展现，就不能算是成功的创新。

创新要有尺度，不可随心所欲。声光电配得好，锦上添花；离了谱，画蛇添足，适得其反。当年梅兰芳大师提出"移步不换形"原则，就是指变革不能影响京剧的审美特征，不能脱离"四功五法"的本体。继承与创新，两者和谐统一，才是京剧发展的动力。

京剧如何表现现实题材

"头带紫金冠，看花枪凌空飞舞"……每当京剧在水袖圆场中起步，西皮二黄中放声时，京剧的虚拟、写意、程式化特点，让人体味到诗意的隽永。人们对京剧的认识就是从西皮二黄、勾脸扎靠中开始的。脸谱、髯口、高靴、戏袍等构成了京剧的鲜明特征。

毫无疑问，京剧的艺术程式主要是在表现历史题材中形成的。如今，社会生活发生了天翻地覆的变化，衣食住行、语言词汇大不一样。京剧如何反映现代人的生活与理想，如何将传统程式化用于现代题材？原来舞台上以鞭代马，以桨当船，现代人乘电梯、开汽车、坐飞机、玩电脑、打手机，如何去表现？京剧最具魅力的水袖、蹉步、扎靠、开打等表演方式，用什么新的样式来替代？这确实是一道难题，也是京剧发展中绕不过去的命题。京剧人一直为此在思考、探索、实践。

新中国成立以来，从20世纪60年代初的现代戏调演，60—

70 年代的"革命样板戏",到 80—90 年代的现代戏汇演,以及改革开放 30 年的现代戏展演,数百台现代戏流光溢彩,《骆驼祥子》《刑场上的婚礼》《蝶恋花》《江姐》《华子良》,以及去年京剧节推出的《走西口》《雷雨》《铁道游击队》《红沙河》等,既有革命英雄主义的慷慨之歌,也有普通人的平凡生活和奉献精神,呈现出鲜明的时代内涵和强大的创造力量,其成功经验值得认真总结。

然而,我们需要清醒地看到,京剧在表现现实题材方面仍没有做到得心应手。有人说,京剧的历史以及本体规定性决定了不是所有的现代题材都适合于京剧表现,因而,应坚持把传统戏与现代戏的二元结构,作为京剧腾飞的两个翅膀。对于现代戏创作,特别是在现代题材的选择和把握上须具备独到的眼光。要深入现代社会生活,善于驾驭生活素材,在对传统艺术深刻融会的基础上,进行新的艺术创造。要在剧本创作、唱词唱腔设计上狠下功夫。通过剧中人物喜怒哀乐的情感变化,来折射时代变迁,触动现代人的情感与心灵,做到寓教于乐,雅俗共赏。排演新戏要坚持以质取胜,反复打磨、锲而不舍,力求成为精品,防止急功近利、粗制滥造。从小戏演起,从成名剧目复排开始,建立起现代戏创作排演的良性机制,真正让现代京剧成为戏剧舞台上的一道亮丽风景。

程式创新是京剧现代戏创作中的最大难点。京剧现代戏的滞后,与程式转换不到位有直接关系。程式是根据京剧艺术的特点,把生活中的动作提炼成一种相对固定的格式,使之规范化、节奏化的表演规程,也是演员与观众约定俗成的一种语法规范。许多新程式的产生，往往是艺术家在对生活有深刻感悟的基础上，结合深厚的传统程式功底，在舞台实践中摸索创造出来的。《骆驼祥子》的"洋车舞"、《华子良》的"箩筐舞"、《江姐》的"绣红旗"等，都是比较成功的探索。

适应时代需求，表现现实生活是舞台丰富多彩的需要，也是延续、繁盛京剧生命的必由之路。这既是京剧发展的历史必然，是京剧传承的社会职责，也是新世纪京剧人必须面对的课题和考验。

新作如何唱得响、传得开、留得住

有人说，京剧是演不尽的《四郎探母》，跑不完的《红鬃烈马》，唱不完的《苏三起解》。这有失公允。

实事求是而论，新中国六十年京剧舞台新创剧目相当可观。放眼世界，常常活跃于舞台的外国歌剧，演的无非是《图兰朵》《蝴蝶夫人》《弄臣》等；芭蕾舞也仅仅是《天鹅湖》《胡桃夹子》《睡美人》等，屈指可数，却鲜见责难。反观京剧，几十年来，京剧舞台有一系列新剧目从观众眼前翩然走过。《杨门女将》《野猪林》《谢瑶环》《状元媒》《赵氏孤儿》《狸猫换太子》《曹操与杨修》《廉吏于成龙》等等，像一幅幅精美绝伦的历史名画，至今飘逸着民族艺术的无尽芬芳。京剧剧目的丰富多彩，远非外国歌剧舞剧可比。无论是整理改编的传统戏，还是新编历史剧或现代戏，数以百计的京剧剧目激活历史、观照现实，旋律激昂慷慨、唱响家国情怀，有目共睹、美不胜收。

然而，相对于传统的经典剧目而言，新编京剧何以唱得响、传得开、留得住，何以延续京剧的辉煌，依然是检验京剧生命活力的重要尺度。

目前，有一种现象确实值得注意。不少新剧目，投入相当的人力、财力和物力，演出没几场，就销声匿迹、难见踪影；新曲相当多，名段却很少，广为传唱者更是寥寥无几。这里有观众分流、市场不旺的因素，但更主要的还是剧目自身的不硬气。主创人员来去匆匆，缺少磨合，作品岂能提升？演员与作曲不见面，更不要说直接参与编腔，名段何以形成？

新编剧目要想留得住、唱得响、传得开，关键在于出人、出戏。

出人，就是要有名角。应强化尖子演员的艺术含量，不断提高他们的艺术修养，切实增加他们的演出数量，努力让他们参与到剧目创作与编腔的全过程。每人都应有自己的代表剧目，有独特的艺术风格，聚起自己的观众群体。尖子演员要走出京戏的小圈子，建立自己的文化圈。要和爱好京剧的作家、评论家、书画家、作曲家以及社会名流交往，成为良师益友，帮助自己提高文化素养和表演技艺，帮助自己创编剧本、谱制新曲、聚拢人气。

出戏，就是要有精品佳作。新编剧目必须好听好看，人物鲜活、情节动人，旋律悦耳、结构紧凑；要有名角，有传得开的经典唱段。改编、整理传统剧目，或移植其他戏剧品种的优秀作品，是剧目成功的重要途径。在创编新剧新腔时，要"有唱可听，有戏可赏""又新鲜又熟悉，又好听又好学"。同时，要注重京剧的唱腔程式，做到原腔出新、合辙押韵，朗朗上口、好听好学，老戏迷认可、新观众喜爱。名角名剧、多唱多演，才能使京剧留得住、唱得响、传得开，才能使名剧、名段脍炙人口、流传于世。

艺术最终都要在舞台上接受检阅，经典都要在岁月的淘洗中成长。新剧目要得到赞赏，需要真功夫、苦功夫。有道是"台上一分钟，台下十年功"，急功近利，何来精品？

京剧如何赢得市场，赢得观众

即便目前存在观众分流的现实，京剧仍有另一番景象让人眼热心动。在北京的北海公园、景山公园，包括社区、街头、绿化带旁，时常可听到丝弦声起伏、京胡声悠扬。在天津、上海、武汉，乃至全国各地，很多人在清晨、傍晚自发学唱京剧，简陋的场地挡不住爱好者的热情。

当北京、天津、上海的京剧院团送戏进大学校园时，青年学子的艺术热情让演员为之动容。礼堂和教室里坐满了人，走廊过道里也站着学生，演员们每个精彩动作都会引起长时间的掌声。一位演员激动地说，没想到大学生这么喜欢京剧。京剧广泛的社会基础和无时不在的迷人光彩，向世人勾勒出它的绚丽前景。

许多京剧表演艺术家和优秀中青年演员有着很高的人气，"粉丝"众多。蜚声艺坛的《杨门女将》《四郎探母》《伍子胥》《秦香莲》《四进士》《铡判官》《野猪林》《白蛇传》等一批经典剧目始终深受观众喜爱。这些剧目芬芳馥郁、历久弥新，名角名剧，有着不俗的票房。

面对京剧的"冷"与"热"，专家指出，一方面是客观使然，另一方面是京剧自身出了问题。新剧目不少，佳作不多；新戏创作瞄准节庆和评奖；剧团缺乏面对市场与观众的商业运作能力；票价居高不下，许多观众被挡在门外。

京剧的生命需要在观众的热情中延续。观众流失，不是观众离开了京剧，而是京剧离开了观众。在艺术选择日益多样，新的娱乐方式花样迭出的今天，京剧必须振作，进一步增强吸引力和感染力。

要赢得市场，赢得观众，必须认真研究市场规律，精心琢磨观众口味；既演老戏，又演新戏；有动人的故事可看，有动听的音乐可听，唱念做打、编导舞美皆出彩；有计划地深入农村、厂矿、学校、部队演出，积极培育和开拓京剧市场。在中国演出市场远未成熟的情况下，持之以恒地培养、提升观众的审美素养，是京剧市场健康发展的重要环节。

要赢得市场，赢得观众，必须有切实措施增加剧院演出场次，让演员多同观众见面。除所在院团演出外，一线演员还可以与外团联手，或"走马换将"，或下基层演出，政府给予相应的政策补贴。在高新技术迅猛发展的时代，京剧不能自我封闭，应积极研究和熟悉现代传媒新特点，充分利用广播、电视和网络的传播优势，大力推介京剧艺术。CCTV"空中剧院"把"堂会"办到千家万户，名角荟萃、流派纷呈，深受观众欢迎。应很好运用这个空中大舞台，传播京剧文化，推出新人新作，进一步扩大京剧的社会影响力，扩大京剧的受众覆盖面。

团结奋进，打开一片新天地

中国京剧来自民间、流行于城乡，芳香溢满海内外。京剧面临的现实困难，是挑战，也是机遇。只要京剧人团结奋进、迎艰克难，继承创新、出人出戏，就能打开一片新天地。

党和政府对京剧高度重视。党和国家领导人集体出席观看的新年京剧晚会连续举办了十多年；京剧音配像工程胜利完成；优秀青年演员京剧研究生班连办五届；央视"空中剧院"京剧栏目开播六年；三年一次的京剧节举办了五届；全国青年京剧电视大赛已历六届；京剧走进大中小学校园，京剧流派培训班，各类活动、展演等，续写着京剧新的光彩。

当今京剧舞台群星璀璨，老中青各领风骚。老艺术家承担着京剧传承重任，含辛茹苦、孜孜不倦地培养接班人。京剧研究生班演员已在各自院团挑起大梁，他们苦练内功，敬业精进，自觉肩负起传承民族文化的使命，用自己的青春年华，用坚定的艺术操守，成就了舞台的一段段传奇。不久前落幕的京剧青年演员电视大赛，五百多名参赛演员中有一百四十二人进入复赛，八十人进入决赛，他们将是未来的京剧之星。大赛的复赛在剧场演出，一票难求。决赛电视直播，连续十一天，收视率居高不下，足见京剧不乏观众。在京剧演员收入相对"清贫"的情况下，有那么多青年人对京剧事业艰苦跋涉、执着追求，令人兴奋、钦佩。京剧事业后继有人，可喜可贺。

中国戏剧曾与古希腊戏剧、印度梵剧，并称为世界三大古老戏剧，三大戏剧中目前仅中国戏剧独存。中华民族几千年精神基因与文化记忆，凝聚于其间，浸润于大地。铿锵的鼓点里，不绝的弦音中，飞扬着无数的激情与梦想，散发出民族艺术绵延不绝的气息与芳香。我们有理由相信，作为民族文化瑰宝的京剧艺术，一定会在新的世纪焕发生机，重放异彩。

京剧回家

　　第六届中国京剧艺术节在湖北武汉举办。继在北京、上海、山东济南等地举办之后，此届移师湖北，实为湖北京剧土壤深厚，与京剧有着不可剥离的渊源。有人把京剧节在湖北的举办，亲切地称为：京剧回家——即两者血缘关系的印证。近二百年来，湖北与京剧关联紧密，互相托举，流变生香。

　　京剧是中国的国粹，亦称国剧。京剧的主要声腔为皮黄腔。"皮黄腔，是由西皮与二黄两种腔调合流以后形成的一个声腔系统。"现在人们常将京剧称为"皮黄"即源于此。《中国戏曲通史》指出，"湖北地区具有的地理、经济条件，为皮黄腔的形成和兴起提供了极为有力的保证。特别是汉口镇为南北两种声腔得以汇合和发展的重要中心。"

　　西皮、二黄，皆为戏曲腔调。西皮一般较为高亢刚劲、活泼明快。二黄较为沉着稳重、凝练严肃。对两者的特点，电影戏剧理论家洪深有精辟表述："西皮表轻快奔放，二黄表沉郁缠绵。"史料记载：清初，二黄是安徽徽调的主要唱腔，西皮是湖北汉调的主要唱腔。徽调是安徽的一个地方剧种，产生于安徽当时的首府安庆。汉调即今汉剧前身，是流行于湖北汉水一带的地方戏曲剧种。湖北为古代楚国地界，亦称"楚调"。其实，无论是徽调还是汉调，其中均有"皮黄腔"，尤其汉调。

京剧形成于 1790 年前后至 1840 年前后，是在北京原有的昆、弋腔和外地进京的徽班、汉调、秦腔等地方戏曲声腔的基础上逐步孕育形成的。在这些声腔之中，作为京剧艺术母体的，是从徽州、扬州进京的徽班所演唱的徽调（见《中国京剧史》）。不过 1790 年，徽班进京为宫廷祝寿演唱时，不光有徽调，还有汉调、昆曲、梆子。所以徽班进北京为京剧形成奠定了基础，但从徽班进京到逐步演化为京剧，汉调起了重要作用。

汉调在声腔上，对中国皮黄系统的声腔发展，有着重大影响。汉调声腔以西皮二黄为主。这种皮黄合流首先出现在湖北，绝非偶然。湖北地处长江中游，长江东西横贯，汉水南北畅流，湖泊交错，土肥地沃，地理位置优越，有"九省通衢"之称。经济的发展，交通的便利，促进了戏曲文化的传播流布，兼容并蓄。

早在乾隆年间，汉调便已进入北京。乾隆中期，湖北的楚调就在北京流行。吴太初《燕兰小谱·咏四喜官》中有"本是梁谿队里人，爱歌楚调一番新"的诗句。到了嘉庆、道光年间，米应先、余三胜等一批出色的湖北艺人，带着他们的代表剧目如《战长沙》《四郎探母》《当铜卖马》等相继进京，引起强烈反响，所以当时有"班曰徽班，调曰汉调"（见《梨园旧话》）的概括。

汉调演员进京后，并未单独挑班，多是搭入徽班。当时，各剧种的交流融合比较普遍。徽调和汉调，在进入北京之前，即有频繁交往，无论是在声腔曲调、演出剧本，乃至表演艺术方面，相互影响，艺术手段以及表演风格相近似之处颇多。特别是两个剧种的演员，早有合作的历史。这两个剧种的交流融合，是京剧形成过程中的重要历程。

汉调进京后，其丰富的剧目为京剧的形成打下了基础，演旦角戏为主的风气转变为流行老生戏，从此奠定了以生角为主的局面。而京剧中以湖广音、中州韵为基础的"韵白"，更是从老生"前三杰"的汉派代表人物余三胜开始，一直延承下来。

《中国京剧史》指出：一般讲，京剧的皮黄腔，是在徽调、汉调皮黄腔的基础上形成的。准确一点说，京剧皮黄腔是基本沿用了汉调皮黄腔，并吸收了徽调皮黄以及来京的山陕梆子发展而成。

光绪年间，京剧步入成熟期，代表人物为时称"老生后三杰"的谭鑫培、汪桂芬、孙菊仙。这三人中，前两位皆为湖北人，且又以谭鑫培的成就最令人瞩目，享有"伶界大王"之誉。他博采众长，自成一体，丰富了老生的唱腔艺术，统一了京剧声韵并使其规范。他创造的艺术体系，世称"谭派"。当时有"无腔不学谭"之说。他演出的《定军山》被拍成电影，是中国的第一部电影。

第六届京剧节期间，湖北美术馆举办了《湖北与京剧》图片展。穿过岁月的烟尘，我们还看到，19 世纪末，京剧南下，流传到武汉这一长江中游的最大城市，并很快遍及全省。辛亥革命后，由于武汉优越的地理位置，以及在政治、经济、文化上的重要地位，吸引了大批京剧名家纷至沓来。从 1933 年冬到卢沟桥事变前夕，三年多时间里，梅尚程荀四大名旦，言马谭奚四大须生，周信芳、盖叫天、林树森、常遇云、李万春、金少山等众多京剧名家来汉献艺，武汉的京剧演出呈现了一流的水准，成为南部中国仅次于上海的京剧演出重镇。不少京剧演员在武汉演毕，或赴长沙，或往重庆……九省通衢的武汉成为京剧向中南和西南地区传播的中转站。

历史上，湖北与京剧有着令人心仪的凤缘，今天，也为这门传统艺术开拓着新的生面。新中国成立后，全省十余个市县相继成立了京剧院团，湖北京剧得到长足发展。改革开放后，湖北独树一帜的新创京剧剧目，又在艺术史上写下浓墨重彩的一页。目前全国有京剧院团八十七个，湖北占有七席；全国国家级重点京剧院团仅十一家，湖北省京剧院位列其中。建院四十多年的湖北省京剧院，实力雄厚，创演的《徐九经升官记》《药王庙传奇》《膏药章》《法门众生相》《曾侯乙》等剧目蜚声艺坛。

湖北为京剧的发展做出了重要贡献，也必将开启京剧新的征程。我们期待着湖北京剧的璀璨未来。

京剧现代戏为何这么少

这两年，一些剧院复排了20世纪60年代几近妇孺皆知的现代京剧《红灯记》《沙家浜》《智取威虎山》《杜鹃山》等，观众非常激动。由此既可看出现代戏的前景，也暴露了现代戏创作的尴尬现状。我们不禁发问：京剧现代戏为何难产？

曾在戏剧舞台上风光无限的中国京剧眼下正在低谷中行走，其中最不得志的恐怕又数现代戏。早在新中国成立初期，周恩来总理就指出，戏剧要坚持走"传统戏、新编历史剧、现代戏"三项共同发展的道路。可是我国除60年代现代戏汇演推出一批颇有影响的新戏之外，倏忽30年已过，传统戏、新编历史剧几乎占据京剧舞台的全部江山，现代戏却萧条沉寂，芳踪难觅。

新戏现状令人忧

综观近年来京剧现代戏的现状和发展趋势，前景不容乐观。号称国家队、在京剧界具有示范和导向作用的中国京剧院，粉碎"四人帮"以来，创作演出了数百出传统戏、新编历史剧，只有《蝶恋花》《北国红菇娘》等八部是现代戏。天津青年京剧团近年来蜚声海内外，被誉为中国京剧之星，从1984年成立迄今上演了百余出古典戏剧，唯现代题材领域还未开垦。实力雄厚、行当齐全的北京京剧院、上海京剧院也仅仅创作了《黄荆树》《刑场上的婚礼》等五六部新戏。

我国有四十多个京剧院团，每年上演近二百出古典京剧，现代戏却寥若晨星。今年12月将举办的第七届中国京剧节，是京剧近年来最新成果的集中展示，据说其中现代戏告缺。向国庆五十周年献礼演出剧目目前正在加紧策划，几十台戏剧中仅有湖北的《粗粗汉子靓靓女》、天津和江苏根据名著改编的《雷雨》《骆驼祥子》这三台京剧现代戏有可能出台亮相。

谁来创作现代戏

京剧是一门综合性极强的艺术，创作又是一项极其清苦的事业。要出戏，一支坚实的创作队伍必不可少，其中编剧又是前提。而现在全国的编剧队伍人才奇缺，不成气候。拥有千余人的中国京剧院只有一名编剧还是"超期服役"，近千人的北京京剧院也只有年近五十的王新纪在独自苦撑。一些地方京剧团体的情形也大抵如此，有的剧院甚至没有编剧。剧院的领导对此都颇感挠头，北京京剧院副院长陆翱说，写京剧难度大，作者待遇低，能写能编的都想去干点别的，没人愿意来。

剧院的编剧们也着急，创作现代戏需要生活积累，深入生活是基础。可现在这成了一道难题，京剧舞台门庭冷落，经费必然捉襟见肘，剧院拿不出这笔差旅费。每月和演职人员一样只拿百分之六十国家差额工资的编剧逐渐失去了以往的热情。

一些行家分析，20世纪60年代集中全国大批精英创作出的京剧现代戏，尽管非议颇多，但一直受群众欢迎，《智斗》《打虎上山》《痛说革命家史》等唱段一直广为传唱，在艺术上的成就使一些编剧对现代戏轻易不写不碰，一怕难以超越，二怕达不到当年水准。再加上现代戏剧本成活率低，领导在选材上慎重有加，也就难得有人贸然动笔。

这道难题如何解

现代京剧在排演上也困难重重：投入大，制作难，周期长。比如说，中国京剧院排演传统戏《美猴王》、新编历史剧《火醒神州》时，两出戏加起来需要资金三十万元，因为原有的服装道具可以利用，唱腔与程式是现成的，演员轻车熟路，演出也容易出效果。而排演现代戏《北国红茹娘》一剧就用去近六十万元，服装道具布景都要新的，现代灯光音响尤其昂贵。演惯了古装戏的演员对剧中动作、唱腔、人物造型颇感陌生，不习惯、不自然。往往是导演边创边教，效果常常不尽如人意。一些名角对出演新戏顾虑还要多一些，对角色的挑选也较为苛刻。

现代戏搬上舞台以后大多收不回成本。能演出十几场算好的，有的仅演出一场便鸣锣收兵，有时一场戏只卖出两张票，创下票房悲剧纪录之最。"拿不出钱做宣传登广告，没人知道啊！一部分戏迷又不看现代戏！"中国京剧院副院长刘长瑜分析说，"当然，也不能否认，现代戏还缺乏令人叫好的上乘之作，与群众的审美趣味和时代要求尚存一定差距。"

古老的京剧程式与现实生活如何结合的问题，更是排演现代戏面临的最大难题。具有近二百年历史的京剧艺术具有一整套既定的规范和格式，这是京剧乃至中国戏曲的基本特征。现代戏则演绎现代社会和生活，更接近于生活本身。从这一角度看，现代戏应该也必须创造出适合新的生活的程式、唱腔和身段。既保留京剧的精髓，又融入时代审美意识。这是多少年来一直没有完成的费时费力费资的浩大工程，非一日之功，也非一代人所能完成，这已成了一项跨世纪的难题。

如此争论几时休

京剧不景气，现代戏又步履维艰，有人说京剧取消现代戏是否也无碍大局？比如一种观点认为，京剧艺术已经尽善尽美，"施朱则太赤，施粉则太白"，没有现代戏，京剧照样具有生命力。还有人认为，京剧是古典艺术，有一整套独特的艺术规范，这些规范或者说程式不适宜也无力表现现代社会内容，京剧姓"京"不姓"今"。更有人拒绝去看现代戏，觉得与其那样不如坐在家里看电视来得更真实便捷。

但更多的人则认为京剧演现代戏是一种进步。任何一种艺术，在继承之际都必须发展创新。拓宽京剧的表现题材，贴近现实，这是内容上的创新，它适合现代观众的审美需求，可以吸引不同层面的观众，激发京剧的生命活力。京剧大师梅兰芳在20世纪20年代就主演过不少反映现实生活题材的新戏，将京剧的发展向前推进了一步，今天我们同样不能总在《苏三起解》《玉堂春》中过日子。上海京剧院院长黎中城十分感慨地说："孤芳自赏是没有出路的，古典戏要有，现代戏要排。老观众要留住，新观众要培养。靠什么培养？靠高质量的演出，靠舞台上多反映他们能接受的生活。如若不然，若干年后，京剧艺术恐怕真的要进博物馆了。"

怎样发展现代戏

针对这些年现代戏田园荒芜的现状，有戏剧专家尖锐地指出，除了认识上的统一、宣传上需加大力度之外，领导重视不够，组织不力是一个重要原因。不少领导整天忙于应付急功近利之事，对这项需潜下心来进行长期建设的事情疏于过问。当然，面对十面埋伏，京剧人也缺乏一种动力。有识之士指出，政府有关部门应建立相应的培养、鼓励京剧艺术创作演职人员的配套措施，在经济政策上给予现代戏必要的倾斜，组织人力积极尝试、摸索现代戏的表演创作途径，减少一些无意义的碰撞。专家们还呼吁，目前我国有近五十家京剧院团争夺有限的市场份额，仅北京就有十一家京剧演出单位，面对市场这必然带来许多问题，因而整个院团的布局应进行适当调整，以改变剧团吃不饱、吃不好的现状。有的剧院领导提议，艺术主管部门可在适当时候举行大规模的现代京戏调演，时代前进了，演员成长起来了，会有大批有影响的作品问世。

悠扬的京胡声咿呀流淌了上百年，一代又一代的观众在传统文化的世界里聚拢又消散。现在新的世纪即将到来，人们期待着古老的京剧焕发出盎然的生机。

蒲剧曾经 PK 京剧

明快利落、清脆高亢的唱腔从耳边飘过时，蒲剧——这个生长行走于黄土地上的古老剧种，以它质朴和醇厚的韵味再次拨动人心。近日，蒲剧艺术家景雪变从艺四十周年纪念活动在山西运城举行。开幕式演出现场，挤满了从十里八乡赶来的戏迷。台上，景雪变上演过的剧目在其众多学生的表演中复活，蒲剧的功法：担子、水袖、跑城以及手帕、抖扇、血彩等交相辉映，俏丽无比。满目青葱而又略显稚嫩的唱念中，蒲剧的前世今生，如一幅画卷在荡气回肠、苍凉慷慨的意境中展开，让人感慨不已。

尽管蒲剧已有七百多年历史，但今天知道的人并不多。曾经，蒲剧有过"家家收拾起，户户不提防"的辉煌。山西有句老话，"宁卖二亩地，也要闹家戏"，就折射出蒲剧曾经的兴盛。当年，流行于山西南部和陕西、甘肃、河南、内蒙古等广大区域的蒲剧，演遍神州，名声远播。

蒲剧，又名蒲州梆子。因兴起于山西南部的蒲州（今永济一带）而得名，亦称蒲州梆子或南路梆子。在山西，晋城的上党梆子与蒲州的蒲剧、祁县的晋剧、大同的北路梆子并称山西的"四大梆子"，远近驰名。蒲剧的唱腔高亢激越，委婉缠绵，其旋律如同醇酒，耐得品咂，加上念、做、打等与其他剧种风格迥异，令人回味绵长，难以割舍。

蒲剧的兴起约在元末明初。之后，随着山陕商人的贸易通道，逐渐流布各地。当时山陕商人所到之处，都建有"山陕会馆"，内设舞台和关公神像，定期演唱家乡戏，借酬神而作商业性的联系。在清代中晚期，蒲剧进入兴盛时期，不仅响彻津冀豫皖地区，甚至震动京华，名气直逼风头正劲的京剧——"皮黄"。

康乾年间，蒲剧名角魏长生率戏班赴京演出，"在皇帝的鼻子面前手舞足蹈了五六年"。当时康熙皇帝看"乱弹"（地方戏），对蒲州戏班来说，是一件极体面的事情。因而蒲剧在北京的演出，如烈火烹油，熊焰炽热。清末，经过多年发展，蒲剧剧目繁荣，名角如林，戏班群起……这一时期最主要的代表当数"黑衣伶人"郭宝臣。郭宝臣率戏班进京为慈禧太后演出，按说有人有出格举动，依律要杀头，但慈禧并不追究，因为她被郭宝臣的表演深深打动了。散戏后，还特赏郭宝臣五品冠带。郭宝臣在京演出三十年，那也正是京剧第一个兴旺时期。当时京剧这个名称尚未形成，人们以"皮黄"相称。皮黄腔的领袖、人称"伶界大王"的谭鑫培，自称"平生不肯服人"，但对郭宝臣却"佩服得五体投地"。郭宝臣技艺非凡，仅一例便可印证：演出《四郎探母》时，当四郎面见佘太君，一句"娘啊！"就使满场观众潸然泪下。一位日本学者称郭为"梆子泰斗""与皮黄界之谭鑫培齐名，谭亦折服之"。

清末著名收藏家、戏剧家张伯驹说："韵醇如酒味堪夸，疑是清明醉杏花；均道绝艺元元红，辕门斩子胜谭家。"（元元红为郭宝臣艺名）据《清代宫中乱弹史料》所载，"王公大臣们对郭宝臣和谭鑫培的评价，大体旗鼓相当，前者还偏高一些"。跟皮黄"齐名""胜谭家""偏高"，这就是蒲州梆子当时所得到的评价。

以这个势头来说，蒲剧似应有十分光明的前景，有可能成为中国传统戏曲中的佼佼者，至少可与现在京剧所具有的地位相望。然而，世事难料，没过多久，"蒲州梆子在京城江河日下"，把地盘完全让给了皮黄。这其中原因诸多：蒲剧是外来剧种，难以在京城生根；京剧日益受到官方重视，影响渐盛；蒲剧后继无人，"郭宝臣等人，自认为误操贱业，不愿意误己误人，决心不教徒弟，更不让子孙再习伶业。"（见《伶史》）这几点恐是致命原因。有可能成为一个大剧种的蒲剧，由于几多无奈，就这样与历史机遇擦肩而过。

蒲剧在新中国的发展颇令人欣慰。"山乡庙会流水板整日不停，村镇戏场梆子腔至晚犹敲"，是山西农村戏曲，也是蒲剧繁荣的写照。20世纪80年代末以来，蒲剧虽然日渐衰落，但面对七百年的文化遗产，蒲剧人不是仅有欷歔，尤感责任重大。运城市文化艺术学校副校长、市蒲剧青年实验演出团团长景雪变，正是一位坚定的守望者与开拓者。景雪变十一岁学艺，十五岁登台，上演过三十多出剧目，收获过多项国家级大奖。她的表演细致逼真，演唱慷慨激越，婉转俏丽。著名戏剧大家曹禺、吴祖光、郭汉城称其为"全才演员"。近十年来，景雪变一边演出，一边育人，带领一个名不见经传的地方蒲剧团，创演了一批具有国家水准的优秀剧目，培养了二十八个中国戏剧小梅花奖演员和数百位蒲剧学生，建造了山西一流的演艺场所，培养了一大批忠实的观众。景雪变用自身的坚韧，成就了一段戏剧传奇。如今，景雪变的理想，正化作蒲剧舞台上的花木葱茏，草长莺飞……在全国，像景雪变这样的艺术家有很多，中国戏剧因为他们，生发出无边的光景。

豫剧又出发

　　慷慨激昂、行云流水般的唱腔从勾栏瓦舍中穿过，历经二百余年时光，在熙来攘往的阡陌里巷生根并繁枝散叶的豫剧，近日又迎来了它重新出发的起点——河南豫剧院成立。三个省直院团合而为一，且新建河南豫剧院青年团，并担负起指导与辅助河南各市县豫剧团的职责。高亢而又舒展的豫剧，开始了它瞩望更宽广空间的梦想。

　　豫剧，是发源于河南省的一个戏曲剧种。因其音乐伴奏用枣木梆子打拍，故早期得名河南梆子。在泱泱五千年华夏文明的多情流转中，黄河以南的戏曲自古即在广袤的中原大地上深情回响，豫剧作为其中的代表，以极强的繁衍生长能力，于诸多檀板丝弦中跃然而出，卓然前行，如今已成为与京剧、评剧、越剧、黄梅戏并列的中国五大剧种之一。

　　"黄土厚，黄土黄，黄土里长出了梆子腔。"豫剧最早产生于河南开封和开封周围的几个县，由开封向四周流布，进而辐射全国。从中国历史上第一个王朝——夏朝在河南建都起，先后有二十多个朝代在河南定都。中国八大古都，河南占据四席。自古就圣贤云集、人才辈出的中原，是思想和文化的集中发源地。豫剧诞生在七朝古都、东京汴梁城开封，正是得益于深厚的历史文化积淀和丰富的歌舞音乐活动。豫剧从诞生之日起，就带有鲜明的中原印记。

　　清朝乾隆年间，李绿园所著的《歧路灯》一书和当地的《杞县志》上均有记载，当时梆子戏已在开封、杞县一带盛行，并曾与罗戏、卷戏同台演出，称为"梆罗卷"。清代徐珂《清稗类钞》里亦载："河南有土梆戏，土梆者即唱土梆戏的人，是汴京的人。"至今众多研究者一致认为，大气磅礴、语汇丰富的豫剧是土梆戏兼容其他剧种、民间说唱等艺术元素之后，迅速成长起来的剧种。从历史深处的远古之声和七朝古都的金戈铁马中，从饱含普通百姓的血泪与快乐中，豫剧在不断的"日新"与变革中，逐渐登上了历史舞台。

　　豫剧的唱腔极有穿透力。铿锵大气、抑扬有度、行腔酣畅、吐字清晰、韵味醇美、生动活泼、善于表达人物内心情感。初听豫剧，最大的感受是它的慷慨、豪放，似乎不如"黄梅"清婉，不及越剧妩媚，也比不上京剧的"高贵"。然而仔细再听，又可以听到它的绵长细腻和鲜活的内心表达。"悲戏则声泪俱下，喜剧则谐谑备至。"豫剧因其雅俗共赏、收放自如、表演真实、接近生活的特征，深为大众喜爱。

目前，豫剧成了全国最大的地方戏剧种，在中国具有广泛影响。据文化部门统计，豫剧院团遍及大半个中国，国有专业豫剧团体数量达一百六十七个，民营豫剧团一千多个，是21世纪后拥有专业戏曲团体和从业人员数量最多的剧种，从全国三百多个戏曲剧种中脱颖而出。鼎盛时期，除河南以外，全国包括京、津、鄂、皖、苏、鲁、冀、晋、陕等二十多个省市区都有专业豫剧院团，业余剧团更不计其数。

新中国成立以来，半个多世纪的云起花落，河南豫剧执着开拓，早已声名远播，形成耀眼品牌。《花木兰》《白蛇传》《战洪州》《穆桂英挂帅》《五世请缨》《秦雪梅》《三哭殿》《朝阳沟》《小二黑结婚》《李双双》《刘胡兰》等优秀剧目唱响全国，常香玉、阎立品、唐喜成、杨兰春、王基笑等老一辈艺术家蜚声艺坛。新世纪以来，《程婴救孤》《香魂女》《常香玉》《清风亭上》《村官李天成》《苏武牧羊》等新剧目饮誉中外，李树建、汪荃珍、王惠、贾文龙、李金枝、魏俊英等一批中青年艺术家引人瞩目，创造了独特的河南戏剧现象。

始终贴着地皮生长的豫剧，因其质朴的民间性格，浓郁的泥土清香，让豫剧人虔诚敬畏，魂牵梦萦，甘愿为之鞠躬尽瘁。河南豫剧一、二、三团的辉煌过往，让我们良久仰视。河南省豫剧一团是豫剧表演艺术家常香玉生前所在的剧团，有过闯荡江湖、创立流派、捐献飞机、赴朝慰问的英雄壮举；省豫剧二团的前身是中国人民解放军陈赓部队的娃娃剧团，在解放战争中有着出生入死、浴血奋战、战地宣传的光荣历史；省豫剧三团从解放军的文工团走来，脱下军衣，穿上民装，曾到中南海为毛泽东等老一辈党和国家领导人作豫剧专场演出。20世纪60年代，全国数十个艺术院团曾移植或改编过三团创演的现代戏剧目，成为闻名全国的现代戏剧红旗团。半个多世纪的星河流转波澜壮阔，一、二、三团分别在传统戏、新编历史剧和现代戏领域，形成了各自鲜明的艺术风格。不仅丰富了群众的精神文化生活，更将"心系百姓"的戏剧精神载入民族艺术发展史册。此番由河南省豫剧一、二、三团组建而成的河南豫剧院，由李树建担任首任院长，河南豫剧百尺竿头、高歌进发的新里程将由此开启。

李树建原为河南豫剧二团的团长，享有当今豫剧第一老生之誉，曾获国家多项戏剧大奖。李树建的不寻常之处，在于他有理想有激情，有想法肯实践，他的敬业精神、使命感和管理才能，他的精品意识、品牌意识、市场意识、团队意识等，都让他有所成就，有大收获。他主演的悲情三部曲，都打出了品牌，成了名牌，壮阔了艺坛风景。他的唱吐字清晰行腔圆润，既苍劲悲壮、浑厚质朴，又委婉细腻、声韵醇厚。他的表演粗犷而细腻，老到而真诚。他为戏剧注入的努力尤其令人感慨。美国当代剧作家阿瑟·米勒，被认为是美国戏剧的良心，他认为"舞台应该是一个比单纯娱乐更为重要的传播思想的媒介，应为一个严肃的目标服务"。李树建始终用他的执着和热情，力求让豫剧变得更有力量。

如今，怀揣梦想的中华民族正走上伟大复兴之路，在中原儿女唱响"中国梦"的澎湃交响中，河南豫剧院的成立，标志着民族艺术面向国内外两个市场固本求变、传承发展的升级，标志着河南艺术院团将在改革创新体制机制、实施集团化管理模式之后的升级，以及豫剧在艺术理论、实践、成就上比肩乃至超越其他姊妹艺术的自信与理想。

绚烂已成过往，未来犹可期许。李树建和他的团队，比以往有着更加清醒的自觉和坚定。他认为，作为演员，必须有自己的作品和风格；作为剧院，必须有自己的品牌和影响；作为剧院的管理者；必须有执着的艺术目标和责任追求，脚踏实地，开拓创新，这样才可能贴近时代，推陈出新，才可能推动中国戏剧轰轰烈烈地走向前去。

信仰开出的花朵

——感受豫剧《铡刀下的红梅》

一出戏，在舞台上闪烁出信仰的光泽，弥漫着思想和艺术的芬芳，带给人向上的力量，这样的作品值得喝彩。

豫剧《铡刀下的红梅》问世近十年，演出一千八百场。一个民营剧团，敢于在一个追求物质、充满怀疑的时代，选择一出讲述十五岁少女刘胡兰成长的革命故事，放大信仰和精神的光芒，体现了小皇后豫剧团清醒的文化自觉和可贵的担当意识，作品在观众中的广泛影响，也彰显了剧团不凡的艺术实力和执着理想追求的可喜收获。

当今时代是一个需要坚守信仰和精神的时代。马克思曾慨叹，法兰西不缺少有智慧的人但缺少有骨气的人。今天的中国，同样不缺少有智慧的人但缺少有信仰的人。几十年的飞速发展，中国的综合国力、经济规模、国际影响与日俱增，但理想信仰、精神追求与之相比，却存在明显差距。许多人曾不停发问：当物质极大丰富之后，我们的信念寄托、精神归宿当放在哪里？当下社会的纷繁复杂已让很多人迷失了方向。

戏曲从来都不是单纯的唱念做打，戏曲的皱褶里深含着一个民族古往今来的梦想，道德伦理、家国情怀，在锣鼓声中随着丝弦曼舞飞扬。一个十五岁少女的故事，被不同的文艺形式表现过，不同的剧种搬演过。这不是一个十五岁少女本身自备的气场，而是她对信念的坚守，对理想的守望，那种视死如归的精神，令人荡气回肠。豫剧《铡刀下的红梅》对刘胡兰的故事，重新做了一次鲜明丰厚的提纯，对观众做了一次意味深长的精神引领。这个形象向我们昭示，一个国家，一个民族，心存坚定的信仰和理想，就会凝聚起强大的意志，迸发出坚不可摧的力量。

虽然是英雄人物，刘胡兰并没有被塑造得高不可及。创作者与众不同的认知世界与认知英雄的方式，为"生的伟大，死的光荣"的刘胡兰赋予了新的内涵。剧作从少年这个角度切入题材、塑造人物。着重展示少年英雄的成长过程，着重内心世界的揭示与刻画，在多重人物关系的对立与交织中，以感人的细节展示刘胡兰面对铡刀时之所以临危不惧正源于内心的坚强。刘胡兰牺牲时还不到十五岁，她有少年心气，也有少年心事，更有少不更事，在英勇凛然之外，还有孩子般的活泼无邪，平凡质朴。全剧用大胆的虚构与想象，还原了一个丰满真实的刘胡兰。从英雄的萌芽到英雄的转变，再到英雄的壮举，主人公行动的心理动因脉络分明，人物的成长清晰可见，信仰的张力丰盈舞台。一个天真纯朴的小姑娘源于一种精神的向往，一种奉献的自觉，成为坚强不屈共产党人的闪光历程可信可感，刘胡兰的形象可亲可爱，具有强大的心灵震撼力。

《铡刀下的红梅》在舞台呈现上独树一帜。作品把故事浓缩在两天时间里，利用现代的灯光、布景，采用转台和闪回的叙述方法，大胆吸收影视艺术语言和蒙太奇表现手法，突破了戏曲艺术自身的传统线型结构，给观众带来了新颖的艺术感受。全剧的戏剧冲突尖锐但合乎情理，语言精巧准确，音乐丰厚流畅，地域特色鲜明。

中国戏曲是以表演为中心的艺术，戏曲炫目于世界的美色，即源于表演。王红丽在剧中的表演酣畅淋漓，挥洒自如，令人动情动容。王红丽是小皇后豫剧团的团长兼主演，从艺三十多年来逐渐形成了自己独特的演唱风格及表演风貌。她扮相俊美，嗓音甜润，而且功底扎实，文武皆能。这出戏里，她调动生活积累、情感积淀，以准确、真诚、自信、自如的表演，演出了明净如水、忠贞不贰、疾恶如仇的少女天性，在揭示人物内心世界的细节刻画上，拿捏得当，收放自如，显示了塑造人物的感悟能力和不凡技艺。尤其是她的演唱，高亢激越，委婉甜美，大起大落，清新明亮。她的演唱，形象地展示了主人公追求生命价值的激情，呈现了"下辈子还做共产党人"的慷慨与风骨。剧本的文学性、内容的英雄气质与豫剧的音乐舞蹈，在王宏丽的演绎中完美融合，精神的旨向在艺术的托举中激情飞扬。

最难能可贵之处，是剧团在舞台上高扬信仰、忠诚的旗帜的同时，自身对核心价值的追求、社会引领意识的自觉也令人钦佩，这对观众是一种双重感染。小皇后豫剧团是一家民营剧团，既是民营，就意味着要向市场找饭吃。近年来，许多剧团借口走市场，放弃责任与担当，不敢排演或极少排演主旋律剧目，尤其是现代剧目之际，小皇后豫剧团却以高出一筹的政治胆识和敏锐的艺术判别力，自觉担负起文艺团体文化育人、艺术养心的职责，迎难而上，自筹资金，排演了革命现代戏《铡刀下的红梅》。而且大胆创新，别开生面，以质量取胜，最终将作品变成即是主旋律，又是吃饭戏的优秀剧目，为民营剧团的生存发展提供了深刻启迪。

回首小皇后豫剧团组建近二十年的艺术之路，我们清晰地看到：自觉地担当引领责任，不媚俗，不取巧，坚持正确的创作方向；自觉地进行文化体制改革，艺术创新，与时俱进，坚持为观众提供优秀的精神食粮；自觉地在台上弘扬理想、在台下践行理想，并立足基层，开拓市场，把服务农民和占领市场有机结合，坚持以人民为中心的服务宗旨——这是小皇后豫剧团在社会主义市场经济条件下，走向繁荣发展的成功经验。

无论什么时代，信仰都如一面旗帜，在历史的天空引领着一代又一代人的激情与梦想。小皇后豫剧团和《铡刀下的红梅》还给人们带来这样的思考：一个人只有坚守信仰，生命才会发出灿然的光华；一个剧团只有坚守理想，创作才会生机无限，蓬勃向上。信仰是国家意志的基石，是国家不会沉沦的象征，是人民大众团结奋进的精神基础和动力。正是由于张扬信仰，作品在舞台开出了鲜艳的花朵；正是由于坚持信仰，剧团在社会树立了良好的口碑。王红丽和她的剧团，以自身的所作所为，不仅呈现了戏曲本体"唱念做打"的艺术魅力，更印证了固守信仰与理想所带来的巨大传奇。在这里，理想变得可以触摸，追求变得脚踏实地，并且插上翅膀飞向了远方。

强健永生向上的灵魂

一

沪剧《挑山女人》是个很有口碑的作品。我一直好奇，在物质、精神生活日益丰富的当下，这出表现普通村妇的戏究竟靠什么赢得了观众？五年演出二百五十多场，观众超过二十五万人次，多个剧种移植公演，有的观众追着看了多次。

故事的梗概清晰明了。20世纪80年代末，安徽齐云山脚下的村庄里一个年轻漂亮的女人王美英生下了一个双目失明的残疾儿，不久又有了一对龙凤胎。谁知，两年后丈夫离世，婆婆怨恨媳妇克夫，便与母子四人断绝了来往。为了抚育三个孩子，她毅然选择了连男人都望而却步的工作——挑山。有人劝她改嫁，她说为了孩子天堂也不去。于是无论风雨、无论寒暑，女人每天挑着一二百斤重的货物，数次往返于齐云山三千七百级石阶上，整整十七年，磨破一百四十多双解放鞋，挑断七十多根扁担，将三个孩子抚养成人。

近日《挑山女人》在沪再度公演。我怀着深切的审美期待走进剧场，特别想知道创作者到底是怎样"陈说"这个悲苦女人的故事的。是表述生活的苦难与来自外力的救赎，展示社会的美好，还是表现苦难中无奈的挣扎与悲凄，催人泪下……看完之后，深感钦佩。主创的演绎，比我想象的更丰满、深厚。他们选择了另一种表达路径，即再现这位母亲苦难中的独立与担当。昂扬的主旋律，满满的正能量；有价值，有情怀。作品有着最大的真、最深的情、最美的爱，与当今的时代精神气场相通、相融。这样的故事能够送达人心，触动观众心灵。

作品是根据真实人物创作的，却不矫情，不做作，不人为拔高，以最朴素的方式，讲述一个鲜活存在的中国母亲的故事，真实接地气。这位草根母亲，在面临家庭变故，生活陷入绝境时，令人仰视之处在于，没有向社会哀号，没有抱怨等待，而是毅然当起了令男人都望而生畏的挑山工，用柔弱的双肩扛起养家的重任。这位母亲就是一位普通的农村妇女，她可能从未想过信仰、理想、精神之类的字眼，她想的就是撑起一个家，让儿女长大。故事很平凡，母亲很普通。但她无疑是当代中国大地上千千万万个母亲的缩影，她身上所体现的面对苦难的担当、一个女人和母亲的自尊与独立，凄而不苦、苦中向上的坚强和执着的生活信念，是中国人精神基因里最本质的沉淀。她以自己的实际行动昭示了：生命因精神而坚韧，做人因信仰而善美。尽管她的选择不是所有人都能做得到，却宣示了每个人心中最强劲而柔韧的意志。这是现实生活里最真实的情感诉求，揭示了崇高与伟大深蕴于千千万万的普通之中，代表了中华民族最主流、昂扬的基调。由于每个人血脉中都延宕着这样的基因，故而能打动人心。

戏剧素来以言情见长。主人公平凡、草根、普通，没有惊天动地的壮语，没有轰轰烈烈的事件，有的只是维系正常生活所付出的艰辛，只是一个母亲对儿女最深切的情。人世间最无私的爱，是母爱。当女儿担心母亲改嫁失去依靠、无心读书时，母亲毅然割舍自己刚刚萌发的恋情。从剧中我们感受到，母亲为儿女的任何付出，都是于默默间不计任何回报的。她只希望儿女学好、向上。她以自己最质朴的言行，使孩子有了依靠与榜样，她的不屈成为三个儿女健康成长的深厚背景。十七年后，她用一双肩膀，以绕地球近两周的挑山辛苦与艰难，终于将两个孩子送进大学，另一个送上自立之路。难能可贵的是，挑山的日子，儿女健康成长成为这位母亲生活中的快乐来源，她没有觉得这样的日子苦不堪言，"做人有苦有乐，籽落石缝蓬蓬勃勃出新芽"，顽强的生活意志，朴实的生活愿望，遭遇苦难时的豁达，折射了一位母亲朴素的伦理之情和平凡中的伟大。她不仅挑起了艰难的生活，还挑起了明天的希望，她用自己的谦卑和深情，挺直了一位母亲的脊梁。

作品没有设置复杂的人物关系，也没有过多情感上的冲突设计，没有走煽情路线，只是将一个真实的故事搬上舞台，将普通母亲对儿女的期望蕴含于点滴中放射出来，这是人世间最美的爱。

故事中，一切苦难与悲伤，都被当成底色，没有去刻意放大。但母亲的贫而不贱，微而不卑，挺起腰杆做人的坚强，用一双肩膀挑起一家人美好生活的真实故事，早已超越了讲故事的叙述层面，闪烁着人类大爱精神之光。高尔基曾说，世界上的一切光荣和骄傲，都来自母亲。母亲为儿女、为家庭、为社会展示出的大义大爱大忍，是中华民族一代又一代普通劳动者吃苦耐劳、坚韧不拔精神的艺术再现，是人性人情中向上向善、至爱至美精神的流传。这是中华民族绵延不息、代代相承的优秀品格，是戏曲舞台上千百年上演不息的价值参照。

《挑山女人》的成功，二度创作功不可没。主创人员遵循艺术规律，坚守剧种特色，将内容与技术融合，胸怀与创意对接。戏剧是一门综合艺术，《挑山女人》演员的表演，导演的调度，音乐作曲舞美灯光等各有光彩，又紧密配合，作品尽可能采用生活化的语言、生活化的细节、生活化的表演来念唱、来表达人物的性格与情感，传达生活质感。剧目朴素而富有激情，简洁而具有诗意，舞台呈现大气清新。沪剧因方言易受到观赏性上的局限。这部作品在全国几十个城市公演，四度进京，除了内容正能量，突破苦情戏模式之外，与其表演朴素真挚，旋律唱腔优美，可看性强紧密关联。摒弃浮光掠影式的好看元素，让戏剧回归艺术本真的原点，逐步深入人物内心，将真情实感一层层传递送达——一、二度创作的紧密携手，锐意创新，使作品具有了与众不同的当代审美意境。剧情不复杂，但感人；人物很普通，但可信；唱段不华美，但好听。台上流泪演，台下流泪看。引人入胜，发人深省。

二

沪剧《挑山女人》引起的反响，为中国故事当代讲述提供了戏剧样本，是现实题材创作可资借鉴的成功经验。

现实题材创作靠什么打动人心？答案只能是来自于生活深处的真实故事、自觉服务于人民的深情之作。这是老问题，又有新趋向。习近平总书记指出，"人民对美好生活的向往，就是我们的奋斗目标。"他还要求，要坚持以人民为中心的创作导向。为人民抒写，为人民抒怀，为人民抒情。今天，无论中国还是世界，每时每刻都在发生巨大变化。尤其是十三亿多中国人民正上演着波澜壮阔的活剧，国家蓬勃发展，家庭酸甜苦辣，百姓欢乐忧伤，构成了气象万千的生活景象，充满着感人肺腑的故事，洋溢着激昂跳动的乐章。文艺反映现实，就要从中挖掘鲜活的生活景观，表达人民的真实情感。现实生活远比一切作品更精彩。挑山女人的故事，剧作家坐在书房里是编不出来的。主创人员的敏锐捕捉、选择勇气令人感佩。他们发现了一条与剧种相宜的题材，深受感动，紧追不放。尽管王美英远在安徽齐云山，他们突破地域视界，长途跋涉，数次深入采访，向现实生活掘进。跟随剧中主人公的原型王美英一起生活，一起负重爬上齐云山三千七百多级台阶，体会一个母亲的汗水和泪水，触摸女主人的灵魂深处。这部作品不是规定任务，不是落实指令，不是要我写、要我演，而是被感动、被净化，我要写、我要演的结果。这是一次从生活到艺术的蜕变，是从生活之山通向艺术之山的转变。

在经历着我国历史上最宏大、深刻的变革，以及中国几千年未有之大变局之际，新时代人们的一系列观念认知、伦理习俗、情感审美发生了巨大变化。每一个人的情感、爱恨、梦想，内心的冲突和忧伤，尤其是对未来生活的憧憬与希望，无疑打上鲜明的时代特征。王美英贫穷的生活与乐观的心态，对于艰难坦然承接的坚强，超出并深化了主创人员的认知，过滤浮华、还原生活，表现生活最本质的美，最终汇聚成舞台上质朴、接地气的呈现。草根母亲苦难面前的勇敢担当，再大的苦也要挺起腰杆做人的坚强，是优秀传统文化孕育的结果，是新时代所赋予的内在力量，这是当今时代极力彰显的精神，也是艺术家对时代气息的深刻提纯。对这种精神气质的捕捉、选择与把握，是主创人员眼光向下，对人民的美好生活，包括美好愿景，做了深刻的观察与体验的结果。

现实题材创作，如何将真善美作为文艺创作的恒定价值，在人情人性之美中，点亮一个民族的传统之光，让优秀文化精神传承相长，《挑山女人》提供了当代经验。中国戏曲素来是传播真善美的载体，艺术舞台是剖析善恶、引人向上的现场。长久以来，戏剧因感怀生命，呵护美善，敲打心扉的本分，表现人间的真情大爱、惊醒生命的能力，不断获得生机和力量。在既表达中华民族的传统美德，又以当代视野纳入时代的精神气象上，此剧别开生面，意蕴深远。

作品直面人生，直通人情，体察人性，体现了中华民族传统美德中不向命运屈服、努力追求美好生活、实现美好梦想的坚韧意志和崭新境界。一般意义上,《挑山女人》很难成为成功之作,缺少跌宕起伏的情节,缺少紧张激烈的冲突,缺少时尚特点和可以炫技的元素。然而主创人员由表及里挖掘人物内在的美,通过刻画人物内心情感和勾勒典型细节,冲击了观众内心最柔软的地方。《挑山女人》的故事,其实蕴含了中国社会最底层草根女子生命中散发的光亮、大美。将生活之美提炼、转化成艺术之美,折射了戏剧人的功力与担当。世界并不缺少美,而是缺少发现美的眼睛。舞台上所展示的为人之母的大情大爱,大义大忍,所彰显的生命力量、生命精神和执着的生活信念,正是一个民族对传统美德本能的向往和守望。而作品将母亲的伦理情感、朴实愿望、美丽憧憬,与当今时代所需要的积极能量相互投影。母亲与儿女相互支撑,相互抚慰,共同期待,在社会主义核心价值成为精神坐标的当下社会,因契合了中国人昂扬向上的精神根性、突显了为梦想不屈奋斗的当代价值,而呈现了新面目,打开了真善美书写的新境界。艺术的最高境界就是让人动心,让人们的灵魂经受洗礼,让人们发现自然的美、生活的美、心灵的美。在伦理亲情弱化、情感责任淡化的今天,作品形象地揭示了所有人都值得终生驶往的信仰高度。

一个剧种的本体特征与现代家庭故事的和谐共振,是思想性、艺术性得到有机融合的鲜明印证。中国的地方戏曲素以当地方言和生态体系作为艺术本体,在其发展演变进程中,形成了各自富有浓郁地方色彩的表演特色。如何选择题材,使之与剧种特质相宜相融,显得十分重要。《挑山女人》的探索,从某种意义上说既是沪剧艺术家坚持剧种独特个性，遵循艺术创作规律的结果，也是沪剧几代艺术家探寻本剧种最佳表现力的结晶。沪剧作为上海的本土戏曲剧种，正如上海这座城市"海纳百川"的特性，题材包容性很强，尤其擅长演现代戏，几十年来在现代题材创作上收获颇多。沪剧艺术家的多年探索与寻找，更加验证了现代家庭剧与沪剧剧种之间的相得益彰，沪剧演现代戏的优长不断得到充分发挥，释放出鲜明的剧种风格。创作者带着敬意去仰视社会底层人物，带着感恩的心去提炼有质感的生活，这种"草根"姿态也为沪剧剧种汇入了浓厚的时代气息。

三

《挑山女人》从内容到形式的挖掘与呈现，超越了戏曲本身的意义，为现实题材戏剧创作提供了重要启示。

深入生活，贴近人民，深刻感悟，才有发现与提取的途径，捕捉与收获的可能；才能发现生活的本质和人民的创造，能动地反映生活。"文艺创作的方法有一百条、一千条，但最根本、最关键、最牢靠的办法是扎根人民、扎根生活。"生活里有人民辛苦劳动、实现梦想的激情与创造。人们的精神面貌，创造性贡献，复兴伟大民族梦想的意志、精神，从未像今天这样奔涌澎湃、鲜明昂扬。艺术创作挖掘好生活提供的丰厚资源，对生活和人民感恩感动，是展示人民精神生活不断迈上新台阶新风貌的必要前提。十九大报告指出，"中国特色社会主义进入新时代，社会主要矛盾转化为人民日益增长的美好生活需要和不平衡不充分发展之间的矛盾。"面对人民日益增长的美好生活新需求、新精神，文艺家只有在生活之海里才能体悟生活本质，吃透生活底蕴，在人民的创造中到找所蕴藏的最深厚的艺术伟力，才能在深受感染的同时，将之变成深刻的情节和动人的形象，创作出来的作品才能激荡人心。

让我们再一次重新审视"戏剧为了谁"的终极命题。戏曲源于民间，是和人民同喜同悲的艺术。艺术的生根、发芽、茁壮成长，来自于生活的丰厚土壤，人民的精心浇灌。谁坚持以人民为中心的创作导向，谁坚持在生活的土壤里深情耕作，并能提取最本质的内涵，以超越性的思考重新构建百姓生活，谁就能受到人民的欢迎。故事编得再好，情感描绘再浓，却不像当事人的生活，观众就不会认可。《挑山女人》的故事并不复杂，中国戏曲也素来不乏母亲形象，但主创人员由衷感佩，真情演绎，对人民的生活做了最本真的还原，因而人民感同身受。对艺术充满敬畏，对百姓满怀感恩，讲好中国故事，弘扬中国精神，当戏剧在情感与价值坐标、艺术呈现上满足了当代观众的审美需求，坚持以人民需求为着眼点和落脚点，才能发挥温暖人心、提振精神的作用，才能留得下，传得远。

人民不是抽象的符号，而是一个一个具体的人的集合。每个人都有独特的生活轨迹和内心的欢乐忧伤。"我们的文学艺术，既要反映人民生产生活的伟大实践，也要反映人民喜怒哀乐的真情实感，从而让人民从身边的人和事中体会到人间真情和真谛，感受到世间大爱和大道。"《挑山女人》的启示还在于：将丰厚的文化精神融入人物，在舞台上传递出世间的大爱和正道，发现与创造真善美的力量，让戏剧给人以沉甸甸的思考。作品将传统美德、崭新思维、当代精神汇入，让生活担当不易、独立精神可贵，散发出时代的温度。而艺术作品传递真善美，传递向上向善的价值观，引导人们增强道德判断力和道德荣誉感，并一代接着一代追求真善美的至臻境界，这是文艺创作者应有的责任与情怀。

当下是一个浮躁而又欲望强烈的时代。每个人似乎都在不停地焦虑着，被不同的欲望所催逼。脚步停不下来，心里静不下来，因为诱惑越来越多。好了还要更好，多了还要更多。创作的责任何在，人物的意义几何，许多人早已缠绕不清，思之不及。《挑山女人》亮出生活的本来面目和人们的最真实的生存环境，真诚呈现社会与人生的残缺与完美，呈现生命的坚韧与遗憾，让真与善的道德引力和人道大义送达人心，作品因契合了文艺创作的永恒价值，契合了迈上新台阶的老百姓新的审美需求，而散发出持久温润的光，其间的韵味意味深长。

作品的成功再次证明，在戏曲舞台上，现实题材创作仍有相当数量，仍有着比较可观的观众市场，其艺术价值、审美地位仍令人瞩目，创作优秀的现实题材作品，仍是艺术人应该自觉完成的使命。

习近平总书记在党的十九大报告中指出，"要繁荣文艺创作，坚持思想精深、艺术精湛、制作精良相统一，加强现实题材创作，不断推出讴歌党、讴歌人民、讴歌英雄的精品力作。"沪剧《挑山女人》的成功，是学习贯彻习近平总书记重要讲话精神的生动实践，是戏剧人牢记使命、不忘初心的艺术证明。

文艺是铸造灵魂的工程，文艺工作者是灵魂的工程师。好的文艺作品就应该像蓝天上的阳光、春季里的清风一样，能够启迪思想、温润心灵、陶冶人生。这部作品还将证明，随着时光飞速流逝，戏剧人最大的快乐，也许不是咀嚼逝去岁月馈赠予你的荣誉，而是在快乐叠加的日子里，人们逐渐清醒的灵魂因为你的呼唤而愈加强劲，且永生昂扬。

拓展农村题材电视剧创作空间

——评《马向阳下乡记》

电视连续剧《马向阳下乡记》日前在央视热播，作品在题材的开掘、艺术地表现重大政治主题方面，具有创新意义，是当前我国现实题材电视剧创作、农村题材电视剧创作的重要收获。

一

《马向阳下乡记》对农村现实生活和发展历程的敏锐捕捉和及时反映，拓展了农村题材电视剧的创作空间，弘扬了社会主义农村建设的主旋律，别致地表现了农村建设的新面貌、新气象。

作品讲述城市干部下乡帮助农村脱贫致富的故事。是山东省2012 年 4 月在全省开展的联百乡包千村，选派第一书记到贫困村抓党建促脱贫工作的快速反应。近年来选派城市干部下乡、大学生担任村干部等新事物风生水起，成为推进城乡一体化建设的有力抓手。面对这一现象，创作者思想敏锐，反应迅速，贴近生活，以城市干部到农村担任第一书记的新视角，表现了农村发展以及城市干部与农民群众逐渐靠近的真实历程。剧中主要人物马向阳是城市商务局的一名普通干部，被临时选派到大槐树村担任第一书记。他从开始的格格不入到逐渐进入角色，再到想方设法调动城市关系和资源，帮助农民改善生活状况，寻找致富门路等，为大槐树村带来了巨大变化。作品艺术地反映了党对农村基层工作的高度重视，揭示了践行党的群众路线、巩固党在农村执政基础的重要性，表现了第一书记在农村解决基层发展、和谐稳定等工作中所发挥的重要作用。作品反映农民在家乡建设中的思想和生活变化的同时，也反映了马向阳在工作和生活中思想、观念、感情的不断变化，折射了以第一书记为代表的党员干部为建设新农村所作出的努力和贡献。这在以往的创作中是不多见的。

作品的可贵之处在于，没有刻意展示农村人的纯朴，没有过分渲染农村的落后，更没有强化第一书记的全能作用，它向我们提供了一个比较原生态、和城市紧密联系着的农村的真实情景，以及身处其中的一群各有所想的农民的所作所为。故事的展开细腻从容，质朴生动，爱情亲情感情乡情相互交织，丰富清新好看。没有过分的拔高，没有突出的渲染，贴近实际，体现了认识当代农村的新视角。

相对于之前的农村剧，作品开创了城乡联结比较紧密的农村剧的创作方法，在农业文明与都市文明碰撞融合中呈现新农村的建设与转变。揭示了城市与乡村的互相促进，相得益彰，互为表里。

二

作品紧紧围绕贫困地区土地和人的关系做文章，抓住了农村建设的核心问题，并以人和土地关系的起承转合展现当代农村发展的历史脉络，展示人物精神世界的丰富与变化，具有鲜活的时代特色和内容深度。

全剧的故事展开、矛盾冲突、人物关系和情感的纠结都与土地有关，都是建立在土地与人的关系上进行的。马向阳还没进村，就进入了丁秋香和二叔的土地纠纷。进村后碰到的最大难题也是土地流转所引发的各种问题。土地流转是一个结，围绕如何解开这个结，引出了整个故事的有序开展，包括各种人物的矛盾冲突、情感纠结，以及如何进行再一次土地流转、脱贫致富、建设发展新农村等问题。

农民与土地的关系是农村题材创作的母题。表现好这种关系，是直面农村许多现实问题的总闸门。对土地的热情与背离，抛弃与难舍，包括对土地的利用与挖掘，始终贯穿着农民的生活。解决好农民与土地的关系问题，许多问题都可以得到妥善解决。近年来中央提出的土地流转，其实质是推进土地要素的市场化，有效改善土地资源配置效率，进一步激活农业剩余劳动力的转移，为农业规模化、集约化、高效化提供空间。这一关系发展变化的背后，隐藏着巨大的农民利益的诉求与渴望，隐藏着整个国家发展进步的政策思路和历史动力。从大槐树村一个小村庄的发展变迁中，可以看到整个中国改革开放后农村的巨大变化，从一群普通人的思想观念变化中，可以看到新时代农民思想发展变化的基本脉络。作品可谓以小见大，小人物大情怀，小村庄大格局，小角度大视野。这种对农村现实风貌的深刻而新颖别致的反映，有现实热度，有情感温度，有感染力度，将为农村题材创作提供有益的启示。

三

对第一书记形象的塑造别开生面，不再是高大全、说教类等比较固定化的模式，而是一个机关公务员下乡帮助农民发家致富的普通村干部形象，其自身也经历了自我提升与成长的过程，令人耳目一新。

以往城市干部下乡，多少有点高台教化的意味，不少是胸怀大志、立志改造农村农民的励志者形象。这部作品跳开人物模式化创作思路，城里人不再是施教者，也是受教者。马向阳就是一个很普通的机关干部，没有什么特别之处和过人之处，不仅没有农村生活经验，甚至没有任何思想和心理准备。他不懂农村，不懂农民，不懂农业。他是不得不去农村，并准备得过且过，混满一年回城。这样的人去当第一书记，虽然无论从哪个角度看都有不合理之处，包括马向阳的着装、随身携带的探险装备等，但也正是这种毫无经验和准备的村干部面对农村琐碎繁杂事务和矛盾时的不知所措，形成了强烈的戏剧反差，有一定的张力和看点。最终农村的贫困现状，农村人的质朴热情，他们对脱贫的强烈渴望，一点点激活了马向阳的斗志，他带领大家一起完成了装灯修路、村容整治、大棚富硒蔬菜种植、乡村旅游产业的兴起等诸多颇有成效的工作，村民从贫困逐渐脱贫，走上一条富有生机的发展之路。而大槐树村最终也接受了马向阳，马向阳也完成了从机关干部到第一书记，从不想去到不愿回，从无作为到想干事，从想干事到干成事，从身入到心入的转变过程。这说明只要有感情，肯付出，充分发挥资源整合、深度融合的作用，城乡文明与文化的交融互动会向着良好局面发展。

这种人物形象塑造手法，折射了创作者对生活的观察与贴近，是以现实生活中的真实的普通人物为依托，不是单纯从创作理念出发的结果，由于接地气，有人间烟火气，所以有一定感染力。

剧作还直面了农村存在的深层次问题。社会转型期，基层组织不健全，党的领导力量薄弱，村干部素质不高，整个村庄的壮劳力、年轻人稀少，土地如何更有效益地流转，有好的规划却无人实施等，这些都是制约农村经济发展的重要因素。作品对于现实矛盾不回避、不逃避、不歪曲，令人反思与反省。

四

大槐树被赋予浓厚的象征意味。作品紧紧围绕大槐树做文章，是对美丽乡村、传统文化的坚守与弘扬，对社会和谐发展注重生态文明建设的艺术诠释。

作品展示了大槐树村的自然文化风光、独特资源，展现了齐鲁大地人民子为孝先、待人以诚等优秀传统文化。村民对齐长城、劈山、刘氏老宅、朱子家训的尊重与遵循，尤其是围绕大槐树迁移所进行的权衡与抗争，显示了对传统文化根脉的认同与守护，由此揭示了大槐树村的自然生态和谐发展理念的可贵。

习近平总书记上任以来，从我国经济社会发展实际出发，围绕生态文明建设提出了一系列新思想和新要求。中央城镇化建设工作会议也提出依托现有山水脉络等独特风光，城镇建设尊重自然、顺应自然、天人合一的思路。大槐树村对自然和文化生态与传统的维护与坚持，是农村建设和城镇化发展中值得思考的一个问题。体现了艺术创作者可贵的生态文化自觉和警醒。

《马乡阳下乡记》是颇有新意的一部作品。题材新，人物新，故事情节的推进不落俗套。此剧采用幽默、夸张等艺术手法，增加了喜剧气氛，语言风格也较为清新，别开生面地反映了当代农村发展变化的现实，反映了新农村新农民的精神风貌，弘扬了主旋律，传递了正能量。

文化自信：
提振当代文艺创作底气

　　文化，是一个民族的根和魂。固根守魂，关系一个民族的前途和未来。不久前，在纪念中国共产党建党九十五周年大会上，习近平总书记在讲话中将文化自信与道路自信、理论自信、制度自信并列，扩展成为"四个自信"，并强调，文化自信是更基础、更广泛、更深厚的自信。自信，是毫无畏惧面对一切困难和挑战的勇气，是坚定不移、开拓创新的前提。从"三个自信"到"四个自信"，可以看出，数千年文明对中华民族精神的影响、凝聚作用日益突显，文化自信不仅为道路自信、理论自信、制度自信提供更基本、更深沉、更持久的力量，也进一步丰富了中国特色社会主义建设文艺理论，为当代文艺提供了强劲的创作动力。

　　什么是文化自信？文化自信是一个国家、一个民族、一个政党对自身文化价值的充分肯定，对自身文化生命力保持的坚定信念和发展希望。换句话说，文化自信是一个民族在文化问题上所具有的一种积极精神状态，它体现为观察、思考和推动社会发展进程中，对于优秀传统的礼敬、对于现实生活的关切以及直面世界的从容和开创未来的坚毅。

近代以来，中华民族从经济硬实力到文化软实力，在东西方的比较和激烈竞争中曾日渐式微。随着帝国主义列强炮舰政策推行和向中国的殖民扩张的开始，西方思想界对中国传统文化的正面认知渐渐被轻视并被批判之声所取代。中国人自己似乎也逐渐失去了文化自信：或对西方文化全盘接受，或对西方文化采取抵制与排斥的态度。而今天，随着经济硬实力和文化软实力的日益增强，我们对自身的文化价值认识越来越清晰，越来越充满信心。百年历史，中国人经历了从傲慢自大到失落自信、再到回归自信的曲折过程。

新的历史时期，文艺事业蓬勃发展，文艺创作要奉献更多有筋骨、有道德、有温度的作品，离不开坚定的文化自信。我们的文化自信来自哪里？只能来自中华优秀传统文化的滋养，来自观察感悟时代生活进程的思考、对社会主义核心价值观的把握和遵循，来自对世界优秀文化的吸取和直面世界的从容。文艺创作中的文化自信，是弘扬中国精神、凝聚中国力量的坚实基础。

文化自信来自"向内找"，在中华文化中找到中华民族最深沉的精神追求，温润和强健文艺创作的筋骨、道德、理想。这意味着对自身拥有的文化价值的高度理解和认同、创新与转化。

中华文化历史悠久、积淀深厚、博大精深，生命力顽强。罗素曾说，中华文明是唯一从古代存留至今的文明。当今世界，没有哪个国家、哪个民族像中华民族这样拥有数千年连绵不断、甚至精确到年、月、日接续的历史文化记录。从诗经、楚辞到汉赋、唐诗、宋词、元曲以及明清小说，从《格萨尔王传》《玛纳斯》到《江格尔》史诗，从五四时期新文化运动、新中国成立到改革开放的今天，中国的优秀文化灿若星辰，亘古绵延。

向内找，意味着俯下身子，怀着敬畏之心，向中华文化的优秀传统致敬。这是我们最丰厚的精神土壤，也是上下五千年相延相承、自立于世界民族之林的精神根基。中国特色社会主义道路自信、理论自信、制度自信，都深深根植于中华文化土壤之中。中华文化的最大特质是具有很强的渗透性和持久性，它像空气一样无时不在，无处不有，润物无声，能以无形的意识或观念影响有形的现实和存在，作用于社会的发展和实践。

中华文化凝结而成的精神品格，长时间以来更是渗透于中国人的精神血脉。习近平总书记指出，"中华文明源远流长，孕育了中华民族的宝贵精神品格，培育了中国人民的崇高价值追求。"在漫长而曲折的历史发展进程中，积淀着中华民族最深厚精神追求的中华文化，以其强劲无比的精神突显了中华民族的标识，形成中华民族最刚健的"筋骨"。从古至今，"刚健有为"自强不息的传统，"仁义博厚"的宽容善恶标准，"爱国统一"的崇道尚义追求，"天人合一"的科学生态观念，"革故鼎新"的开拓创造精神等，都是中华传统文化的思想精粹，承载着中华民族的道德理想、价值观念和精神信仰，这是中华民族精神的源头，是最宝贵的文化软实力，其间的思维方式、精神品格、文明素质值得自信自豪、传承传播。

中国革命与马克思主义普遍真理相结合所创造的革命文化、社会主义先进文化，从红船精神、井冈山精神、长征精神、延安精神、西柏坡精神，到雷锋精神、焦裕禄精神、铁人精神以及当今时代践行的社会主义核心价值观和中华民族伟大复兴中国梦等等，同样是中华民族精神内涵最生动的象征。近代以来，中华民族面对苦难奋起抗争的史实，中华民族气壮山河、改天换地的斗争以及从中练就的可歌可泣的精神史诗，是我们最为宝贵的思想财富，为我们举精神之旗，立精神支柱，建精神家园，提供着强大的自信与自豪。正如习近平总书记所说："在五千多年间孕育的中华优秀传统文化，在党和人民伟大斗争中孕育的革命文化和社会主义先进文化，积淀着中华民族最深沉的精神追求，代表着中华民族独特的精神标识，体现着民族精神的深层底蕴。"

自信作为一种积极的精神状态，发自于肺腑，深植于人心，坚定执着，难于改变。就文艺创作而言，文化自信，是对理想、信念、优秀传统发自内心的尊敬、信任和珍视，是对核心价值体系的内涵和魅力充满依赖感的信奉、坚守和虔诚，是为历史存正气、为世人弘美德的最有力的精神之源。理解、认可、把握了中华文化的传统与精神，文艺创作将葆有前驱的激情、奋斗的韧性，将会摆脱徘徊游移、迷惘困顿，产生一种无形而强大的力量。民族的复兴，不仅是经济的复兴，更是精神力量和文化的复兴。一个缺少文化自信的民族，不可能具有坚定的中国特色社会主义道路自信、理论自信、制度自信。一个缺少文化自信的文艺创作者，不可能具有无比坚定的理想和信仰。

周虽旧邦，其命维新。文化自信需要传承弘扬，更需要创新驱动，文艺创作的魅力正在于创新。历史和现实都证明，中华民族有着强大的文化创新能力。泱泱五千年文化培育了中华民族独特的思想价值、审美情操，而与时俱进、推陈出新，使中华民族最基本的文化基因与当代文化相适应、与现代社会相协调，发掘和阐发中华优秀传统文化，进行创造性、创新性的当代转化，一直是文艺创作的长久遵循。有没有创新精神，亦即如何在文艺创作中形成新的话语、新的表述、新的风格，尤其是想象力、创造力的提升和飞扬，成为衡量有没有文化自信的重要标尺。我们欣喜地看到，尽管文艺创作中还有许多现象、问题需要剖析、解决，但道法自然、天人合一的生态科学观念，已在文艺作品中凝结成追求人与自然和谐、清新康健的内容与底色；刚健有为的自强不息精神，已熔化成文艺作品的刚正恢宏之气；仁义博厚、厚德载物之情怀，为创作提供了更宽阔的视角，更深邃的人性视野；爱国统一、舍生取义精神，为个人与家国紧密相连奉献了更高起点上的俯仰贯通之机。究天人之际，通古今之变。以创造性转化和创新性发展为动力，不断吸收"钙"质，文艺创作逐步拓展出在深厚传统中取精用宏、固本开新的大格局。

文艺创作是一项艰苦的精神劳动，需要殚精竭虑，呕心沥血，全情投入。有坚定的文化自信做支撑，有崇高的精神追求做引领，有创造性发展、创新性转化的前倾姿态做保障，文艺的创作理想，连同创作者自身的积累，转移于作品之中，才有可能呈现出鲜明的中国风格、中国气派、中国精神。习近平总书记在"七一"讲话中着重指出，"不忘初心，继续前进。"这也是要求文艺创作始终不能忽略自身所承载的责任、所秉持的理想，坚持从历史走向未来，从延续民族文化血脉中开拓前进，雄健底气，强筋健骨。文艺创作要以对中华文化的高度认同，吸取优秀文化的思想精华和道德精髓，彰显文艺发展的新气象。

文化自信来自"向下扎"，于沸腾生活中挖掘创作源泉，吃透生活底蕴，感悟社会发展进程的蓬勃生机和社会主义核心价值观的磅礴伟力，真诚抒写人民群众的伟大创造精神，在生活中感受自信和传递自信。

当今时代，中国正面临巨大社会转型。国家实力和人民生活水平大幅提升。随着经济体制的深刻变革、社会结构深刻变动、利益格局深刻调整，以及面对高科技和全媒体时代的冲击，人们的思想、情感、认知习惯和行为方式，包括精神冲突、伦理关系、情感构成等也都形成新的特点。新的题材、新的人物、新的情感和新的期待，如艳阳下的花开满树，呈现出社会生活的斑斓多姿之美。

这样的时代和生活，是文艺创作的机遇，它使书写崭新生活和人民精神风貌有了诸多可能。社会主义文艺的本质，是人民的文艺。人民是历史的创造者，也是历史的见证者。人民，不仅是物质财富、精神财富的创造者，更是社会变革的决定力量。现实生活的蓬勃生机、中国人民的奋斗热情、社会主义核心价值观的生动实践，都是文艺创作推出优秀作品的重要源泉。

中国在短短三十余年时间里走完西方国家三百年的发展历程，其中的奥妙在于道路、理论、制度的正确选择，在于中华文化的基因深入每个人的内心，在于人民群众焕发出改天换地的无穷创造能力。改革开放以来，中国人民怀抱伟大的梦想，用奋斗、创造和高尚的价值追求，谱写了中华民族崭新的历史篇章，他们艰苦奋斗、勇于牺牲的精神，他们平凡而伟大、普通而崇高的人生，是对社会主义核心价值观内涵的形象诠释，是中国人民道路自信、理论自信、制度自信的生动印证。文艺创作坚持以人民为中心，融入人民的事业和生活，为人民抒写，为人民抒情，为人民抒怀，从人民的伟大实践和丰富多彩的生活中汲取营养，是不断发现美、创造美的现实路径，是文艺创作所要抵达的最大的文化价值。传播当代中国价值观念，体现中华文化精神，反映中国人审美追求，这样的自信融汇于创作，会愈加坚定人们对美好生活的憧憬和信心。

文化自信说到底还是一种价值观自信。富强、民主、文明、和谐；自由、平等、公正、法治；爱国、敬业、诚信、友善——社会主义核心价值观既传承了优秀传统文化的精华，又继承和发扬了革命文化、社会主义先进文化的精粹。习近平总书记在"七一"讲话中指出，"我们要弘扬社会主义核心价值观，弘扬以爱国主义为核心的民族精神和以改革创新为核心的时代精神，不断增强全党全国各族人民的精神力量。"社会主义核心价值观是我们保持文化自信的根本保证。自觉践行和弘扬社会主义核心价值观，坚定理想和方向，在现实生活中开掘创作源泉，感受历史、现实和未来的密切关联，不断倾听民族历史的呼唤，把握人民和时代的鲜活脉搏，文艺创作者将深刻领悟文艺对时代与社会进步的推动作用。习近平总书记说："站立在九百六十万平方公里的广袤土地上，吸吮着中华民族漫长奋斗积累的文化养分，拥有十三亿中国人民聚合的磅礴之力，我们走自己的路，具有无比广阔的舞台，具有无比深厚的历史底蕴，具有无比强大的前进定力。中国人民应该有这个信心，每一个中国人都应该有这个信心。"

当前文艺创作在思想水平、道德水平上存在浮躁、拜金、泛俗等现象，有"高原"缺"高峰"，有数量缺质量，主要原因就是脱离群众、脱离生活。我们面临着一个物质飞速积累的时代，诱惑增多，繁花迷眼。而且随着时代的发展，文艺创作的深入生活、扎根人民与以往相比似乎也有不少捷径可走，互联网带来的海量信息，让"事必躬亲"不再成为获得生活体验和创作素材的必经之路；新媒体的普及大大降低了作品发表的门槛；市场经济的高速运转，一定程度上催促着文艺创作快产多销；高压力、快节奏的生活状态，也时常导致文艺作品的受众更倾向于碎片化和娱乐化的文艺样式。这些因素共同作用的结果，是文艺创作逐渐脱离生活，脱离真实、深入、厚重，变得虚假、浅显、轻浮。

当然，相比于柳青、路遥的时代，今天的创作环境不可同日而语。从来没有哪个时代像今天这样有优渥的创作条件、广阔的写作空间、众多的传播途径，但同时又面临着如此巨大的诱惑和堕落的可能。这都一再警示我们，如果不能深入日益发生深刻变革的时代，从中感受中国的发展与进步；如果不能触摸生活的真实生态，感受蕴藏在群众中无穷的创造能力和最美好的品格；如果不能感悟代表时代精神的人物和生活，描绘出崭新时代的精神与现实；如果不能认清和把握中国特色社会主义道路、理论、制度的历史沿革、文化依据和精神支撑，我们就不能感知中华民族的充沛元气，不能呈现现实生活精彩纷呈的壮阔图景。习近平总书记指出，"当今世界，要说哪个政党、哪个国家、哪个民族能够自信的话，那中国共产党、中华人民共和国、中华民族是最有理由自信的。"这自信就来自于时代，来自于生活，来自于人民。生活与人民对文艺创作所提供的巨大资源和精神推动，创作者对生活的激情、对未来的梦想，应当成为文艺创作逐渐提升的内在驱动力。从社会发展的历史进程中坚定信仰，在生活和人民的事业中淬炼文化自信，传递美好、希望和梦想，是文艺创作的至高文化理想。

　　保持坚定的文化自信，也要学会用文化自信去克服各种挑战，学会面对现实社会思潮的复杂局面。当今时代，马克思主义的指导理论遭遇多样化社会思潮的挑战，社会主义核心价值观遭遇市场经济这个现实社会存在的挑战，中华优秀传统文化遭遇人们的生存和生活方式发生巨大改变的挑战，中国的制度文明也遭遇着自身还需要完善、需要实现治理体系和治理能力现代化来支撑的挑战，但即使这样，我们自信的文化大势和中国大道已经形成，基本的格局已经奠定，拥有的影响力已经积累：紧跟时代步伐，保持文化清醒，反映主流价值，文艺创作的真正价值正在于此。

文化自信来自"向外看"，拓宽国际视野，吸收世界文明优秀成果，坚守鲜明独特的民族特色，为世界文明提供中国创意和中国精神，自觉传播中国文化价值。

习近平总书记指出，"天是世界的天，地是中国的地，只有眼睛向着人类最先进的方面注目，同时真诚直面当下中国人的生存现实，我们才能为人类提供中国经验，我们的文艺才能为世界贡献特殊的声响和色彩。"在世界范围内，人类文明成果的交流互鉴素来是推动文明进步和世界和平发展的重要动力。一种文化总是在吸收其他文化的优秀成果的基础上，让自身文化得到启发，继而产生新的内容。文明因交流而多彩，因互鉴而丰富。世界各国的文化在充分把握自己文化特点的基础上，增强对其他文化的理解和包容，对其他文化进行创造性诠释，这才形成了全球文化的共同繁荣。

历史表明，世界上各民族文化总是相互凝望、彼此砥砺，才得以相互促进的。新时期以来，中国文艺对走向世界、融入世界始终有着强烈、迫切的愿望。事实表明，坚持以开放的视野、宽广的思路，吸收包括西方在内的其他国家和民族的文艺之长，坚持洋为中用，开拓创新，中西合璧，融会贯通，中国文艺才不断走向新的繁荣，并在走向世界中取得了丰硕成果。习近平总书记指出，"现代以来，中国文艺与世界文艺一直有着良好的交流互鉴，促进了中国文艺的繁荣发展。"不断加强的文化交流，成为我们文化自信的鲜明表征。

近年来，一个比较普遍的现象引人关注。吸收借鉴世界优秀文明成果，已不再以削弱民族性、丧失文化差异为前提，而是以自信的姿态、平和的心态，自觉警惕"祛除民族性"等现象的危害，对世界文明成果善于取彼之长，为我所用，主动追求对中国风格、中国气派的呈现和塑造。我们对自身文化的认知越来越深刻，并愈益深知：越是民族的，越是世界的。在全球化浪潮日益高涨、人类活动半径大幅度增加的今天，借鉴吸收各国各民族的优秀文化成果，强化民族性，成为中国文艺的鲜明特色。文艺创作在吸收借鉴之际，也进一步强化了不同民族文艺之间的相互转换，追求用本土民众易于接受的审美趣味准确表达，自觉摒除一味追随、模仿，甚至抄袭。正如习近平总书记在哲学社会科学工作座谈会讲话中所说，"对国外的理论、概念、话语、方法，要有分析，有鉴别，适用的就拿来用，不适用的就不要生搬硬套。"所以，向外看，意味着我们开放胸襟，善于借鉴，将国外的先进思想、理念、方法等为我所用，强壮自身。

时至今日，世界对中国的兴趣，早已不仅仅是经济的中国，还有文化的中国。中国的传统、中国的文艺，为世界提供了一份新鲜的示范，这使我们的文艺创作有了更为深厚宽广的背景和底气。现在我们不仅有电视剧《媳妇的美好时代》《琅琊榜》等国产剧在海外热播，而外国人也在用文艺的方式表达他们对中国的感受。今年年初，一部由英国广播公司和美国公共电视网联合制作的《中华的故事》火爆西方，这部讲述中国的历史和传统的六集纪录片，占据了英国广播公司的黄金时间。北京的一家新媒体团队，近期创作的《我与中国的故事》系列网络短片迅速走红，他们用微视频的方式展现外国人与中国的情缘，从外国人的视角，真切地向世界讲述着中国故事。世界电影著名导演柯文思，也正为崭新的中国拍摄《善良的天使》《超级中国》等电影，他说："华丽的中国时代正在展开。"外媒认为，中国的崛起不单单是中国的事情，更与世界息息相关。由此可见，世界正在以更积极的态度认知、走近"文化中国"。

国际社会对中国的关注度越来越高，西方对中国文艺重新审视，与其说是出于好奇，毋宁说是希望在中国和中国文化中找寻"新的路径"，换句话说，世界对中国智慧更加期待。人与自然如何相处？发展到底为了什么？从"天人合一"的价值观念，到"以人民为中心"的发展思想，再到"国不以利为利，以义为利"的义利之辨等，中国的传统、中国的实践、中国的文化，给出了一种不同于西方的"价值标准"。两千年来培育了独特思维方式的中华民族，正为世界提供着新鲜的发展经验。这是一个崭新中国的吸引力之所在。历史将一再证明，中国文化只有得到了世界各国人民的普遍认同，才能形成广泛的群众基础和深厚持久的影响力，也才有中国道路自信、理论自信、制度自信的丰厚土壤。

欲信人者，必先自信。中国日益增强的文化影响力生动说明，历史文化不仅是一个民族无法割舍的血脉基因，更蕴含着破解各种难题的钥匙。对中国而言，五千多年的文明发展孕育的中华优秀传统文化，近百年的上下求索孕育的革命文化和社会主义先进文化，成为中华民族生生不息、发展壮大的丰厚滋养，代表着中华民族独特的精神标识，是涵养未来最深厚的精神土壤。同时，又为世界文明做出独特贡献。所以，不断向中华文化汲取充沛的养分、深厚的力量，不断观察感悟提炼生活，又能开阔视野、吸收世界文明优秀成果，将构筑成新的中国文化底色，催生出大气雄浑而又个性鲜明的文艺作品。当然，我们也要保持警醒：文化自信不是文化自大，不是自我陶醉、自我欣赏，而是要在人类文化价值坐标中准确找到中国文化的定位。

文化自信归根结底是一种更基本、更深沉、更持久的力量。习近平总书记说："要坚定中国特色社会主义道路自信、理论自信、制度自信，说到底是要坚定文化自信。"为什么在"三个自信"之外还需要"文化自信"？因为一个国家的治理体系和治理能力是与这个国家的历史传承和文化传统密切相关的。"中国优秀传统文化，可以为治国理政提供有益启示，也可以为道德建设提供有益启发""只有坚持从历史走向未来，从延续民族文化血脉中开拓前进，我们才能做好今天的事业"。欣逢文艺大繁荣大发展时代，文化自信将进一步提振文艺创作的底气。明确的方向、清晰的路径、精深的内涵，是坚持为人民、为时代抒写的信念来源。深厚的文化自信将不断激发民族的自豪感和坚定意念，激励文艺工作者积极构建弘扬中华文化价值的宏阔气象与宽广视野，把富有永恒魅力、具有当代价值的文化精神弘扬起来，把立足本国又面向世界的当代中国文化创新成果传播出去。而这，将使文艺创作走得更高更远。

报纸副刊：
价值引领与文化担当

　　副刊是报纸的重要组成部分。报纸要增强传播力和影响力，副刊必须自觉担当起宣传先进文化、传播知识、启迪思想的重任。近年来，由于诸多原因，副刊的读者、作者流失较多。文化选择的多样，报纸独尊及副刊引人瞩目的风光不再；文学失去社会轰动效应，人们对文学的热情、对副刊的关注度降低；核心读者日益老年化，副刊对年轻读者还缺乏吸引力；作者队伍萎缩，由于媒体竞争激烈，发表和出版门槛降低，作者资源被不断瓜分。

　　网络等新媒体迅速崛起，其独特的即时性、海量性、互动性强的传播特点，也给传统平面媒体带来压力，作为历史比较悠久的版面之一的副刊，也不可避免受到冲击。面对舆论生产和传播方式的变革、读者阅读习惯的变化，承载着滋润心灵、凝聚力量重任的副刊，如何更好地发挥传播中华文化精神价值和精神追求的作用，需要进一步明确思路，认清优势，自觉自信，深入思考。

关注新闻，跳出新闻，突出文化特性

副刊从创刊迄今，已有一百多年历史。副刊虽然是新闻正刊的补充和延伸，但新中国成立以来，副刊始终与社会、时代同步发展，与新生活紧密相连，具有浓厚的时代感和鲜活的生活气息，深受广大读者喜爱。

传统意义上的副刊，多为纯文学副刊。近年来，为了满足读者日益增加的多元文化需求，扩大传播力和影响力，在经历比较大的改革与调整之后——副刊从文学到艺术，再到文化领域，内容涵盖面越来越宽，形式品种更灵活多样。仅以《人民日报》为例，除了文学副刊，还有美术、收藏、读书以及深度调研等副刊，新闻性、丰富性、可读性得到进一步增强。这是报纸副刊面对飞速发展的形势做出的调整和应对，体现了报纸从偏重硬新闻优势向同时注重软新闻优势发展的趋向。

当然，这种调整也意味着报纸从偏重副刊"文"质特点到注重"文新"结合特点的转变。所谓文新结合，就是既要体现新闻的特性，又体现"文化"的特性。一方面贴近实际，贴近生活，贴近群众，关注重大新闻事件、重大主题宣传和社会热点，突出时代主题；另一方面又把读者关心的主题用文艺的形式、符合副刊特点的形式表达出来，使读者从相应的文艺作品中获得深刻感悟，亦即跟进新闻又跳出新闻。

跳出新闻还有一个关键性的标志，即充分体现副刊内蕴深刻、形式精致的人文精神和文化品格，保持独立的阅读和审美价值。副刊的重要特色是文化性、滋润性、丰富性。在思想的深刻性上显示出报纸风范，在澎湃的生活中凝聚起诗情画意，在历史理性与人文价值的张扬中传递文化的力量，让副刊作品经得起咀嚼，这是副刊"润物无声"必需的坚守。著名报人赵超构说过："新闻是报纸的灵魂，副刊是报纸的面孔，报纸耐看不耐看主要看副刊。"这里的"耐看"，指的正是副刊自身的文化特性。

紧密服从国家建设大局，配合重大主题宣传，关注社会热点与焦点，通过富有个性的文艺作品，与报纸新闻形成内容与形式的互补，在现实关注与文艺特性之间做到融合兼顾，成为报纸副刊的显著特点，也是近年来报纸的新的阅读增长点。

坚持品格，引领价值，体现精神高度

坚持品格就是弘扬主流价值观，传承文化精髓，体现时代的高度、厚度和温度。副刊的职责，是宣传阐释党的文艺方针政策，凝聚社会共同理想和树立良好道德风范，传播先进文化，引导文化健康发展。在当今形势下，就是要努力弘扬中华民族最深厚的文化软实力，传播中华文化中所积淀着的最深沉的精神追求。报纸副刊坚持价值引领和文化品格的有机统一，坚持以优秀的作品鼓舞人，以高尚的精神塑造人，才能对读者起到深刻的启迪。

如今，我国进入社会转型期、改革攻坚期，世情国情党情民情舆情发生深刻变化，我们身处的文化环境更加复杂，文化"软环境"建设尤为迫切。副刊是社会文化的一面镜子，观照着各个阶段、各个层次的社会生活面貌，是社会文化发展进程中的标杆。副刊此时应更加自觉地坚持正确的舆论导向，广泛关注社会转型期的复杂现实，努力把握当代人的文化生活和内心世界，多出优秀作品，丰富人们的精神文化生活，以其深刻的思想性、独特的艺术性和特有的审美功能为社会提炼文化的深度和精神的高度。

当前也是一个飞速发展的时代，物质诱惑增多，人心容易漂浮，加上快餐文化的流行，信息碎片化传播和网络舆论空间的众声喧哗，副刊应坚守建设好精神家园的重大意义。一位作家说过，当社会迷惘的时候，副刊应该保持清醒；当社会过于功利的时候，副刊应给生活多一些梦想。这梦想就是理想信仰。副刊不能迎合，不能媚俗，尤其在建设社会主义文化强国，实现中华民族伟大中国梦的历史进程中，副刊必须守土有责、守土负责、守土尽责，以思想性和文艺性相融合的作品，彰显社会正气，传递正能量。副刊真诚而艺术的表达和高远的精神引领意义深远。

发挥优势，自觉自信，不断勇敢超越

报纸副刊的优势说到底是导向的优势、品牌的优势、人文内

蕴的优势，以及常年培养的固定读者群的优势，同时还有自身的独特优势：可快可慢，可动可静，可专可杂……它虽然附属于新闻纸，但与新闻事件不是一一对应的，可以不拘泥于客观、直接的生硬表述，因而更显文字的深度与温度，更具作品的传承性、经典性和趣味性。所以，副刊的作品不一定最新，但可以做到最雅；不一定最快，但可以追求最深；不一定最抢眼，但可以做到雅俗共赏，让人记忆深刻。它对新闻事件的另一种解读，对焦点问题的专业性文化立场，对世道人心的丰沛滋养，散发着恒久的沁人心脾的文化馨香。

认清优势，才会有充分的自觉与自信。费孝通先生指出，"文化自觉是指生活在一定文化历史圈子的人对其文化有自知之明，并对其发展历程和未来有充分的认识。"从这个意义上来说，文化自觉其实就是对文化的觉醒、使命与担当，文化自信就是对文化的传承、开拓与超越。就报纸副刊而言，文化自觉就在于为人民提供发表优秀作品的宽广舞台，为读者奉献高雅优美的精神食粮；文化自信便在于传承优秀品质，焕发创造活力。副刊是中国文化建设的重要组成部分，理应成为先进文化的捍卫者、创造者和传播者。文化自觉自信将为具有独特优势的副刊带来更多的发展机遇。在不少报纸副刊不断萎缩之际，仍有许多报纸副刊历半个多世纪岿然不动，并且不断壮大，从题材到体裁、从策划到专栏、从作品到作者，不断发展与开掘，这份生长性的自信正来自于文化自觉之上的对优秀文化内涵的认同与传承，是依托于文化自觉之上对固有方式的勇敢超越。

创新思路，拓宽视野，借力新媒体

副刊要跟上时代的发展，就要坚持理念创新、手段创新，拓宽视野，靠近文化发展的前沿。副刊应在保持传统特色的基础上，进一步扩大内容范围，增加服务性、实用性、趣味性，将视角延伸至更宽广的领域；加强策划，改进文风，打造精品，做强品牌；同时创新版面形式，融入美学与时尚元素，凸显时代气息，让静态文字充满动感和趣味。如果说内容是留住读者的必然要求，版面创新则是争取读者的重要手段。

创新还要学会向新媒体借力。目前，新媒介在不断加盟新闻传播阵营，从门户网站到搜索引擎，纷纷借力于传统媒体的新闻生产力，副刊创新也要学会借助网络提升竞争力：可与网络联手，多推副刊优秀作品在网上二次、多次传播，有效扩大读者和作者群；网络对文化热点、文艺思潮的关注，可引入副刊创新过程，通过与读者互动，了解读者需求；关注网上的优秀作品与作者，认真筛选，加工核实，将网络资源转化为副刊资源，为报纸培养一批年轻的受众等等。目前我们对网络传播特征、话语体系和语言风格还不是十分熟悉，网络传播规律也有待进一步了解，但必须尽快学会向网络借力。

认清优势，明确职责，正视不足，有助于副刊在多元文化中进一步找准位置，做出应对。在报纸新闻同质化的今天，副刊是异质的重要体现。当新闻优势被弱化，新闻由新鲜品变成了易碎品，副刊却因其文字的思想深度和文化高度，可能成为耐用品和收藏品。在当下气象万千、繁花迷眼、新媒体似乎占尽优势之际，副刊的坚定沉实、丰富鲜活、精美雅致，会给人们提供更多滋养身心、从容思考的机会，提供一方安放心灵的净土。副刊在文化繁荣发展的新世纪将大有可为。

对文化传统的深情回望

——观《屏山村——孝道传家》

乡愁是什么？是漂泊游子对亲人的思念与牵挂，是家乡云水对远方儿女的呼唤与缠绕，更是同源同脉同文的人们对文化传统的深情回望。记住乡愁，就是记住祖宗社稷，记住恩情根本。《记住乡愁》百集电视纪录片，以尘封百年的传统文化为支撑，通过讲述古老传统村落的人文故事，试图唤起人们的乡土记忆，寻找民族千百年来传承的文化基因。凝聚共识，立足当下，放眼未来。

也许，在每个人心中，乡愁都有着独特的注脚，古树、池塘、老井，或者一餐一饮，一草一木，甚至秋水伊人，青衫红袖，也可能是"年深外境犹吾境，日久他乡即故乡"的依赖之情，是长驻心底的地理文化区域，这些都承载着他们难以被割裂的情感和精神的拔节过程。无论有多少种乡愁，于中国人而言，都是一种精神向往，一种家国期冀。

　　一个人的乡愁会寄托在很多东西上，纪录片《记住乡愁》选点精到，围绕"忠孝勤俭廉，仁义礼智信"展开，透过今人的视角，向民族文化的深处奋力挖掘，一百个村落虽故事各异，而优秀传统文化的一脉相承却旨归集中。第四集《屏山村——孝道传家》，就向我们生动揭示了中华儿女精神血脉中的孝道基因，在往昔与现代的流转传承中，彰显中华优秀传统文化的深厚魅力。

　　通过镜头，我们看到，安徽黟县的屏山村，是一座始建于唐代末年的小山村。这里青山如屏，溪水环绕，二百多座明清古民居见证过"八百烟灶，三千男丁，五里长街"的繁荣景象。近千年间，这里繁衍生息着颇为知名的舒氏家族，他们孝道传家，安居乐业。"百善孝为先，家和友邻睦。""孝"成了屏山村人评判做人的最基础道德标准，也是无处不在的道德约束。一代又一代屏山村人尊老爱幼，睦邻友善，感恩知报。

　　纪录片将镜头聚焦屏山村悠久的历史与鲜活的现在。古人的孝意已变成今日的模板，后人的孝行映照着先贤的高范。平凡质朴的讲述中散发着传统文化的伦理芬芳。明代的探花舒善天，为照顾生病的母亲，放弃异地官职，留在村中教书侍母。官至湖广巡按使的舒荣都，在外为官期间，担心父母无人照顾，便将妻子留在家中，是当时少有的不带家眷的官员，"子不能尽孝，只能多为朝廷尽忠"让朝廷为之感动。今天，乡村老龄化现象严重。屏山村八十岁以上的老人有二十多位，七十岁以上的有一百多位，但却没有一位独居老人，家中的长子都会在父母年老之后回到家乡，侍奉堂前，充满对父母的敬意和发自内心的祝福。餐桌上，父母未动筷时，晚辈不先动；父母未放下碗筷时，晚辈不先放。尊敬长辈，效仿前贤，他们身上流淌着中华民族恪守了几千年的孝悌、诚信、勤俭、感恩……他们都是活生生的中华传统文化传承谱系，是古老文明"活"在当下的最佳例证。

《屏山村——孝道传家》可贵之处还在于，以独特的视角对"孝道"进行辩证的阐释，充满当代意味。孝不仅是儿女对长辈的尊重敬养："养父母之身，愉父母之心。"也有父母对儿女的期盼：立身，发展，奋进。想做事、做成事是对老人最大的孝。"老对少以教，少对老以孝。"老与少互相激励、互相促进，这里，孝构成了最感人的互动关系。而且"忠"与孝相辅相成，小到一个家，大到一个国，热爱，敬重，躬身，恭行，成就了千年不渝的家国情怀。纪录片对道德伦理、文化传统进行的"去粗取精"，紧密结合时代需求和主流价值，迸射出的讲仁爱、行道义、守秩序、尚和合的鲜活的时代精神，令人感佩。

孝，《说文解字》云："善事父母者。从老省，从子，子承老也。"可以说，孝字说的就是老人与子女的关系，内核就是对父母尽心奉养并顺从。由古及今的"百行孝为先，百善孝作首"正集中反映了人类社会的价值导向，奠定了人类自我生活的基本方式。

中国人是一个爱寻根的民族。从纪录片里我们看到，但凡生活幸福、风俗纯正的家族、村落，他们都有共同的遵守。仁义礼智信，孝悌勤俭廉，在这里衍化成人们的生活、思维方式和行为习惯。作品对现实强烈的观照性，对孝道的提倡，正是对优秀传统文化的追寻和回归。纪录片用鲜活的案例、清新的表达，尽展中华儿女的道德情缘，揭秘一个民族生存发展的文化基因。它让我们懂得，只有记住乡愁，才能记住我们安身立命的根本。

作为后人，我们感到荣幸。有那么深厚的文化传统，那么优秀的先贤后辈，那么令人感动的伦理亲情，那么扎实坚固的文化根脉，中华民族从哪里来，到哪里去，我们比以往更加自信。我们还会更坚定地毅然前行。

梦想在文学大地上生长

文学一直以来是离梦想最近的艺术。近代以来，无数仁人志士殚精竭虑、筚路蓝缕，奋力实现强国富民的光荣梦想。今天，以国家富强、民族振兴、人民幸福为根本的中国梦，为文学注入新的时代内容，让始终追随国家梦想、社会脉动的中国文学，有了更加广阔的想象空间。文学如何反映中国梦的实现历程，如何书写中国人的出彩人生，成为十分重要的现实话题。培育正面向上的共同价值，滋养大众的精神心灵，提升审美境界和人文品格，无疑是文学在新时代的必然担当。

传递正能量，张扬中华民族价值取向和创造精神

几千年沧桑岁月里，我们的祖先创造了博大精深的中华文化，

把中华民族紧紧团结在一起。昂扬向上的民族精神、共同坚守的理想信念和正面向上的价值观始终如宽阔的河流滋润着中华民族的精神家园。

新的历史时期，国家大力培育和弘扬社会主义核心价值观，倡导富强、民主、文明、和谐，倡导自由、平等、公正、法治，倡导爱国、敬业、诚信、友善。既有中华优秀传统文化的思想精华和道德精髓，又有崭新的以爱国主义和改革创新为核心的民族精神与时代精神，这是中国梦得以实现的思想基础和精神支撑。

文学是民族精神的火炬，是人民奋力前行的灯火。文学尤其当代文学的优良传统，与国家和时代同步，与人民同心，弘扬民族精神，鼓舞人民斗志。中国梦是全中国人民的人心所向，情思所系，体现着民族和国家的整体利益。文学要表现中国梦，必须传递正能量。创作者当坚持主流价值观，坚定信念，深刻感悟，勇于担当，以昂扬的激情、积极的旋律，描绘民族复兴的伟大征程；坚持以人民为中心，弘扬真善美，鞭挞假恶丑，自觉把个人的文学理想融入国家情怀、民族情怀、人民情怀。当下是一个急剧变革的时代，社会发展迅速，随着物质财富的增加，人们面临的诱惑增多，人心容易浮躁，方向容易迷失，此时，尤其需要坚守信仰。信仰是文学作品的底色，创作者内心强大，秉持操守，是文学引导价值观、传递正能量的坚强基石。

传递正能量，还要清醒地看到中国正面临着几千年未有之大变局，人民正在经历激荡心灵的现实生活，这是文学创作丰富不竭的源泉。中国社会发生了翻天覆地的变化，并以独特的风姿屹立于世界舞台。这个时代是中国人追求理想最生动勃发的时代，也是文学创作最能意气风发的时代。把握历史发展的脉动，反映人民为了民族复兴的伟大创造精神，反映社会发展进步的时代潮流，激发全民族追求美好生活的热情，抒写每个人梦想成真的努力，让沸腾的生活变成滚烫的文字，这样的创造因其富有精神价值将成为中国梦的有机组成部分，文学将在时代的书写中放大自身的价值。

传递正能量需要发挥文学的认知和审美功能，借助文学特有的情感共鸣和艺术感染力，把中国梦传入人民大众心间。"文学即人学"，文学是可以抵达人的心灵的重要方式，它以自己的独特方式捍卫着人类的精神健康和心灵土壤的纯净。文学引领时尚、教育人民、净化心灵的作用，将在文学所展示的饱满的情感空间、丰富的生活情境、深刻的人性感悟中得以实现，并留下意味绵长的审美感受。历史上的文学大家，都是通过自己的作品深刻影响着一个民族性格的塑造和成长，同时这也使得文学成为真正的文学，获得了流传的可能。文学传播梦想，给人们仰望星空的诗情；文学陶冶情操，使人们逐步走向崇高。文学的力量，将鼓舞人们焕发巨大热情，投身实现中国梦的伟大实践。

文学提供的正能量催人奋进、引人向上、净化心灵、陶冶精神，引领和推动人类自身及社会不断进步。当然也要看到，时至今日，受市场化取向的影响，一些文学作品的娱乐功能得到过度放大，猎奇式、浅表化、快餐化、一味媚俗甚至"重口味"的文学书写依然不少。这样的作品不仅不能激发力量、砥砺精神，反而消磨意志、诱人向下。作家应增强使命感，自觉地吸引读者，使人们既在喜闻乐见中愉悦身心，又于潜移默化中获得启迪，逐步提升人格境界。习近平同志指出，文艺创作要坚持服务群众与教育引导群众相结合，满足需求与提升素养相结合。这是作家在新时代应该负起的新使命，而中国梦也将为文学创作持续注入新的活力。

讲好中国故事，塑造崭新国家形象

当今世界，中国成了引人瞩目的国家。中国自身也日益重视国家形象的塑造。党的十七届六中全会将提升国家形象作为文化强国的一个重要环节，指出要向世界展示一个文明、民主、开放、进步的中国。用文学塑造国家形象有着独特优势，它可以是历史的又可以是现代的，可以是感性的又可以是理性的，可以是民族的又可以是开放的……文学的审美特性赋予其更广阔的书写角度与视野。

塑造新的国家形象，对文学创作来说，需要精心创作中国气派、民族风格、具有时代精神的作品，全面反映当代中国迈向富强、民主、文明、和谐的现代化国家和实现中华民族伟大复兴中国梦的奋斗历程，充分展示人们追求自由、平等、公正、法治的社会生活理想，精心塑造一大批具有民族精神、传统美德、时代品格、鲜明个性的中国人民的典型形象。中国的国家形象应该是政治清明、经济发展、文化繁荣、社会稳定、人民团结的形象，应该是自信与刚健的统一、包容与开放的统一、和谐与美丽的统一。通过宏观或微观的人物事件，新颖独特地构建中国形象。

塑造新的中国形象，讲好中国故事是重要一环。讲好新的中国故事，需要有充分的文化准备，深入了解中国的优秀传统文化。中国梦是中国人在自身文化的基础上逐步实现的，中国的文化底蕴是实现理想的现实土壤。习近平同志指出，中华文化积淀着中华民族最深沉的精神追求，是中华民族生生不息、发展壮大的丰厚滋养，中华优秀传统文化是中华民族的突出优势，是我们最深厚的文化软实力……中华文化孕育了中华民族的宝贵精神品格，培育了中国人民的崇高价值追求。接通中华文脉，凝聚历史精华，是文学创作最深厚的精神资源和思想底蕴。中国历史上一切伟大作品都是在中华文化的坚实土地上开出的灿烂花朵。

需要把握当下真实鲜活的社会生活和人民内心的期盼。当今的中国早已不是柳青、赵树理、周立波笔下的中国。半个多世纪以来，随着经济体制深刻变革、社会结构深刻变动、利益格局深刻调整，新的社会群落、新的故事不断涌现；面对市场经济、高科技和全媒体的冲击，人的思想活动的独立性、选择性、多变性明显增强，思想、情感、认知习惯和行为方式等也都不同于以往，有着许多新的人物、新的情感和期待。中国梦归根到底是人民的梦，提高文学原创力，更新观念，让崭新的、活生生的人成为文学的主角——人民丰富多彩的现实生活和精神世界，将为文学创作提供充满活力的素材样本。见人见物见精神的文学要旨，将在继承创新中得以明朗呈现。

　　还要有世界的眼光。关注中国内部变化，也关注世界的回响，这是塑造国家形象的双重需要。随着中国国际地位和影响力的显著提升，中国文学在世界上的位置也日益彰显。进一步扩大文学视野，关注世界文学潮流，学习借鉴国外作家的创作经验，研究中外文学的文化差异，充分展示中国文学的独特魅力，是建立具有中国特色的文艺美学，确立中国文学的世界文学坐标的新机遇。习近平同志指出，中国要为世界做出更大的贡献。让十三亿人民过上好日子的中国梦的实现，本身就意味着对人类文明的巨大贡献，不仅为世界树立了和而不同的全新价值理念，也为发展中国家树立了文明自信的范例。反映中国梦为世界带来的和平与机遇，反映中国文学为世界文学带来的新的内涵与可能，拥抱世界而又不丧失自我，必将产生文学的新气象。

　　一方面要用文学的方式深入发掘和深情讲述千百年来中国人民胸怀理想、脚踏实地、奋力拼搏，用诚实劳动和顽强意志创造美好生活、梦想成真的感人故事；一方面要加强对中国的道路、制度、理论体系的自信，摒弃在西方文学参照下写作的焦灼，以更加平和的心态去观察与思考，自觉表达中国人新的精神追求。新的时代，人们期待着和伟大时代相得益彰、具有较高审美价值和认识价值的当代叙事层出不穷，在时代精神的表现和文学性的成就上，登上新的高峰，更好地弘扬中国精神，凝聚中国力量。

　　当然，受西方价值标准的影响，中国文学也时常处于被审视与被批判的被动地位；自我矮化的价值消解和精神溃散，使文学丧失对精神高度追求的内在力量；对表现本体缺少自信，导致文体、形式创造的弱化等，也是必须予以高度重视的问题。

重视国家形象塑造，既是世界格局重构的需要，也是中国未来发展的必然选择。其中，国民人文素养和精神境界的提高，全民维护国家形象意识的强化，文学责无旁贷。中国需要一个美好的国家形象，世界也需要一个美好的中国形象。

一粒改变世界的种子

——评报告文学《袁隆平的世界》

　　报告文学不是一种可以随心所欲、任意驰骋的文体。它可以文学性，但前置条件是报告性。它可以很张扬，但又要受约束。在理性与感性、报告和文学之间需要来回斟酌、巧妙转换。这对作者是个考验，考验凝练度和形象表述力，考验作者的思想抵达的气场和穿透力。

　　在《袁隆平的世界》中，作者竭力要写出一个真实可信的袁隆平，是报告的，也是文学的。作家陈启文以宽阔的陈述视野，严谨扎实的调研考察和凝练之功力，对袁隆平进行了最大化的还原。袁隆平没有成为神，而是成了一个活生生的人。"大师情怀，百姓心态"，袁隆平是世界最伟大的科学家，又是中国最著名的农民。

　　作者从袁隆平的出生直写至当下，从杂交水稻的三系、二系到超级水稻，从北平、天津、汉口到安江、长沙及世界各地，在开阔的时空纵横相互交织的背景下，作者用双脚更是用高超的提纯能力，节制而富有质感地写出了袁隆平始终与杂交水稻相连的一生，写出了一个人和一粒种子的关系，一粒种子对中国、对世界做出的改变。杂交水稻被誉为继中国四大发明之后的第五大发明，袁隆平被誉为杂交水稻之父，这一过程被作者写得细致生动，步步惊心，但也步步生辉。

一个伟大的科学家并不生来就异于常人。袁隆平只是一个普通的人、平凡的人。但正如袁隆平自己所说，人就像一粒种子，要做一粒好的种子，身体、精神、情感都要健康，种子健康了，每个人的事业才能根深叶茂。作者用一系列细节，写出了生活中普通但鲜活有趣的袁隆平，他的"健康"在于淡泊名利、踏实做人。犹如一粒"种子"，始终充满对生活和社会、对国家和共产党的热爱，始终关注民生，倾心为人民服务，并将此作为科研的动力。

这是一部以科学家、科学探索为主题的作品，理论和实践，具象和抽象，原理和技术，科学术语和数据，如何深入浅出、生动形象地表达出来，写出袁隆平最关键、最根本的突破和创新，以及他在科学探索之路上的追逐、示范、引领，不断向极限挑战的创造精神和作用——作者扎实冷静、严谨审慎，尽量以层层剥笋的方式，直抵内核，打进去，再拉出来，掰开了细述，力求平面文字的立体表达。充满真诚和文学意境的艺术表述，让人物形象生动丰满，平实真实而又崇高伟大。

在许多人看来，袁隆平的身份地位、科学成就和本人形象有两个对不上号。一个是他的学历与他崇高的科学地位对不上号，一个是他本人形象与知识分子形象对不上号。但这两个对不上号，恰好再现了一个最真实的袁隆平。这是由作者的细致观察而来，人物形象的独特性由此突显。世界顶尖级的农业科学家和中国的平民科学家的形象，彼此相融，作者将经验与文学融合转化，使袁隆平散发出独特的人格魅力。

作品重点揭示袁隆平的世界究竟是什么样的世界。正如作者自己所说，他要写出袁隆平的人生世界、科学世界、精神世界。构筑这个世界，作者是以平视与仰视、当下与过往交织的叙述方式进行的，他用这种方式透视了袁隆平一生都在抵达的过程。不仅是技术上的抵达，还是精神上的最高价值准则的抵达。作者平视袁隆平这个具体的人，却仰视他的精神世界。将笔触伸入袁隆平的精神世界，揭示一个人、也是一个伟大科学家的精神面貌，从而揭示袁隆平人生的最高境界。作者对袁隆平人生世界、科学世界的构筑，正是为了彰显其精神世界的宽度与厚度。

袁隆平从一个普通农校教师到成为世界级科学家，一次又一次登上杂交水稻无人登临的世界之巅，除了履行"民以食为天"的天职，他的从中国古典士人精神中延伸出来的忧患意识和天下情怀，以及矢志不移地追求真理的信念，高贵的人格和精神境界，在作品中得到了形象揭示。在袁隆平身上，中国传统文化的影响，以及东西方文化的影响，留下极为深刻的烙印，这些构成他精神世界的重要内核。

在这其中，作者也突出了个人与社会、国家的关系，适时构筑了互相砥砺、相互托举的对应。袁隆平的成功，折射出国家的意志、国家的支持、国家战略的高度与成功。他的永不止步，与社会、政府、国家力量的推动紧密相连，这是他漫长岁月中的坚强后盾和重要支撑，一粒种子从萌芽到生长的宏阔背景和空间跃然纸上。我们不断看到，袁隆平虽然始于孤军奋战，但不是一个人在战斗，研究队伍不断扩大，从一个人到一个团队，从不同梯队的形成壮大到种子人才的不断更新换代等，集体的智慧和力量，为他的成功提供了丰厚的土壤，为他的真实形象增添了感人的光彩。

可以说，作者在山高水阔、稻浪翻滚的丰厚意象中完成了人物的性格和精神塑造。为了让中国人把饭碗牢牢端在自己手里，袁隆平不断挑战极限，科学信仰坚定。他既是战术性专家，又是战略性专家，他有明确的战略思想和丰富的实践经验。作者还善于从更宽广的格局上看待袁隆平的杂交水稻在中国、在世界的意义，将袁隆平的科学研究上升到人类的善，这是中国的特色，也是中国对世界的贡献。一粒神奇的中国种子，成了世界的种子、人类的种子。袁隆平既是中华民族的骄傲，也是世界的良心。中国知识分子为科学为理想锲而不舍、敢于创新的精神轨迹清晰可见。

习近平同志在《第十次文代会第九次作代会开幕式讲话》中指出，"要把提高作品的精神高度、文化内涵、艺术价值作为追求，让目光再广大一些，再深远一些，向着人类最先进的方面注目，向着人类精神世界的最深处探寻，同时直面当下中国人民的生存现实，创造出丰富多样的中国故事、中国形象、中国旋律，为世界贡献特殊的声响和色彩，展现特殊的诗情和意境。"这部作品对习总书记的讲话精神是一次积极的艺术实践，讲出了独特的中国故事，塑造了独特的中国形象，为世界贡献了特殊的声响和色彩。

对文艺而言，思想和价值观念是灵魂，一切表现形式都是表达一定思想和价值观念的载体。文艺的性质决定了它必须以反映时代精神为神圣使命。本书作者在思想性、艺术性、价值导向上，体现了一个作家所应抵达的精神境界和高度。把握了正确的政治导向和人物基调，具有浓厚的时代气息，传递了向上向善的力量。作家的自觉遵循、用心讲述，超出了一般性人物书写，具有启示和借鉴意义。

女人的隐忍与从容

——评张策小说《青花瓷》中的冯婉如

"一乘小轿把前五姨太冯婉如抬进刘家大院的时候，天色已经是傍晚，四周慢慢地黑下来。房子和院子里树、花都一点一点地沉浸在洇开的墨色里，好像是不动声色地在预示着什么。她深吸了一口气，告诉自己说：你的命，就变了。"

张策的小说《青花瓷》以冯婉如傍晚时分在刘家大院落轿开场，拉开了故事中人物悲欢的序幕。冯婉如由前军阀的五姨太到成为刘大夫四个孩子的继母，命运的翻转与彷徨，推着她只能硬着头皮往前走。

小说是一个意蕴丰厚的世界，往往涵盖着难以预知的人心和人性走向。公安作家张策近来推出的系列新作，延续了对人性和命运深刻思考的特色。其中《青花瓷》中的主人公冯婉如，一个看起来有些柔弱、甚至畸形、却又不失传统温润底色的女人，其在几十年中闪烁的人性光亮，彰显了伦理美学的丰富意蕴。

文学即人学。对人的关注是文学的全部价值所在。描述人的情感、人的内心、人性的变与不变，是文学的性质和特点所决定的。有时，我们较多看到社会的虚无、礼崩、无常，但即便遮不住风的旧棉袍下面，也有人心的正常脉动，涌动着诸多的温润与感动。真实的生活始终本色依旧。《青花瓷》在冷漠幽深基调下的温暖意蕴，主观与伦理、客观与真实的相融相生，都如点点星火，闪亮于生活深处。

这个故事长达几十年。冯婉如与刘家两代人之间的坎坷际遇，在作者草蛇灰线般的设伏与从容不迫的讲述中，浮现出人性在无常命运面前的坚韧与悲凉、信心与希望。冯婉如虽然始终与刘家隔了厚厚一层，但她的操劳与坚韧、不甘与隐忍，她的自尊、创造、抗争等品格，凝结着照亮生活的力量。

冯婉如的操劳与坚韧是在重重叠叠的"冰冷"之中呈现的。作者编织故事善于将矛盾放置于敌视与冷漠之中。在新社会没有到来之前，整个社会应该是属于男人的世界，没有给女人留下多少空间，也没有给她们选择生命路线的权利。社会的挤压是冯婉如无法摆脱的冰冷，这也是许多女人的悲哀。同时还要面对刘家人的自私和冷漠，由于前军阀五姨太的尴尬身份，由于对继母的传统偏见，伴随着她的进门，刘家的冷漠、仇视日益加剧。她到来的第一顿饭，四个子女商量过，没一人给她盛饭。他们对父亲的命令置若罔闻。长子对家庭格外仇恨不是始于继母，却由于继母的进门而升温。其他子女向继母投来的目光也是冷冷的，更不用说刘大夫三个弟弟和弟媳对她投来的敌意和漠视，特殊年代和特殊家庭背景造成的亲情的巨大分裂，像锥子一样划破她的皮肤刺伤她的心。还有生活的困顿窘迫同样挤压着她，让她看不出生活的温暖何在。

在这样"白森森的獠牙"中，她小心翼翼、战战兢兢地应对着，操劳着。作者摒弃了惯常家斗戏的模式，没有让冯婉如在与各方交战中大显身手，而是选择了让冯婉如认命。表面上看，冯婉如对自己的处境是有怨言和不满的，但她不希望自己和丈夫的儿女们产生巨大的不可调和的矛盾，她想"演好继母这个角色"。她知道，她和几个子女永远迈不过血缘这道山水，但是她不能不善待这些孩子。"这是我的命，我认命。为了你们兄弟，我做我应该做的。"这一底线构成人物的基本色调。后来她为老二上大学卖血，为老三去农村插队送东西，为老大改变命运独自承担巨大风险。这是尽一个妻子和人母的本分，是家庭角色为她铺设的轨道，她也以独有的镇静和决断，为这个家庭制造着"混乱"，同时也理顺着章法。她的操劳与抗争渐渐为自己赢得了做人的尊严。故而，继母与子女、与丈夫及家人之间，剑拔弩张中时常有心虚的退让，互相仇视间也有短暂的依靠。作者对世道人心的深刻洞察，赋予了冯婉如独特的人性光泽。

作者对冯婉如是充满理解与同情的，以冷静节制的笔触，描绘了她的不甘、从容、坚定。这位读过初中，曾经爱读书爱看话剧的五姨太，面对平庸琐碎、缺少温情的生活，似乎一眼将日子看到了头。这样的生活，她无奈、不甘。不过与众不同的，是她对生活和生命的极为朴素的理解——做五姨太时，生命是不属于自己的，进了刘家大院，才开始有了自己的生活，而最重要的还不是有了丈夫，而是有了可以直起腰的自尊，尤其是在新社会。所以，她像一根轴，紧紧立在妻子、母亲这个位置上，始终保持着对家庭伦常的恪守，坚定着生活的信念，将日子一点点揉开，聚拢，过下去。她以从容不迫的姿态，坦然面对一切困难和不堪，引着全家人的生活走向既定的方向。让庆英学医，让庆生学工，让庆国为了自己的梦想远走他乡，她为迂腐的刘大夫做出了所有的家庭决断。在"打砸抢"的日子里，在自家院子里果断掩埋了青花瓶。"人到了死胡同里，总也找得到拐弯的路。"她的一次次"转运"仪式，虽然有神秘叙事色彩，看起来有些荒诞，却也是在为自己加持力量。不向生活屈服，不向命运屈服。理性和非理性手法的交织运用，从另一侧面表示了对社会和生活向好信念的坚定持有。对生活的信念，是支撑这个人物不断突显性格、个性的重要基础。

冯婉如的形象也在刘大夫这个人物的映衬中闪耀出应有的光泽。由于父不"慈"导致的子不孝，刘大夫去西南三线工厂时，儿子们没一个来送行。病逝时，无人前往。在冯婉如看来，丈夫早已对生活丧失全部热情，像一具没有任何表情的机器，机械地穿衣吃饭行走，只有手搭在病人脉搏上时，眼里才露一点活泛之气。但就是这位刘大夫，在冯婉如的侄子来抄家撒泼时，竟然表现出男子汉的硬气，"不关她（冯婉如）的事，东西是我的，也是我埋的。"女儿庆英抱怨继母从来就没有爱过父亲时，父亲却说：

"她为了你们付出了很多。这个家如果没有她，我一个人带不大你们的。你要记住这点，永远记住。"作者揭示人心的隔膜、亲情的疏远，以及人性的本质，别具匠心，意味深长。对人物质地的细致把握，对世道伦常的真诚触摸，让事件和人物生发了巨大张力。

时光如水，冷暖相送。几十年飞逝而过，当冯婉如已是满脸沧桑之际，儿女们似也读出了其心底的波澜。继女终于承认，继母的决定是对的。而在离家几十年之后，身患癌症的长子终于召集弟妹，商议要把父亲的坟迁回来。迁坟之事或许并不明确表示某种象征意义，但却是这个家庭长子对亲情的回归和抚照，是多年之后游子对家的怀想。这或许是冯婉如恪尽一个妻子一个母亲一个女人之道所得到的自然回应。其实，生活中人性和人心很多时候并没有想象中的那样不堪。作者从容不迫地揭示了生活的本来面目，擦拭了伦理与担当的人性镜鉴。

人如果只为了自己，就不是人。这个家不是冯婉如的最爱，然而她为其付出了所有。在卑微、冷漠之中尽可能抬起头，就为了一个"角色"的称职，为了心底的那份执念。作者在满篇的压抑、沉重，甚至冰冷无情的基调与讲述中，揭示了亲情、人性的坚韧、善意和温馨，一个女人为改变命运所做出的抗争，构筑了一个具有伦理秩序及人之为人的闪光内核。这与青花瓷的温润、清凉、脆弱、坚硬、价值连城却未得赏识，构成了巨大的象征和隐喻意义。作者的独特造型能力，使冯婉如这个形象从平面走向立体，从简单走向丰满。

《青花瓷》同时也突显出作者文风的曲折细腻，温雅含蓄。快慢相间、不疾不徐之中，让人体味到叙事的纯熟、视角的独到。望之若新，忽焉若旧；望之若刚，忽焉若柔。或许，这是作者追求的相融相益之道，恰如冯婉如，看似卑微、柔弱的躯体中蕴藏了几多的硬气与定力。这个形象令人慨叹，令人心酸，也令人刮目相看。无论她最后的结局如何，她的信念与抗争本身都是令人钦佩的，这是人类留给自己的最有价值的希望。

难能可贵的是，冯婉如的形象在作品中不是很醒目地被强调着，我们甚至能感觉到作者的有意克制与含蓄铺垫，但读完之后，还是可以强烈地体味到人物身上特定时代的生活气息、人物的内在精神诉求，以及人物本身所带来的独特的审美价值。

张策是公安作家中十分别致的一个。他对题材的把握和多维度的开掘，显示了独到的思考路径。他的作品大多与警察有关，展现警察这份职业给身在其中的个体生命打下的烙印，以及对其命运的深刻影响。有时又与警察无关，像其近期新出的系列中篇小说《青花瓷》《宣德炉》《黄花梨》《玉玲珑》《紫砂壶》，几乎不涉及警察。这又见出张策的聪明机智、不拘一格的视野与追求。对一个作家来说，这似乎更有意义。作家的深度与宽度，往往显示了其在不同题材领域间自由穿梭的灵性与机敏，也影响着其创作的走向与格局。在大千世界里静气凝神，在历史回望中展现人性和命运的多元和色彩，张策对创作题材的延伸与突破，创作方式的探索与突破，将在更高层次上彰显出不同寻常的刻度和意义。

"小站"故事多

——评李晓重小说《驻站》

大凡精彩的叙事都是在纷繁复杂的情节、人物、冲突互相咬合、起伏跌宕的情境中展开的。如果故事单纯、人物稀少，没有波澜反转的剧情，缺少你死我活的较量，那么，这样的题材对小说家的叙事能力注定是个挑战。

值得一提的是，作家李晓重很会讲故事。在小说《驻站》里，他将只有一名民警、一条病狗的一个边远小站，一个看起来无论怎样述说都难逃单薄命运走势的故事，用曲折有致的布局和紧张扎实的戏剧冲突，讲述得风生水起，惊心动魄，能量丰满。

作家将视角聚焦于铁路公安民警的最基层，瞄准驻站这一特定群体的特殊生活，运用错位法巧妙设计人物和排演故事，写出了一个普通民警的自我完善、自我重生，令人耳目一新。作品中，主人公常胜只是平海北站派出所的一名警察，若不出意外，他在即将开始的副所长竞聘中也许会有所收获，但偏偏一次替同行解围的出勤，让他遭人抹黑。他心里虽然委屈，却不得不服从组织"发配"，带着简单的行李，来到了几十公里外的边远小站"狼窝铺"驻站。从常规的日常生活中被突然抽离出来，走入困境——常胜这个人物的出场就是以一系列错位铺排开的，这犹如开启了一扇悬念之门，引领着故事自然地向内走去。不仅是巨大的环境落差，常胜费尽周折申请来的警犬是一条病狗，要来的汽车是破车，原以为在村民面前可以找回警察的威严，殊不知不受待见，处处碰钉子、遭白眼。甚至本该望风而逃的偷盗分子竟也敢当着他的面扛着盗来的车站货物谈笑风生、从容离去。常胜虽然可以忍受失落，忍受委屈，不刻意追求职务的提升，但对职业的忠贞和骨子里的血性，使他难以像前任民警那样逆来顺受，随遇而安。他感愤而起，突显自身的使命责任与担当。

作家把人物活动的环境、置身其间的艰难，做了极有层次的铺垫和勾勒，在一系列看似拧巴甚至匪夷所思的缠绕中，对职业和法律的忠诚，人性固有的执着和善良，让常胜这个人物一点点把人生、警民关系、正与邪的错位抚平，故事情节紧张有序、叙事富有张力。在巨大的人生、情感落差中，一个普通民警，凭借无畏的牺牲精神和深厚的人文情怀，当然更是在作家的精巧"熨烫"下，展现出鲜活的生活场景和不凡的生命价值。

公安题材创作有时容易落入俗套，过多追求强情节、快节奏，血腥、残杀等等。《驻站》作者显示了很别致的结构故事的能力。他擅长滚雪球，铺得开，拢得住，收放自如，平和朴实。原本只是一个人、一条狗、一个小站，最后却牵扯出了盘根错节、形形色色的各类人物，折射出社会生活的众多侧面。人心的复杂，人性的丑陋，当然更多的是普通百姓的质朴善良，一一跃然纸上，有浓郁的生活气息，生动传神。刚到小站，为了打开工作局面，常胜不得不去和村主任王喜柱打交道，不得不招来赵广田当保安，不得不求王冬雨有偿帮助，不得不找车站领导寻求支持，不得不和公安的以及非公安的各类人物打着交道。正是在这样的"不得不"中，作品中的现实生活场景逐渐拓展，许多新鲜事纷至沓来，绘就了一幅属于公安题材又远远超出公安题材的铁路民警的工作生活图景。常胜的人生观、世界观、价值观在丰富的现实背景中得到彰显。他的业务能力，敏捷思维，尤其是职业操守，正直坚韧，为使命不惜生命的性格，令人肃然起敬。最终，"狼窝铺"因他而改变，他在特殊环境与考验中的精神成长也令人信服。

新时期的警民关系是现实社会惹人关注的话题。作家对这一关系的思考显示了向上飞扬的诗性写作路径，尤其是故事的结尾，令人震撼，寓意深长。已经离开了"狼窝铺"的常胜，和妻子乘坐火车再次途经这个小站时，眼前出现的一幕让他热泪盈眶，曾经的付出，在这一刻让他感受到温暖的回报。"常胜顺着妻子的手指望去，在远处的山上并排呈现出几个大字，通红色的字体在晴空下异常显眼：'常胜！常回家看看！'这字是矗立在山顶上的，它像一句广告语，又像是一句充满温馨的话，它向每一趟经过这里的列车召唤，召唤一个叫常胜的人，让他常回家来看看。"这个结尾充满了巨大的隐喻性。尽管我们想象不出如何在山顶上竖起这些鲜明耀眼的大字，现实中大概也不会有这样的案例，这只能来自作家的热忱想象，但我们还是被深深打动了。一句"常回家看看"，透露了老百姓对鱼水般警民关系的多少期盼，也透露了他们真诚的质朴感恩之情。这其中真切喻示着新的时代、新的警民关系的巨大生长空间。作为一名警察，如何心中装着群众，维护一方平安；如何把百姓当作亲人，维护他们存在的尊严；如何既有职业的践约精神，又有人文意识和家国情怀；如何带有新型警察"范儿"，都引起我们深刻思考。人为什么活着，怎样才能活得更有意义——人生的终极价值，在作品中得到了艺术揭示，这或许是作家所要表达的要义之所在。他在不经意间把问题的核心引向了人生的出口和境界。由此，丰富了铁路公安民警的精神镜像，显示了人性的温度与深度。

公安题材小说的最大优势是故事的曲折和巧妙，作家将这一优势发挥到了极致。一个小站，一名警察，一条病狗，一辆破车，简单平凡，甚至有些不堪。而李晓重通过传奇运作和精心布局，将火热的生活转化成鲜活的艺术形象，以一名普通警察和平凡百姓日常生活的不断"摩擦"，演绎了一部柔情与刚强并重、尽职与忠诚相映的警民关系大剧，突出塑造了常胜这个铁路民警的崭新形象。常胜将心酸和委屈化解在职业的操守里，作家又将沉重与搏杀融于幽默风趣的叙述中。于是，简单中铺陈了繁盛，单调中绘就了丰满，现实观照与浪漫情怀相互映照，真实生动，新鲜感人，犹如一树繁花欣欣然开在了明媚的阳光下。

一代知青的生存咏叹

——评韩少功小说《日夜书》

　　说起"知青"一词，时常感到恍如隔世。这个词在 20 世纪六七十年代曾经离青春热血、离豪情理想那么近，曾经陪伴着许多人一年又一年的时光，牵动着一个家庭又一个家庭的神经。与那时的震天动地、灿烂光环相比，这个词和其背后的意象，在今天已越来越淡，与时代渐行渐远。几十年前的那段历史，生活于其间的那一代人，在这个新的世纪似乎正走向一部戏剧的后半断或结尾，就像作家韩少功小说《日夜书》中的白马湖知青聚会的由盛而衰，几近无迹，而他们曾经的生存状况、思想理想和价值的追寻与碰撞、欢欣与无奈，似乎也变得可以不用再去触摸，甚至若有若无——眼看着真就成了一段随风远去的历史。

　　但"一切历史都是现代史"，今天是昨天的延续。那一代人在特定时代所掀起的波澜、所凝结的精神或悲壮，对今天所产生的振荡和冲击，因其深刻印记着时代的发展与变迁，呈现着人的精神世界的发展与变化，因其蕴含着丰富的历史信息，必将对现实生活和以后的历史产生深刻影响。

作家韩少功对这段几十年的历程进行了梳理与回顾、思考与反思，这不仅是作家个体的需要与担当，也是时代变迁之下人们精神、心灵不断成熟和获得滋养的表现和需要。因为任何一种形式的回顾，都意味着对最初意义的重新审视，意味着对更好未来的再度憧憬。

作品写了一群人几十年的际遇跌宕，从知青年代一直到社会转型期，他们的人生轨迹和精神旅程。其中将他们穿在一起甚至影响他们一生的纽带和核心，无疑是知青岁月。但作品不是单纯的知青文学，只是以知青生活为起点，从乡下到城市，从知青的圈子到各自的家庭，从农场、官场到商场甚至名利场，重点写这代知青的当代群像和当代命运，亦即一代人伴随时代脉动所呈现出的不同底色和光泽。

韩少功的创作比较注重货真价实的体验。他认为好小说都是放血之作，这个血就是货真价实的体验，包括鲜活的形象、刻骨的记忆、直指人心的看破和逼问。小说最突出的特点是塑造了一群鲜活的人物形象。这一群人，各有特点，命运也各不相同。作品聚焦于他们性格、情感及价值观的冲突，生动刻画了"后知青"官员、工人、民营企业家、艺术家、流亡者等各种不同的人物形象。永远搞不清自己衣物的艺术青年姚大甲一辈子乐活着，后来却成了美术界的宠儿。精神领袖马涛有着特立独行的行为与思考能力，但时代早已变了，他却还活在过去的自我里，他的极端自私时常给别人带来灾难。在农村如鱼得水大哥式的人物郭又军，时刻关注着别人的快乐与感觉，最后却无法面对中了快乐邪魔的年代里越来越昂贵的快乐，被窝囊的现实逼迫自杀……几个人用他们各自的一生回应了时代的精神之问。作家写出了那一代人的生活状态和精神状态，写出了知青生活给他们带来的难以磨灭的心灵重负和精神创伤。

这些带有弱点的打拼者，赢得了作者的普遍尊重，甚至把他们看成英雄。他们的自豪、悔恨，作者是带着深深的痛感来书写的，不论赞美还是批评，都从中生发出深刻的人生感怀和思考。他怀着真诚写下他们，并且深知，这一代人在一格格地就范于时代的同时，也构成了这个时代面貌的一部分。所以，这些人的青春与激情，自豪与不羁，艰辛与坎坷，以自我方式保持的追求与所遭受的屈辱，有着直指人心的力量，闪烁着人性的光辉与时代的意蕴。同时，作者的回顾与反思，理性而且冷静。尽管一代人的激情狂妄与青春恣肆，可能都有作者个人经验在其中释放，但作者又能抽身事外，游离于事外，近距离地看，远距离地观，保持一份难得的判断与清醒，所以看得透彻。书中几个人物几乎都是悲剧性的结局，作者对他们给予同情与尊重，并揭示了悲剧的原因除了时代的变化和许多方面的不如人意，还有其个人因素。作者没有将责任全部推给社会和时代，而是写出了人物的性格、心理、人性的差异，甚至不掩盖受害者的浅薄、虚伪以及荒唐。他们虽然被生活的沙砾一次次打磨过，有着悲苦和不屈，但他们的脆弱，不堪生活的沉重，无法和快速发展的时代与生活很好适应、对接，缺少自信与坚韧——当然也包括许多让人无法面对的时代病灶的难解等等，别开生面地打开一条让人们真正认识那一代人所作所为、所思所想的新通道。这与之前知青题材的表功会与诉苦会逆向而行，显示了作者试图引发人们关于生而为人，究竟该如何完善自我、人生的意义究竟何在的思考和反省的勇气。作者自己也说，力求对人性有新的揭示，刷新人类自我感知的纪录。作品彰显了一种思想的成熟与内心的强大。一个群体，一个社会，包括社会文明的发展进步，需要我们在某个节点上停下来审慎思考，有所扬弃，有所总结，有所提升，以确定更明确的方向与行程。作者为这一代人重新获得加分提供了可能。

此外，作者用历史与现实交叉的方式，用夹杂着骄傲与沉重的表述情感，用不是牵着人物跑，而是跟着人物跑的人物塑造方法，以及多种写作方式的交融互用等，显示了文学叙事的多种可能。使得人物与故事具有了丰富性，无情与有情、介入与跳出、身份的模糊与清晰之间，一群知识分子的复杂思想脉络有了细致的梳理和呈现。

一代人的生存历程和心路起伏可以随时光慢慢隐去，但曾经的姿态和精神、理性的反思与反省，却可以以另一种方式，让他们发出光彩，以观照现实，警示未来。

一盏灯烛照后人

——评报告文学《谷文昌》

    笔者于媒体供职二十多年，见过很多先进人物的事迹报道。平心而论，让人心里发痛、印象深刻的不多。许多人与事难以走进读者的心里，离地也有些远。

    报告文学《谷文昌》也是一个先进人物的事迹报告，但作者笔下的谷文昌，其所作所为让人动情动容。这是一个实实在在被老百姓托举出来的典型。他的根在民间，他的魂系于党。用一句很主流的评价：一心一意为党为民的优秀县委书记，正恰如其分。这句话听起来或许有些"高大上"，甚至有点虚。但对于谷文昌，却是最大的真实和恰切。谷文昌正是因为做到了这一点，所以即便他已去世三十多年，当地老百姓依然没有忘记他。"他一心一意为老百姓办事，当地老百姓逢年过节是先祭谷公，再拜祖宗。"这是福建东山县几十年真实的现实场景。难怪习近平总书记在不同场合多次点赞谷文昌。

一个先进人物事迹报道的成功，往往让人们记住了主人公，这部作品也同样，但又有不同，我们还记住了作者。作者吴玉辉出生于东山，这正是谷文昌带领东山人民植树造林战胜风沙灾害的地方。作者亲身经历了家乡的巨变，深切感受到当地百姓对谷文昌发自内心的怀念和敬仰。说起东山曾被风沙掩埋掉了十四个村庄，出现了许多"乞丐村"，逃荒、要饭、饿死人成为寻常事时，吴玉辉眼中盈满了泪水。是谷文昌使东山的蓝图变成了现实。吴玉辉承认自己的这部作品是在泪水中完成的。他被谷文昌的精神所感动，用一种精神守望精神的真诚，写下这部长篇报告文学，也奠定了一部作品的深刻内涵。

生活中从来不缺好的故事，缺的是好的表达、好的讲述。报告文学《谷文昌》以谷文昌的故事为蓝本，讲述了一个独特的中国故事，再现了基层党员干部的精神境界，塑造了一个生动真实的"四有"干部形象。作者曾沿着谷文昌生活工作过的足迹一路走过，除了采访、提炼、思考、超越，作品的独特之处还在于善于设置悬念，以浓厚的问题意识统领全篇，一系列问号求解的过程就是还原谷文昌一心一意为百姓、党性人民性高度统一、党的优良传统与时代精神高度契合、干事创业与求真务实精神相结合的过程。

作品从谷文昌碑前的香炉入手，寻找是谁敬献了香炉。谷文昌去世三十多年，老百姓为什么一直祭奠他？他是一个什么样的人？从寻找一个香炉的敬献者入手，继而从一棵树入手，走近一个人，走进一个共产党人的精神世界。谷文昌的质朴、纯粹、无私、奉献，有了历史纵深和宽广现场的交织呈现。

如何让这个形象丰满生动起来，避免好人好事的简单直白表述，让先进人物的精神世界有温度、有筋骨、接地气？作品用事实说话，用细节铺陈，讲述朴实，逻辑严密，对谷文昌进行了层次鲜明的立体描述。

讲述中，作者始终将"我"贯穿其中，对香炉的寻找，其实就是对谷文昌精神的寻找，是作者与谷文昌心灵不断对话的过程。为什么会这样？为什么能这样？为什么至今仍感动着无数人？对这些问题的追问，其实就是对自我的追问。

可贵的是，在一系列问号的拉直中，谷文昌的坚定信仰，"不救民于苦难，要共产党人来干啥"的誓言铮铮作响；"不制服风沙，就让风沙把我埋掉"的忠诚胆魄跃然纸上；"当领导首先把自己的手洗干净，把自己的腰杆挺直"的坦荡磊落，具有可以触摸的质感；谷文昌的实事求是，敢于担当，中华人民共和国成立初期把"敌伪家属"改为"兵灾家属"、改变了数千个家庭命运的德政，至今令人感慨歆歔。

更可贵的是，在一系列问号的拉直中，老百姓始终不是一个被动、淡漠的群体，他们有血肉，有感情，知道感恩。敬献香炉只是一个具象事例，谷文昌的同事、被帮扶过的百姓，也都用自己的独特方式感恩着谷文昌。包括"文革"时期，谷文昌在福州被打成走资派，东山群众自发赶来，把他带回去保护起来。这是作者的高明之处，写谷文昌没有将笔墨仅仅局限于一个人，而是通过与谷文昌血肉相连的百姓，互相映照。谷文昌对党感恩，百姓对谷文昌感恩。老百姓的感恩其实也是对党感恩，他们从谷文昌身上认识了党、拥护党，因为谷文昌是党的干部。一个人和一群人，一粒种子和一片土地，生根与开花结果的关系，给人提供了巨大的思考空间。什么样的干部老百姓才会把他放在心上，有清晰的轨迹可寻。

捧着一颗心来，不带半根草去。谷文昌对党、对百姓，当得起这句话。心中有党、心中有民、心中有责、心中有戒。他鞠躬尽瘁，死而后已，赢得了百姓心中的敬。作品的许多细节真实具体，写出了谷文昌很崇高又很可亲、很圣洁又很质朴的多个侧面。是历史文化的熏陶、党的培养、人间冷暖的切身经历、太行魂魄的基因传承，最终成就了他的理想信念、崇德向善、坚强刚毅。他对人民的情感，对人的尊重、理解与关心，体现了人性的真善与对人的终极关怀。谷文昌对党、对人民的忠诚，老百姓对谷文昌的爱戴，一个人和一群人的相知与感恩，在作品中双向发力，彰显出强烈的表述张力。而且主人公的赤诚无私又和作者的真挚情感相遇，这无疑提升了作品的厚度与高度。虽然香炉的敬献者这一问号最终未有答案，但谷文昌的形象已鲜活树立起来。

谷文昌为人为官的精神境界在今天已成为一种宝贵资源，亦犹如一面镜子，与社会、与党的干部、与不忘初心、与世道人心，有着鲜明的折射与对照。时代需要这样的干部，呼唤这样的精神。谷文昌的形象留下的深刻启示在于，共产党的干部必须坚持心中有党，心中有民，心中有责，心中有戒；为官一任，造福一方，留下巨大的物质财富，又留下宝贵的精神财富。谷文昌用生前事、身后名，回答了共产党人"入党为了什么、当了干部做什么、身后留下什么"的生命课题，展现了"政声人去后、丰碑在人间"的真实魅力。

这本书出版的价值，超出了书写一个先进人物的意义。它更是向共产党的优良传统致敬，向共产党人的服务宗旨致敬，向一种崇高精神致敬，向一个充满人性温暖、具有家国情怀的大写的"人"致敬。什么样的作品才能感动读者？什么样的人物才能永远"活"着？作品留下诸多思考。